10 coisas que nós FIZEMOS
(e provavelmente não deveríamos)

Obras da autora publicadas pela Galera Record

Feitiços e sutiãs
Sapos e beijos
Férias e encantos
Festas e poções

Dez coisas que nós fizemos (e provavelmente não deveríamos)

Sarah Mlynowski

10 coisas que nós FIZEMOS
(e provavelmente não deveríamos)

Tradução de
MARIANA KOHNERT

1ª edição

GALERA RECORD
RIO DE JANEIRO • SÃO PAULO
2013

CIP-BRASIL. CATALOGAÇÃO NA FONTE
SINDICATO NACIONAL DOS EDITORES DE LIVROS, RJ

M681d Mlynowski, Sarah
       Dez coisas que nós fizemos (e provavelmente não
       deveríamos) / Sarah Mlynowski; tradução Mariana
       Kohnert. – Rio de Janeiro: Galera Record, 2013.

       Tradução de: Ten Things We Did (And Probably
       Shouldn't Have)
       ISBN 978-85-01-09274-8

       1. Literatura juvenil canadense I. Kohnert, Mariana. II. Título.

                                        CDD: 028.5
13-8491   CDU: 087.5

Título original em inglês:
Ten Thing We Did (And Probably Shouldn't Have)

Copyright © 2011 by Sarah Mlynowski

Texto revisado segundo o novo Acordo Ortográfico da Língua Portuguesa.

Todos os direitos reservados. Proibida a reprodução, no todo ou em parte, através de quaisquer meios.

Direitos exclusivos de publicação em língua portuguesa somente para o Brasil adquiridos pela
EDITORA RECORD LTDA.
Rua Argentina 171 – Rio de Janeiro, RJ – 20921-380 – Tel.: 2585-2000
que se reserva a propriedade literária desta tradução.

Impresso no Brasil

ISBN 978-85-01-09274-8

Seja um leitor preferencial Record.
Cadastre-se e receba informações sobre nossos
lançamentos e nossas promoções.

Atendimento e venda direta ao leitor:
mdireto@record.com.br ou (21) 2585-2002.

EDITORA AFILIADA

*Para Farrin Jacobs,
editor genial e amigo verdadeiro.*

Sábado, 28 de março

A MANHÃ SEGUINTE

Acordei sobressaltada. Uma sirene.

A polícia estava do lado de fora da casa, pronta para me prender por dar uma festa com bebidas alcoólicas para menores de idade, por flertar excessivamente e pela superlotação da banheira de hidromassagem.

Calma aí.

Meu cérebro iniciou. Não, não é a polícia. É só meu celular — o toque de papai.

O que é ainda pior.

Remexi o futon. Nada de telefone. Em vez disso, senti uma perna. Perna de garoto. Perna de garoto jogada sobre a minha canela. A perna de garoto que não é do meu namorado.

Ai, meu Deus. Ai, meu Deus. O que eu fiz?

IIIóóóIIIóóóIIIóóó!

O andar de cima. O toque de sirene estava vindo do andar de cima, o andar principal da casa de Vi.

Talvez eu devesse voltar a dormir... Não! Telefone tocando. Na cama com um garoto que não é meu namorado.

Consegui me levantar do futon sem acordá-lo e... hum, onde está minha calça? Por que eu estava na cama com um garoto que não é meu namorado e sem calça?

Pelo menos estava de calcinha. E uma camiseta de manga comprida. Olhei em volta, à procura da calça. A única peça de roupa ao alcance era o vestido vermelho de Vi que eu tinha usado na festa, na noite anterior.

Aquele vestido era encrenca.

Corri até o andar de cima com as pernas à mostra. Ao chegar, quase desmaiei.

Parecia uma zona de guerra. Copos de plástico vazios cobriam o piso de madeira. Tortilhas semimastigadas despontavam do tapete felpudo como tachinhas em um quadro de avisos. Uma enorme poça — ponche? Cerveja? Algo que era melhor não tentar identificar? — tinha manchado a ponta da cortina azul-claro. Um sutiã branco de renda estava pendurado sobre o cacto de 1,20m de altura.

Brett estava vestindo uma bermuda de neoprene, o rosto afundado no sofá. Usava a toalha de mesa de linho roxa como cobertor. Zachary estava dormindo em uma das cadeiras da sala de jantar, com uma tiara de papel-alumínio sobre a cabeça, a qual estava caída para trás. A porta para os fundos estava aberta, e uma poça de água da chuva tinha ensopado o tapete.

IIIóóóIIIóóóIIIóóó! Telefone mais alto. Mais perto. Mas onde? No balcão da cozinha? No balcão da cozinha! Aninhado entre uma molheira cheia de guimbas de cigarro e uma garrafa de bebida destilada. Mergulhei até ele.

— Alô?

— Parabéns, princesa — disse papai. — Acordei você?

— Me acordou? — perguntei, o coração acelerado. — Claro que não. Já são... — Olhei para o relógio do micro-ondas. — 9h32.

— Que bom, porque Penny e eu estamos indo ver você!
O terror tomou conta de mim.
— O que isso quer dizer?
Papai riu.
— Decidimos fazer uma surpresa no seu aniversário. Foi ideia de Penny, na verdade.
— Espera aí. Sério?
— Claro que é sério! Surpresa!
Minha cabeça estava girando e tive vontade de vomitar, e não só por causa dos muitos, muitos, com certeza muitos copos de ponche batizado que havia consumido na noite anterior. Papai não podia ver aquele lugar. Não, não, não.

Ai, meu Deus. Eu havia violado 110 por cento das regras de papai. As provas estavam por todo lado, rindo da minha cara.

Aquilo não estava acontecendo. Não poderia acontecer. Eu perderia tudo. Se é que, depois da noite anterior, ainda me restasse alguma coisa para perder. Dei um passo à frente e um pedaço de tortilha grudou em meu pé descalço. *Eeeca*.

Puta m...
— Isso é ótimo, pai — disse, obrigando-me a responder.
— Então... onde estão, exatamente? O avião acaba de pousar?

Por favor, que ainda estejam no aeroporto. Levariam pelo menos uma hora dirigindo do LaGuardia até aqui. Eu poderia tornar a casa apresentável em uma hora. Poderia encontrar a calça. Então jogaria fora as garrafas, os copos e as guimbas de cigarro, e aspiraria as tortilhas, talvez o sutiã, e talvez Brett e Zachary também...

— Não, acabamos de passar por Greenwich. Devemos chegar em Westport em 20 minutos.

Vinte minutos?!

Um gemido veio do sofá. Brett virou de barriga para cima.
— Está frio pra cacete aqui — disse ele.

— April, não tem um garoto aí, tem? — perguntou papai.

Gesticulei uma guilhotina com a mão no ar para mandar Brett calar a droga da boca.

— O quê? Não! Claro que não! A mãe de Vi está ouvindo a rádio NPR.

— Acabamos de passar pelo Country Club Rock Ridge. Parece que estamos adiantados. Chegaremos aí em 15 minutos. Mal posso esperar para ver você, princesa.

— Você também — respondi, engasgando, e desliguei. Fechei os olhos. Depois os abri.

Dois garotos seminus na sala de estar. Um usando uma tiara.

Mais garotos seminus nos quartos.

Garrafas vazias de bebida alcoólica e copos jogados.

E a mãe de Vi em lugar nenhum.

Eu era uma princesa morta.

número um:
mentimos para nossos pais

TRÊS MESES ANTES

— O que acha de terminar o ensino médio em Cleveland? — perguntou papai, do nada, durante o recesso de Natal do 1º ano.

O.k., talvez não tenha sido tão do nada.

TRÊS MESES, UM MINUTO E 30 SEGUNDOS ANTES

— April, pode se sentar? Precisamos conversar sobre algo importante.

Aquilo deveria ter sido a indicação de que algo muito ruim estava para acontecer. Mas, na hora, eu estava ocupada demais com várias tarefas para captar os sinais. Era uma quinta-feira à noite, 21h55, e Marissa tinha acabado de me deixar em casa antes do meu ridículo horário limite de 22 horas (até durante o recesso de Natal). Eu estava diante da geladeira decidindo entre uvas ou uma maçã para meu lanche da noite *e* contemplando a ideia de a noite seguinte ser finalmente a hora certa de fazer sexo com Noah.

Estava me decidindo pela maçã. Ainda que o que eu realmente quisesse fosse um bolo com calda de chocolate. Mas como Penny não come *junk food*, e principalmente *junk food* de chocolate, as chances de haver um bolo com calda de chocolate em nossa geladeira eram tão grandes quanto as chances de encontrar um unicórnio no quintal.

Quanto à outra coisa... Aquela que me fazia querer pular na cama e me esconder sob as cobertas... Estava na hora. Eu amava Noah. Ele me amava. Havíamos esperado o suficiente. Tínhamos planejado fazer durante o recesso, mas meu irmão, Matthew, tinha ficado em casa até aquela manhã. E naquela noite, Noah tinha de ir a uma festa com os pais e no sábado iria para Palm Beach.

O dia seguinte seria a única oportunidade. Além disso, papai e Penny tinham um jantar em Hartford, a uma hora de casa, então eu ficaria sozinha das 18 horas até meia-noite. O sexo não levaria seis horas. Levaria?

Acho que levaria uns 30 minutos, no máximo. Ou uma hora. Ou três minutos.

Eu estava pronta. Não estava? Eu tinha dito a Noah que estava. Havia convencido a mim mesma que estava pronta. Pronta para fazer sexo com Noah. Noah, que tinha covinhas quando sorria. Noah, que era meu namorado havia mais de dois anos.

Peguei a maçã, lavei, e dei uma enorme mordida.

Mas seria má ideia fazer na noite anterior à viagem de uma semana dele para Palm Beach? E se eu pirasse no dia seguinte e ele estivesse lá na pontinha do país?

— Você está pingando — disse minha madrasta, os olhos pulando da fruta infratora para o chão de ladrilhos brancos. — Por favor, por favor, use um prato e sente-se.

Penny era obcecada com limpeza. Assim como a maioria das pessoas carrega um celular por aí, Penny carrega lencinhos higiênicos.

Peguei um prato e sentei à mesa, em frente a eles.

— Então, o que há?

— E um jogo americano — acrescentou Penny.

Então papai disparou sua contribuição.

— O que acha de terminar o ensino médio em Cleveland?

A pergunta não parecia ter sido feita na minha língua. Não fazia sentido nenhum para mim. Eu não iria a Cleveland. Eu nunca tinha ido a Cleveland. Por que eu estudaria lá?

— Hã?

Papai e Penny trocaram olhares rápidos e então se voltaram para mim.

— Vou começar em um novo emprego — disse ele.

De repente, parecia fazer 38°C na cozinha.

— Mas você já tem um emprego — comentei, devagar. Ele trabalhava para um fundo hedge bem aqui em Westport, Connecticut.

— Esse é melhor — disse ele. — Um emprego muito lucrativo. Muito.

— Mas por que você precisa de dois empregos? — Em retrospecto, eu fui *mesmo* devagar. Mas eles estavam jogando inúmeras bombas de informações sobre mim. Cleveland! Novo emprego! Jogo americano!

— Eu *não* preciso de dois empregos — disse ele, lentamente. — É por isso que vou pedir demissão da Torsto e aceitar o emprego na KLJ, em Cleveland.

Meu cérebro se recusava a processar a informação.

— Você vai se mudar para Cleveland?

— *Nós* vamos nos mudar para Cleveland — respondeu ele, gesticulando com a mão direita que incluía todos nós. Papai, Penny. E eu.

Engasguei com um pedaço de maçã.

O quê? Eu? Em Cleveland? Não. Não, não, não. Não vai acontecer. Agarrei os braços da cadeira. Não iria me mudar. Eles não poderiam, não conseguiriam me fazer soltar aquela cadeira.

— Vamos todos nos mudar para Cleveland — intrometeu-se Penny. — No dia 3 de janeiro.

Nove dias. Eles queriam que eu me mudasse em nove dias? Espera aí. Mas.

— Você me perguntou o que eu *acho* de terminar o ensino médio em Cleveland. Minha resposta é: acho que não. Não gostaria.

Eles se olharam de novo.

— April — começou Penny —, meus pais já pesquisaram algumas escolas ótimas para você...

Enquanto ela tagarelava, o pânico tomou conta da minha garganta e a fechou. Não iria a Cleveland. Não abandonaria minha vida. Não deixaria Marissa. Ou Vi. Não deixaria Noah. Não sairia de Westport bem no meio do 1º ano. Não ia acontecer. De jeito nenhum.

— Não, obrigada — eu disse, com esforço, a voz completamente esganiçada e esquisita.

Penny deu uma risadinha nervosa e então acrescentou:

— Encontramos uma casa muito legal em...

Mordi mais um pedaço da maçã e me obriguei a não ouvi-la. Lá-lá-lá-lá.

Se eu não saí de Westport para morar em *Paris* com mamãe e Matthew, não sairia para morar em *Cleveland* com eles. E por que Cleveland? Os pais de Penny estavam lá, então tínhamos de estar também? Tudo isso era por causa dela? Minha cabeça começou a girar.

— ... maravilhoso, porque chegará bem a tempo do início do novo semestre...

— Eu. Não. Vou. Mudar — falei, com toda a força que consegui reunir.

Eles me encararam de novo, obviamente incertos sobre como reagir. Penny esticou o braço e brincou com a ponta do meu jogo americano.

Eu não poderia ir. Não poderia. *Não poderia.* Pisquei para afastar os pontinhos pretos que de repente começaram a dançar diante dos meus olhos. Tinha de haver uma saída. Um plano de fuga.

— Ficarei aqui — eu disse, rápido. — Eu posso ficar aqui, não posso? — Sim. Era isso mesmo. Eles poderiam ir. Eu ficaria. Ta-rã! Problema resolvido.

— De maneira nenhuma você pode ficar aqui sozinha — respondeu Penny.

Eu posso, eu posso, eu posso. Por favor?

Papai se inclinou para a frente, apoiando os cotovelos sobre a mesa e o queixo nas palmas das mãos.

— Vamos alugar a casa até o mercado se recuperar e então planejamos vendê-la.

— Não aluguem! Ou aluguem para mim! Eu ficarei! — Não que eu tivesse algum dinheiro. Mas foi tudo em que consegui pensar.

— Você não vai ficar aqui sem nós — disse minha madrasta. — Isso é ridículo. E não é seguro.

Espera aí. Tomei fôlego, a raiva tomando o lugar do pânico. Estreitei os olhos em direção ao traidor que era meu pai.

— Foi por isso que vocês dois foram a Cleveland no mês passado?

Ele confirmou, um pouco envergonhado.

— Achei que tivessem ido visitar os pais de Penny. Por que não me contou que tinha uma entrevista? — Eu tinha ficado completamente alheia, aproveitando o fim de semana com a família de Marissa. Lá-lá-lá, tolinha.

Outra troca de olhares com Penny.

— Não queríamos preocupá-la.

Ah, tá. Por que eu iria querer um pouco mais de tempo para me acostumar com a ideia? Muito melhor jogar tudo em cima de mim como um dardo a caminho do alvo.

— Mas agora está tudo certo?

— Sim — disse ele. — Pedi demissão ontem.

Então Penny, os pais de Penny e a *empresa* de papai sabiam antes de mim. Ótimo jeito de fazer sua filha se sentir importante. Será que Matthew sabia também? Ou mamãe?

— É uma linda cidade, April — insistiu Penny, esfregando as mãos como se as estivesse lavando. — Eu amava morar lá. E é culturalmente muito interessante. Você sabia que o Hall da Fama do Rock fica lá?

O pânico se instalou de novo.

— Eu não posso me mudar — disse, mal conseguindo respirar. — Simplesmente não posso.

— É por causa de Noah? — perguntou ela.

— Não, não é por causa de Noah. — É claro que era por causa de Noah. Noah, que havia enchido meu quarto com 50 balões de gás hélio no meu aniversário de 16 anos. Noah, que tinha me ajudado a carregar todas as malas e as caixas fechadas de qualquer jeito da casa de mamãe até a de papai. Noah, que tinha as mãos mais macias que eu já havia segurado. Noah, que me chamava de gatinha.

Mas não era *só* por causa de Noah. Era por causa de Marissa e Vi e minha vida toda. Eu não podia deixar tudo — todos — para trás. Papai e eu éramos próximos, mas agora tinha Penny, e Penny e eu... não tínhamos exatamente um relacionamento. Ela tentou se aproximar, eu tentei me aproximar, papai tentou aproximar nós duas, mas era como se tivéssemos walkie-talkies que funcionavam em frequências diferentes. Mudar para Ohio com eles seria solitário. Solitário demais.

— Você vai conhecer muitos garotos lá — disse Penny.

— Não é por causa de Noah — repeti, mais alto, acima do som da minha cabeça latejante. O que eu faria? Eu *não* poderia me mudar para Cleveland em nove dias. Eu precisava de um plano. Rápido. Eles estavam a quatro segundos de fazer as minhas malas e me jogar do outro lado do país. — Eu tenho amigos aqui. Eu tenho... — O que mais eu tinha? — Futebol. Escola. — Eu estava nadando contra a correnteza, mas precisava sensibilizá-los. Mal havia começado a me sentir em casa de novo. Não poderia simplesmente me mudar. Respire. Respire. Respire.

— Você fará novos amigos. E a temporada de futebol acabou — disse Penny, esticando-se para segurar minha mão, mas, então, decidindo não fazê-lo. — Você pode jogar em um novo time em Cleveland no ano que vem. E ainda pode manter contato com o pessoal daqui.

Eu não queria *manter contato*. Sabia muito bem o que era *manter contato*, e odiava isso. E agora teria de fazer isso com Noah e todos os meus amigos. Cleveland e Connecticut tinham o mesmo fuso horário? Onde exatamente ficava Cleveland?

Os pontinhos pretos retornaram aos meus olhos. Se me mudasse para Cleveland, acordaria todos os dias desejando estar em Westport. Acordaria todos os dias em um grande buraco negro. Não poderia deixar isso acontecer. Tinha de haver outra saída. Alguém com quem pudesse ficar aqui. Marissa? Sentei-me mais ereta. Isso! Talvez. Não. Teoricamente, a família dela ficaria feliz em me receber, mas na verdade eles não tinham espaço. Marissa já dividia o quarto com a irmã. Eu não poderia dormir na bicama pelo resto do ano.

Noah? Hã. Claro que eu o amava, e me dava bem com os pais e os irmãos dele, mas não estava pronta para dividir um banheiro com nenhum deles.

Então sobrava... Vi.

Espera aí. Era isso.

— Posso morar com Vi! — Sim, sim, sim!

— Você quer morar com sua amiga Violet? — perguntou papai.

— Sim! — exclamei. Minhas costelas se expandiram conforme me enchi de esperança. — Eu poderia ir morar com Vi.

— Você não pode morar com uma *amiga* — disse Penny, enfatizando a palavra *amiga* como se eu tivesse acabado de dizer "família de anacondas".

— Não é apenas uma amiga — expliquei, rápido. — Uma amiga e a mãe dela. — Isso poderia funcionar. Poderia mesmo. Vi tinha uma casa engraçada na ilha Mississauga, bem no estreito de Long Island. Das janelas da sala de estar dela dava para ver a água.

— Não acho apropriado você ir morar com outra família — disse papai. — E duvido que a mãe de Vi concorde.

Bem, eu não achava apropriado, ou justo, que eles me tirassem da escola no meio do 1º ano.

— A mãe de Vi não ligaria nem um pouco. No ano passado elas se ofereceram para abrigar uma aluna de intercâmbio, mas não deu certo. Suzanne era muito relaxada.

As sobrancelhas de papai subiram.

— Não tão relaxada — acrescentei, rápido. — Além disso, o porão já está arrumado como quarto. Tem banheiro próprio e tudo. Eu poderia ao menos perguntar, não? E depois conversaríamos melhor? Poderíamos ao menos considerar?

Penny enrugou o nariz.

— Você quer se mudar para um porão? Porões são frios e têm correntes de ar.

— Eu não me importo. — Um porão em Westport era melhor do que qualquer quarto em Cleveland.

— Não sei — disse Penny, balançando a cabeça.

Não é você quem decide, eu queria dizer, mas fiquei quieta. Olhei papai com determinação e fiz o melhor para parecer racional e madura.

— Não há motivo para eu mudar para Cleveland agora. Só faltam seis meses para acabar o 1º ano. Deixem-me acabar aqui. Na escola Hillsdale. Amo Hillsdale. Ficarei bem na casa de Vi. Ela adoraria que eu fosse — falei, devagar.

Papai juntou as sobrancelhas.

— Por favor?

— Mas e quanto ao próximo ano? Vi não é veterana? — perguntou papai.

— Vamos lidar com este ano primeiro. Se eu precisar mudar no ano que vem, então mudo no ano que vem. — De jeito nenhum eu mudaria no ano seguinte também. Mas quem sabe como estaria a situação na época? Há muito tempo eu morava com mamãe, papai e meu irmão na estrada Oakbrook, nº 32, mas isso também havia mudado. — Quem sabe? Vai ver vocês vão odiar Cleveland e vão querer voltar. Ou talvez Vi ainda esteja aqui no ano que vem. — Até parece. Vi tinha grandes planos que envolviam faculdades muito, muito longe de Westport. — Podemos tentar a casa de Vi neste semestre? Por favor? — No último *por favor* eu estava com lágrimas nos olhos e os lábios trêmulos.

Ninguém falou.

Eu não tinha certeza do que estava esperando. Não imaginava que eles me deixassem morar com uma amiga. *Eu* não me deixaria ir morar com uma amiga. Mas quando a pausa permaneceu, eu havia ganhado.

— Acho que podemos falar com a mãe de Violet — disse papai, finalmente.

Pulei da cadeira e lancei os braços ao redor dele.

PEQUENA COMPLICAÇÃO

Deixei duas mensagens no celular de Vi na quinta-feira à noite, mas ela não ligou de volta. Devia estar ocupada com alguma festa. Somos judeus, então para mim era o Dia em que Papai Disse que Iríamos nos Mudar, mas para a maioria do mundo era Natal. Ainda não havia contado a ela os detalhes, apenas que precisava falar com ela.

Ela me ligou de volta na sexta-feira de manhã, às 11 horas.

— Tudo bem? — perguntou ela. — Acabei de acessar a secretária eletrônica. Minha mãe pegou meu celular emprestado ontem e não se lembra de onde o deixou.

Eu contei tudo, então prendi a respiração. E se depois de tudo isso Vi não me quisesse lá?

— É claro que você pode morar comigo! É claro que minha mãe não vai se importar! Eu não posso, de jeito nenhum, deixar você se mudar para Cleveland! De jeito nenhum!

Fiiiiuuuu, exalei aliviada.

— Seremos *housemates*, amigas de casa! — gritou ela, num tom agudo.

Eu teria usado a palavra *roommate*, colega de quarto, mas Vi era mais do tipo *housemate*. Soava mais sofisticado. *Roommate* é para crianças. Vi também era o tipo de garota que detestava ser chamada de "garota". Ela era uma mulher, muito obrigada. Bebia vinho, usava os cabelos em coque preto e baixo, malhava toda manhã, editava o jornal da escola e lia o *New York Times* todos os dias. "Garota" não se encaixava. Vi era o máximo.

Vi e eu estudamos juntas no jardim de infância. Naquela época, as turmas eram misturadas, crianças de 3 e 4 anos ficavam juntas. Nos demos muito bem. Nossas mães se deram muito bem. Mais tarde, Suzanne e mamãe perderam o contato, mas nós permanecemos amigas ao longo dos anos, mesmo que não estivéssemos no mesmo ano, mesmo que não andássemos com as mesmas pessoas. Às vezes, misturávamos os grupos, como na noite do Incidente. Mas, em geral, cada uma ficava com o próprio círculo social. Mas sempre fomos amigas.

— Vamos nos divertir muito — acrescentou ela.

Nós nos divertiríamos muito. Morar com Vi e Suzanne não seria como morar com meu pai e Penny.

Vamos tirar um segundo para comparar, sim?

Todos os lençóis em uso na minha casa deveriam, obrigatoriamente, ter aquela dobra hospitalar ao pé da cama. Eu era instruída a, por favor, usar um travesseiro ao me recostar na cabeceira forrada da cama. Vi e a mãe, por outro lado, têm colchões d'água. Nunca vi a cama de água de Suzanne feita. A casa de Vi cheirava a incenso de canela. A minha cheirava a lenços umedecidos com um toque de Lysol. Devido ao Incidente, meu horário de voltar para casa era 22 horas. Suzanne não acreditava em horário para voltar para casa. E, de qualquer forma, seria difícil controlá-los, pois os espetáculos dela costumavam ir até às 23 horas, e ela mesma nunca estava em casa antes de 1 hora da manhã.

Mais uma comparação Suzanne/papai: Suzanne era espontânea. Do nada, fazia jantares em que cada convidado levava um prato e noites de maratonas de filmes. Papai e Penny agendavam sexo para todas as terças e sábados às 23 horas. Eu tentava estar dormindo nesse horário. Não é como se estivesse marcado no calendário, mas eu ouvia as músicas de Barry Manilow tocando religiosamente. Dá para imaginar... agendar sexo? Existe alguma coisa menos romântica?

O.k., Noah e eu estávamos tentando agendar sexo — para aquela noite?! —, mas, obviamente, era por outro motivo. Não poderíamos espontaneamente conseguir a casa para nós.

— É perfeito — Vi continuou. — Você não tem ideia. Minha mãe acaba de receber um convite para o papel principal em uma produção itinerante de *Mary Poppins*.

Eu gargalhei.

— Sua mãe vai interpretar Mary Poppins?

— Sim. Percebo a ironia.

— Durante quanto tempo?

— O contrato é de seis meses. O espetáculo abre em Chicago por seis semanas e depois segue pelo país. Ela vai ficar aliviada por eu ter alguém com quem conversar.

Ai, não!

— Nós duas... na sua casa? — Nós duas. Na casa de praia dela. Sem pais.

— É isso aí! Não é perfeito?

— Sua mãe não se importa em deixar você sozinha?

— Querida. Conseguir trabalho está difícil ultimamente, e mamãe não está ficando mais nova ou mais magra. Está duas vezes do tamanho que costumava ter. Se oferecem *Mary Poppins* itinerante, ela aceita *Mary Poppins* itinerante.

Suzanne havia sido uma estrela mediana na Broadway. Então, engravidou de um inglês bonitinho. Daí, o inglês bonitinho a trocou por uma australiana. Suzanne voltou a morar com a mãe para ter ajuda com a bebê Violet, então ela se tornou garçonete e começou a fazer teatro comunitário. Quando Vi começou no ensino médio, Suzanne voltou a atuar na cidade. Os papéis não tinham sido grandes. Ter um papel principal era muita coisa. Eu deveria ter ficado feliz por Suzanne — e fiquei — mas, se ela seria Mary Poppins em Chicago, então eu seria Le Misérable em Ohio.

Atirei-me de costas na cama.

— Vi, meu pai não vai me deixar ficar se sua mãe não estiver aí.

Silêncio do outro lado da linha.

— Por que não?

— Ele acredita seriamente em supervisão.

— Mas vamos nos divertir tanto!

— Tanto — respondi, arrasada. — Ai, meu Deus! Vou ter de me mudar para Ohio. — Os pontinhos pretos estavam voltando. Cobri os olhos com as mãos. — Por que papai está destruindo minha vida? Que pais se levantam e se mudam para outra cidade?

— Os meus.

Certo.

— Por que não temos pais normais?

Outra pausa.

— Vai ver minha mãe consegue convencer seu pai a nos deixar tentar.

— Vi, meu pai nunca vai me deixar ficar só com você. Ele não me deixaria viver sem um adulto responsável por perto. Acho que é até contra a lei.

— Eu não chamaria minha mãe de adulto responsável. Ontem à noite ela trouxe para casa no mínimo 30 atores, todos bêbados e cantando músicas de espetáculos.

— Contar isso a meu pai não vai ajudar o caso também. Estou ferrada.

— Não, por favor. Apenas explique que não é nada de mais. Mamãe ligará para ele quando acordar.

— São 11 horas da manhã.

— Ela foi dormir tarde. — Vi soltou um suspiro longo e sério. — Talvez colocar minha mãe e seu pai ao telefone juntos não seja nossa melhor tática. Ela tem o hábito de compartilhar demais. Então, vamos fazer o seguinte: deixe-me falar com ele.

— Você não vai conseguir convencê-lo disso, Vi. — Ela era boa, mas não tão boa. No ano passado, ganhara o concurso de discurso em público do colégio. Seu tema foi "Como ganhar um concurso de discurso em público". Muito convincente.

— E se ele pensar que sou minha mãe?

— Oi? — Meus dedos se contraíram dentro das meias.

— Ele liga para o telefone aqui de casa. Pensa que eu sou ela. Eu digo a ele que ficaria feliz que você viesse morar conosco e não menciono a parte de viajar pelo país.

Hã.

— E simplesmente não contamos a ele?

— Exatamente. O que ele não sabe...

— Aimeudeus, isso é loucura. Não posso fazer isso. — Prendi a respiração. Eu não era o tipo de pessoa que fazia coisas assim.

— Então vá para Cleveland.

Eu não poderia me mudar para Cleveland. Não agora. Não oito dias depois de estar prestes a fazer aquilo com meu namorado. Não no meio do ano escolar. Nunca.

— Para que número ele deve ligar? — ouvi-me dizer.

O INCIDENTE

Era o início de meu ano como caloura.

Eu ainda não estava ciente do poder dos drinques com vinho. Claro, tinham gosto de limonada, mas antes que se desse conta você poderia estar na areia imitando sereias.

Vi, Marissa, a amiga de Vi, Joanna, e eu ficamos bêbadas em Compo Beach. Lucy Michaels nos filmou com o iPhone e mostrou o vídeo para a mãe dela.

Infelizmente, a mãe de Lucy era a nova conselheira do colégio.

Depois de a Sra. Michaels contar a todos os pais — e mostrar o vídeo — eis o que aconteceu:

Joanna estudava na Andersen High School, então não fez diferença.

Marissa ficou uma semana de castigo.

A mãe de Vi disse "E daí? Elas não dirigiram para casa depois, dirigiram?" (Não dirigimos. O amigo de Vi, Dean, nos deu uma carona.)

Mas eu? Eu fiquei de castigo por duas semanas e meu horário de voltar para casa passou a ser 22 horas — indefinidamente.

Sim, eu fui a única a rolar na areia declarando ser uma sereia. Também fui eu quem pediu a Dean para parar o carro para vomitar, mas papai não tinha a prova em vídeo desse detalhe.

Também não deve ter ajudado o fato de eu ter ido morar com papai apenas seis dias antes.

Ele e Penny tiveram muitas conversas de portas fechadas e então, finalmente, ficou decidido que eu teria de chegar em casa às 22 horas todas as noites, mesmo nos fins de semana; assim, eu não arranjaria mais problemas. Como se os problemas só acontecessem depois das 22 horas!

— Você não percebe como é perigoso para uma garota andar por aí bêbada? — perguntou papai, balançando a cabeça. — Achei que você tivesse mais discernimento.

— Eu tinha — respondi. — Eu tenho. — Abracei os joelhos e tentei desaparecer na cama.

A voz dele estava carregada de desapontamento.

— Não entendo *por quê*. Eu sei que você não agia assim quando morava com sua mãe. Pelo menos espero que não.

— Eu não agia — falei. O que era verdade. Eu sempre fui boazinha. Claro que já havia tomado alguns goles de bebida alcoólica antes, mas aquela noite em Compo Beach foi a primeira vez que fiquei doidona.

— Então, por que agora?

Porque pareceu uma ideia divertida? Praia! Drinques de vinho! Sereias! Além disso, eu estava irritada com Noah (por causa da Situação Corinne) e queria mostrar que poderia ter uma noite doida e divertida sem ele.

— Eu não sei — respondi. — Desculpe-me, pai.

— Penny acha que você está agindo assim porque está com raiva por sua mãe ter se mudado.

Eu fiz que não com a cabeça, mas não respondi exatamente à pergunta.

POR QUE LUCY MICHAELS NOS DEDUROU

Quem sabe? Ela estava sempre andando sozinha, olhando para as pessoas. Tinha uns olhos azul-escuros enormes, que nunca piscavam. Se a observasse na sala de aula por 15 minutos, veria que as pálpebras dela nem tremiam. Quando O Incidente aconteceu, ela era caloura, assim como eu, embora tivesse acabado de se mudar para Westport e eu tivesse passado a vida inteira lá.

Nos dedurar logo na primeira semana em que começou na Hillsdale não foi uma estratégia inteligente para fazer amigos.

DE VOLTA A CLEVELAND

Papai e eu estávamos sentados na sala de estar, em lados opostos do sofá de camurça, quando ele ligou para "Suzanne".

Eu estava louca para me aproximar dele, para ouvir algo do que Vi estava dizendo, mas decidi que ouvir a conversa inteira poderia causar taquicardia.

— Oi, Suzanne, aqui é Jake Berman, o pai de April. Como vai? — iniciou papai.

Tive um pequeno ataque cardíaco mesmo sem ouvir a resposta de Vi.

— Ótimo, ótimo, tão bom saber... — continuou ele. — Sim, obrigado. Agora, quanto a April ir morar com você...

Minhas mãos começaram a tremer, como se eu estivesse tendo uma overdose de café. Como não consegui acalmá-las, decidi que seria melhor sair do recinto ou me denunciaria. Se papai suspeitasse que estava falando com Vi, em vez de com Suzanne, seria o fim.

Corri até a cozinha e tentei não ouvir a voz dele.

— ... como uma inconveniência de maneira alguma...

Lá, lá, lá.

— Ela terá uma mesada para comida...

Parecia promissor.

— Sim, responsabilidade...

Não ouça. Ande de um lado para o outro. Sim, disse a mim mesma. Ande. De um lado para o outro da cozinha. Mas não faça muito barulho. Pareça ocupada. Muito ocupada abrindo e fechando a geladeira. Olá, geladeira. Olá, maçãs. Olá, uvas. Olá, mozarela light. Talvez devesse lavar as mãos. Abafar o som. Liguei a torneira, boa e alta, então ensaboei e enxaguei. Então ensaboei e enxaguei de novo. Não conseguia acreditar que estava fazendo aquilo. Mentindo para papai. Viver com

Vi era a coisa certa a fazer, não? E se papai dissesse não? E se dissesse sim? Quando fechei a torneira, havia silêncio. Queria correr até a sala, mas me contive.

— Pai? — falei, cautelosa.

Nenhuma resposta. Ai, meu Deus! Ele descobriu. Vi confessou. Eu estava morta. Eu me preparei antes de ir para a sala.

Ele estava digitando no BlackBerry, mas parou quando eu entrei.

— Bem, princesa. — Ele expirou, como se estivesse levemente atordoado. — Parece que pode fazer isso se quiser. Pode ficar com elas até terminar o ano escolar. Suzanne disse que a melhor forma de falar com ela é por e-mail, então estou enviando meus contatos.

Ela disse? Você está?

— Ela participará de uma produção de *Chicago* nesta primavera, nos ofereceu ingressos quando estivermos na cidade.

— Que generosa — disparei.

— Tem certeza de que é isso que quer fazer? — perguntou ele, olhando para mim.

Quando nossos olhos se encontraram, percebi que a partir de então eu e ele é que teríamos de *manter contato*.

Ah!

Mas eu não poderia me mudar para Cleveland. Não poderia. Claro, eu estava arrasada por meu pai ir embora, mas, mais do que tudo, estava aliviada. Eu ficaria.

— Sim — respondi, olhando para as mãos.

AS REGRAS

Reli a mensagem instantânea de Noah: *Mal posso esperar por hoje à noite... A que horas devo ir?*, antes de responder: *Não venha. Sinto muito, mas teremos de adiar. De novo.*

Vida de cabeça para baixo. Podemos ir a um lugar tranquilo? Burger Palace? Enquanto digitava a última palavra, papai bateu à porta, abriu e me entregou um pedaço de papel. AS REGRAS estava impresso no topo.

Explico depois, digitei rápido, e fechei o laptop.

— Um — disse papai, lendo sua cópia de AS REGRAS. — Você deve tirar notas altas.

— Notas — repeti, virando a cadeira para encará-lo. — Notas altas. O.k.

Claro que manteria minhas notas altas. Minha média era quase máxima, não estragaria isso. Pelo menos não naquele semestre, o mais importante deles.

— Se a sua média baixar *só um pouquinho*, você estará no próximo voo para Cleveland.

— Com certeza, entendo — respondi.

— Depois — continuou ele. — Nada de meninos na casa.

Pisquei os olhos.

— Devo impedir que Vi e Suzanne recebam visitas masculinas?

Ele riu.

— Não dê uma de espertinha.

— É difícil me controlar.

— Nada de Noah no seu quarto. Nada de você e Noah sozinhos na casa. — Eram as mesmas regras da nossa casa.

— Então a regra é só para Noah. Posso convidar quantos outros garotos eu quiser?

Ele levantou uma sobrancelha.

— Pai, estou brincando. Nada de garotos. Principalmente Noah. Continue.

— Três. Nada de beber — disse ele.

— Nada de beber — repeti, corando. — Acho que imitações de sereias também estão banidas.

Ele sorriu.

— Sim. Regra número quatro: seu horário de voltar para casa continua o mesmo.

Ele estava brincando? Queria que eu mantivesse o horário das 22 horas mesmo ele se mudando para outra cidade?

— Pai, por favor...

Ele fez que não com a cabeça, com a expressão séria.

— Estou falando sério. O horário será o mesmo. Discuti isso com Suzanne.

Com certeza, "Suzanne" levaria aquela regra muito a sério.

— O.k. — cedi.

— Eu confio em você, April. Você, com certeza, conquistou essa confiança no último ano e meio.

Concordei e tentei ignorar a culpa que me tomou ao ouvir a palavra *confiança*.

Ele apoiou o braço em meu ombro e o apertou.

— É possível saber muito sobre alguém não somente pelos sucessos, mas pela maneira como lidam com os fracassos e, April, estou muito orgulhoso de como você vem cumprindo o horário. Acho que nunca se atrasou.

— Nunca — falei, honestamente. Bem, a não ser quando fiquei na casa de Marissa. Contanto que ligasse para os pais de vez em quando e desse um beijo de boa-noite neles ao chegar em casa, ela não tinha horário para voltar. Os pais confiavam nela, e eram apegados. Eles eram apegados a todos os cinco filhos. Jantavam juntos todas as noites. Na sexta-feira à noite, no jantar do Sabá, chamavam os avós, os primos e os amigos íntimos. Eu tinha lugar cativo, além de uma quedinha maternal pela mãe de Marissa, Dana.

Então, aquilo era tudo? Tirar notas altas, nada de bebidas, nada de garotos e obedecer ao horário? Factível. Ou ao menos, dissimulável.

— E como faço para comprar coisas? — perguntei. — Tipo, quando precisar de roupas novas.

Ele pigarreou.

— Depositarei dinheiro em uma conta para você todo início do mês. Duzentos dólares para o aluguel e mais 200 para a comida. Você entregará o dinheiro diretamente a Suzanne. E haverá um extra para você.

— Ah! — disse, surpresa. — Quanto, no total?

— Mil dólares por mês.

Caramba! Ele estava de brincadeira? Mil dólares por mês? Sabia que papai ganhava bem... Mas aquilo parecia dinheiro demais.

Ele riu da expressão de surpresa no meu rosto.

— Não é só para comprar jeans caros, April. Para aluguel, para comida, livros, almoços na escola, diversão, gasolina...

— Gasolina? Para quê? — Espere aí. — Eu vou ganhar um carro? — gritei com a voz aguda.

Ele apertou meu ombro de novo.

— Não seria justo que você dependesse de Violet e Suzanne para transporte.

— Sim! Sim! Obrigada, obrigada, obrigada, obrigada! — Pulei da cadeira e joguei os braços em volta dele.

— Não me agradeça. — Ele me beijou na testa. — Agradeça a Penny. Ela acha que você não deveria depender de outras pessoas para se locomover. Ela sugeriu deixar o próprio carro aqui para você — disse ele, orgulhoso. — Comprarei um novo para ela em Ohio. — Papai estava sempre tentando provar para mim o quanto Penny se importava comigo. Mas se ela se importava tanto, talvez não devesse arrastar meu pai para Cleveland.

Ainda assim, se ela podia dar, eu podia dar.

— Obrigada, Penny — eu disse, e não me importava mesmo que ela fosse ganhar um carro novo e eu ficasse com o Honda de dez anos que ela dirigia desde antes de se casar com papai. Era sorte eu ganhar qualquer carro. Mesmo um que fosse amarelão e fedesse a lencinhos desinfetantes. Pelo menos era limpo.

Meu próprio carro! Minha própria conta bancária, cheia de dinheiro! Meu próprio porão. Com paredes que não davam para as de mais ninguém! Eu me sentia a garota mais sortuda do mundo, e se aquela pontinha de culpa voltasse, bem, eu a empurraria de volta. Para muito longe. Tipo, para Cleveland.

— Espero que você me envie um demonstrativo de gastos todo mês, mostrando como está usando seu dinheiro. Será um ótimo aprendizado para você. Terá de aprender a ser prática.

— Demonstrativo de gastos, então. É tudo? — perguntei, os pés dançando. — Estamos combinados?

— Tudo certo.

Depois que papai finalmente saiu do quarto, abri o laptop para ver se Noah havia respondido, mas não havia. Eu sabia que ele ficaria desapontado por aquela não ser *a* noite, mas se animaria ao ouvir as novidades. Ainda não tinha contado nada sobre Cleveland ou a casa de Vi a ele. Queria resolver tudo primeiro para não preocupá-lo à toa. Tal pai, tal filha, acho.

Movi a cadeira de rodinhas para a frente e para trás, não conseguia acreditar no que estava acontecendo. Papai me deixaria ficar. Ele havia pedido para se encontrar pessoalmente com Suzanne, mas Vi dissera que estariam em Los Angeles durante o resto do recesso de Natal, mas que voltariam antes da mudança, e poderiam se falar pessoalmente então.

Eu não conseguia acreditar que ele me deixaria ficar tão facilmente. Se eu fosse mãe, iria... Bem, não sei o que faria.

Sei que nunca me divorciaria. Não que culpe meu pai por isso. Mas ainda assim... Quando me casar, vou fazer o casamento funcionar.

Casamento é para sempre, não importa o que o outro faça.

VOCÊ DIZ PREGUIÇA, EU DIGO PROPOSTA

— Gosto de ser um bicho-preguiça de sofá — disse a Noah.

Era sábado, um ano antes, o mês de janeiro de meu ano de caloura. Estava congelando do lado de fora, doía respirar. Estávamos no porão dele, no sofá de camurça marrom, debaixo da manta. Eu estava aconchegada sobre o braço de Noah, que me envolvia. O casaco de lã de ovelha parecia macio contra minha bochecha. Estávamos imóveis havia duas horas.

Ele estava brincando com uma mecha do meu cabelo.

— Vamos ficar aqui para sempre.

— Alguma hora precisaremos comer — respondi.

— Pediremos comida.

— Teríamos de atender à porta. — Fiz gestos de caminhada com os dedos.

— Meus pais atendem e trazem a comida até nós.

— E quanto à escola? — perguntei, fechando os olhos.

— Vamos estudar em casa.

— Meu pai pode querer saber onde estou.

— Diga a ele que fugimos para nos casar.

Eu ri.

— Ele gosta de você, mas não tanto assim.

Ele me abraçou forte.

— Dá para imaginar?

Meu coração parou. Abri os olhos.

— Fugir e casar?

— É. — Ele se virou para me encarar. — Eu poderia passar todos os dias com você. Bem aqui. No sofá.

Meu corpo todo pareceu esquentar. Segurança. Amor. Passei o dedo do nariz até o queixo dele.

— Amo você — disse. Parte de mim conseguiria. Fugir e me casar. Mas a outra parte... A outra parte se perguntava se eu poderia confiar em alguém de verdade. Se *qualquer um* poderia confiar em alguém. Se todos os relacionamentos não estariam condenados.

Mas eu não podia falar isso para Noah.

— Mas... Há o pequeno detalhe de termos 15 anos — eu disse, tentando amenizar o clima.

— E daí? — Os olhos dele brilhavam. — Eu amo você também. Por isso deveríamos fazer. Seria divertido! E emocionante!

— E ilegal. Acho que é preciso ter 18 anos para poder casar. — Levantei os braços para me espreguiçar. — Também teríamos de sair do sofá.

Ele pressionou a mão aberta contra a minha.

— Aposto que conseguiríamos que um rabino viesse até aqui.

— Não sei se conseguiria me casar usando calça de ioga. Se ao menos fosse branca, em vez de preta.

— É justo. — Ele beijou minha testa. — Eu faria mesmo, sabe.

Eu me aconcheguei na maciez do casaco dele.

— Eu também — murmurei, sem querer sair dali.

CONTANDO AS NOVIDADES A NOAH

— Você não vai acreditar no que está acontecendo — falei, assim que entrei no carro de Noah.

Os cabelos pretos dele estavam úmidos e ondulados, bem do jeito que eu amava. Ele estava usando jeans cinza e o casaco amarelo fluorescente largão, que, não sei como, ficava bem nele. Noah era magro e tinha vergonha do corpo — mesmo que não precisasse ter — e gostava de parecer maior. Ele me deu um beijão na boca.

— Deixe-me adivinhar. Você vai me seduzir no banco de trás?

— Hahaha — respondi. — Não, foi mal. Não posso lidar com sexo esta noite. Minha vida está muito louca.

— O.k. — disse ele, parecendo confuso e um pouco desapontado.

— Então, ontem, meu pai sentou comigo e disse que vamos nos mudar para Cleveland. Cleveland! Não tão longe quanto a França, mas fala sério. Qual o problema dos meus pais?

O sorriso dele sumiu.

— Você vai embora?

— Acha que eu abandonaria você? De jeito nenhum. — Cheguei mais perto e passei o dedo pelo joelho dele. — Não vou a lugar nenhum.

— Então eles não vão se mudar?

— Não. Eles vão. Mas vão me deixar ficar com Vi!

— Vi? — Ele pareceu meio chocado.

— Sim!

— Você vai morar com Vi?

— Sim!

— E quanto a seu pai e Penny?

— Eles vão embora!

— E vão deixar você com Vi. Por quanto tempo?

— Até o fim do ano escolar. Pelo menos até o fim do ano escolar. Eu vou ficar em Westport!

— Você vai ficar em Westport... por minha causa?

— Sim! — Espere aí. Mais ou menos. Eu estava brincando, mas agora não queria magoá-lo. — Principalmente por sua causa. Mas também por Marissa, pela escola e... Você sabe. Minha vida é aqui.

A boca dele se escancarou.

— Uau!

— Eu sei! Vou morar com Vi.

Ele inclinou a cabeça para o lado.

— April, sei que você pensa que Vi é Deus na Terra... Hã?

— Não penso não.

— Sim. Você pensa. Mas ela é meio intensa. Tem certeza que quer morar com ela?

— Sim — disparei. — Ela é uma das minhas melhores amigas. E, de qualquer forma, não tenho tantas opções aqui.

— A mãe de Vi não é meio estranha? — perguntou Noah.

— Não, ela é legal, mas isso não importa. Porque essa é a parte mais doida. Ela não vai estar lá. Ela vai se mudar para Chicago por algum tempo. E, depois, para Tampa, ou algo assim. Mas meu pai não sabe disso.

Ele balançou a cabeça incrédulo.

— Hã?

Expliquei tudo, minha animação crescendo.

— Então serão só você e Vi? — disse ele, quando terminei.

— A-hã.

— Isso é... incrível. — Os olhos verdes de Noah estavam arregalados.

— Eu sei.

— Quando seu pai e Penny vão embora? Quando vai se mudar para a casa de Vi?

— Dia 3 de janeiro, provavelmente. No dia que você volta. — Odiava o fato de Noah ir viajar. Odiava que ele não estaria aqui no ano-novo. Ele sempre me abandonava no ano-novo.

— Isso tudo é muito louco — disse ele, colocando o braço em volta de mim. — Mas ainda não entendo por que não podemos fazer sexo na sua casa esta noite.

Virei os olhos.

— Porque estou apavorada. Porque se, por algum motivo, meus pais nos pegarem, me obrigariam a me mudar para Cleveland e eu nunca mais veria você. Porque em oito dias teremos um porão inteiro só para nós dois.

Ele sorriu.

— Um porão inteiro, hã? Então podemos fazer em qualquer lugar do porão?

— Sim, mas provavelmente faremos na cama. — Puxei-o pelo casaco para mais perto de mim e o beijei. Seus lábios eram macios. Familiares. Beijei-o de novo, mais forte, então me afastei. — Ainda podemos fazer uma visita ao seu banco de trás esta noite, mas nada de sexo. E não na frente da minha casa. Não posso arriscar que meus pais me levem para longe de você.

Ele pegou minha mão.

— Dirigir, depois hambúrguer?

— Então vamos fazer! Bem, não fazer *aquilo*. Amo você! — eu disse, a voz aguda, e então soprei um beijo para ele.

— É o que você vive repetindo — respondeu ele, parecendo brincadeira, mas eu sabia que não era.

Pisquei.

— Eu amo! — Será que ele achava que eu estava adiando transar porque não o amava?

— Eu *sei* que você me ama. — Ele balançou a cabeça. — Amo você também.

— Em oito dias serei toda sua — respondi.

Ele concordou e deu partida no carro.

OS CINCO PASSOS PARA MENTIR PARA OS PAIS

1. Crie duas contas falsas no pmail.
2. Dê o pmail falso de Suzanne para Jake.
3. Dê o pmail falso de Jake para Suzanne.
4. Faça e-mails curtos. Dê apenas detalhes vagos.
5. Consiga sair dessa ilesa.

E-MAILS ENTRE O VERDADEIRO JAKE BERMAN E A FALSA SUZANNE CALDWELL

De: Jake Berman <Jake.Berman@comnet.com>
Data: Sex, 26 dez, 3:10 p.m.
Para: Suzanne Caldwell <Suzanne_Caldwell@pmail.com>
Assunto: Contatos

Suzanne,
Seguem meus contatos: Você consegue falar comigo a qualquer hora por e-mail ou no meu celular, 203-555-3939. Agradeço muito por ficar com April neste semestre. Com tudo o que aconteceu nos últimos anos, acho que ela se sente muito ligada a Westport e à vida aqui, então entendo por que está tão relutante em mudar. Estou feliz por termos encontrado essa solução. Depositarei o dinheiro na conta bancária de April no primeiro dia de cada mês, e ela entregará a você 400 dólares em dinheiro pelo aluguel e para a comida. Obrigado, também, por garantir que ela siga minhas regras — principalmente a do horário de voltar para casa (22 horas). O mundo é perigoso. Como sabemos, adolescentes precisam de estrutura.
Abs,
Jake

Enviado do meu BlackBerry

————

De: Suzanne Caldwell <Suzanne_Caldwell@pmail.com>
Data: Sáb, 27 dez, 12:15 p.m.
Para: Jake Berman <Jake.Berman@comnet.com>
Assunto: RE: Contatos

Caro Jake,
April é ótima; estamos muito felizes por ela ficar aqui. E não se preocupe com nada. Se ela chegar em casa um minuto depois das 22 horas, entrarei em contato com você imediatamente. No entanto, só para que fique sabendo, o uso de celulares em teatros é desencorajado — se tiver alguma pergunta ou preocupação, o modo mais rápido, e o melhor, de entrar em contato comigo é por e-mail.
Desejo sorte com a mudança para Cleveland,
Suzanne

E-MAILS ENTRE A VERDADEIRA SUZANNE CALDWELL E O FALSO JAKE BERMAN

De: Suzanne Caldwell <Primadonna@mindjump.com>
Data: Dom, 28 dez, 2:00 p.m.
Para: Jake Berman <Jake.Berman@pmail.com>
Assunto: April

Jake —
Vi me encaminhou seus contatos e preciso dizer que estou muito animada por April ficar aqui enquanto eu estiver viajando! Será uma ótima companhia para Vi e espero que mantenham uma a outra longe de problemas! Embora Vi seja bastante responsável. Mais responsável do que eu era na idade dela, isso é certo. Você não acreditaria nos problemas em que me meti. Bem, talvez acredite

— um deles foi ficar grávida de Violet. Ha, ha! Mas, falando sério, como eu disse a Vi, não é necessário um aluguel, estou feliz por April ficar por aqui! Vi fica irritadiça quando passa muito tempo sozinha! Talvez possam se revezar para fazer as compras? Ligue para meu celular, 203-555-9878, sempre que quiser.
Bjos!
Suzanne

———————

De: Jake Berman <Jake.Berman@pmail.com>
Data: Dom, 28 dez, 9:10 p.m.
Para: Suzanne Caldwell <Primadonna@mindjump.com>
Assunto: RE: April

Suzanne —
Obrigado pelo e-mail. Parabéns pelo projeto futuro. *Mary Poppins* parece o papel perfeito para você. É muito generoso de sua parte não exigir aluguel — agradecemos! April poderá certamente pagar pelas compras e também pelos gastos dela com eletricidade. Deixarei para que Vi decida. Parece que ela tem tudo sob controle. E não consigo imaginá-la irritadiça — é sempre tão bom estar com ela. É tão inteligente e segura de si! Você deveria se sentir sortuda por ter uma filha tão maravilhosa. Por favor, mantenha contato por e-mail se tiver alguma dúvida ou preocupação — é a melhor e mais rápida forma de falar comigo.
Abs,
Jake

CARAMBA

Vi era um gênio do mal. Um gênio do mal irritadiço e seguro de si.

número dois:
brincamos de eu nunca

MUDANÇA

— Então, isso é tudo? — perguntou papai depois de colocar, com um empurrão, a última caixa de papelão sobre duas outras no meu novo chão.

O teto era baixo, as paredes, de um branco reluzente (quase fluorescentes), o quarto cheirava levemente a iogurte estragado e a janela tinha vista para a lixeira. Mas era todo meu. Todo meu. Meu estômago não tinha parado de flutuar desde que havíamos chegado, de manhã cedo.

Meu pai se inclinou para a frente, juntando as duas mãos à frente do corpo, para alongar as costas.

— Tem certeza de que não precisa de ajuda para desempacotar? Eu tenho tempo, querida. Ficaria feliz em ajudar.

— Não, não, Vi e Marissa estão aqui para me ajudar. Você pode voltar para as suas caixas. — Engoli em seco. — Quer dizer, os homens da mudança devem ter algumas dúvidas para tirar com você. — Eles pegariam o avião naquela noite.

Vi, de pernas cruzadas sobre meu novo futon, discretamente levantou os polegares para mim. Ela estava vestindo jeans pretos skinny e uma blusa verde que caía dos ombros. Lancei a ela um leve sorriso, mas, sem querer, eu sentia uma pontada de solidão.

— Eu sei, eu sei... — Papai me abraçou. Ele tinha um cheiro acolhedor e perfumado, como sempre. — Ah, vou sentir sua falta, princesa.

Então, não se mude para Cleveland, eu quase disse. Mas não falei. Porque, sim, eu sentiria falta de papai, mas ele estava escolhendo ir. Escolhendo me deixar. Além disso, eu iria viver o sonho de toda garota de 16 anos. Uma casa na praia. Nada de pais. Festa quando eu quisesse. Namorados quando eu quisesse.

— Vou sentir sua falta também — respondi.

— Pena que não consegui falar com Suzanne — disse papai, enrugando a testa. Ele olhou para as escadas do porão como se tivesse esperanças de que a mãe de Vi fosse aparecer de repente, enquanto Vi, Marissa e eu olhamos simultaneamente para o chão. Muito interessante o chão. Velho, bege, bastante pisoteado, com carpete. — Esperava repassar com ela a logística mais uma vez — continuou ele. — Pessoalmente.

— Eu sei — Vi falou. — Ela se sentiu *tão* mal por não poder se encontrar com você. Mas, como eu disse, minha tia-avó caiu e fraturou a bacia, e minha mãe precisou ir cuidar dela.

— Ela é uma boa sobrinha — disse papai.

— É mesmo — concordou Vi. — Ela me disse, tipo, cinco mil vezes, para pedir desculpas a você.

— Por favor, diga a ela que também sinto muito por não termos nos encontrado — respondeu papai. Ele subiu as escadas com nós três atrás. Quando cheguei ao topo, estava meio zonza, talvez por ter subido depressa, mas o mais provável seria por estar tendo um repentino ataque de pânico. De verdade, os pulmões apertados, pontinhos diante dos olhos e tudo.

Se papai soubesse o que realmente estávamos planejando...?

Segurei o corrimão para me equilibrar. Calma, disse a mim mesma. Respire. Ele só vai descobrir se você deixar que ele descubra.

— Ela está sempre no e-mail — disse Vi. — Quer que eu peça para avisar assim que estiver de volta?

— Claro — respondeu papai. Ele se virou para mim. — Então é isso?

Lágrimas encheram meus olhos, pegando-me desprevenida. Forcei um sorriso.

— É isso. Hum, agradeço muito, papai. Por você confiar em mim e tudo.

— Não se esqueça do horário. E lembre-se de ligar o carro todos os dias, ou a bateria pode arriar. Principalmente no inverno. Pus uma lanterna no porta-luvas, por precaução. E você tem o celular.

Ele estava sendo tão fofo! Aquilo estava me torturando.

— Sim, pai.

Ele me deu mais um abraço antes de partir.

— Seja boazinha, princesa. Tome cuidado.

Balancei a cabeça, porque estava tendo dificuldades com as palavras. Vai melhorar depois que ele for embora, tentei me convencer, mas aquele momento — ele indo embora, eu ficando, a verdade sobre o que eu estava fazendo como um elefante branco entre nós dois — foi mais difícil do que eu havia previsto. Se papai descobrisse que eu havia planejado algo que o decepcionaria tanto, ficaria furioso. Mas o pior? Ele ficaria *magoado*.

Já o vira chorar uma vez, e era nisso que eu estava pensando quando o beijei pela última vez, acenei quando ele entrou no carro e, finalmente, fechei a porta de Vi enquanto o carro ia embora. Na minha mente, via os olhos de papai se enchendo de lágrimas naquela única vez, as lágrimas descendo pelas bochechas dele como gotas de chuva.

Marissa e Vi não perceberam nada, graças a Deus. Assim que a porta se fechou, elas fizeram as próprias versões da dança da felicidade. A de Marissa envolvia piruetas, as quais faziam seu vestido azul de algodão se inflar. A de Vi parecia um nado de estilo crawl. Obriguei-me a sair daquele estado. Eu ficaria bem, assim como papai. Ele seria feliz em Cleveland. Não descobriria a verdade. Eu não *deixaria* que ele descobrisse a verdade. Eu daria conta de morar sozinha.

— Vocês são tão sortudas — disse Marissa.

Vi já estava descendo saltitante as escadas.

— Hora de desempacotar, e quero dizer agora, amiga.

— Hum, por quê?

— Sua *soirée* de boas-vindas será esta noite — gritou ela para nós. — E começa às 19 horas!

A ÚNICA VEZ QUE VI PAPAI CHORAR

Estávamos no David's Deli. Eu estava tomando canja. Era um dia depois do meu aniversário de 14 anos, 29 de março. Mamãe brincava com o garfo.

— April, Matthew. O pai de vocês vai se mudar. — A voz dela estava calma. Calma demais. Eu queria gritar que ela poderia ao menos fingir que estava triste.

Papai emitiu um "Ah" e eu me virei para ele, esperando que fosse dizer alguma coisa. Mas, em vez de falar, ele estava engolindo com dificuldade, como se estivesse tentando segurar soluços. Lágrimas desceram por suas bochechas. Ele tentou limpá-las antes que pudéssemos ver. Como se fosse adiantar.

Mas adiantou, acho, porque Matthew se mostrava alheio.

— Ele vai dormir na barraca? — perguntou meu irmão.

— Posso dormir na barraca também? Por favor, pai?

Papai balançou a cabeça. Eu sabia que, não importava o motivo, papai não queria se mudar. Eu queria pular da cadeira e abraçá-lo, dizer a ele que tudo ficaria bem, como ele costumava fazer comigo.

Eu queria gritar.

Eu queria chorar.

Eu queria jogar a canja na cabeça da mamãe.

Eu queria dizer a papai que mesmo que sua esposa de mais de uma década tivesse dormido com outra pessoa, mesmo que ela, obviamente, não se importasse porra nenhuma com ele, eu ainda o amava.

Mas doía olhar para ele. Então encarei mamãe e abracei Matthew. Continuei encarando até que, finalmente, os olhos dela também se encheram de lágrimas e ela olhou para o prato.

28 DE MARÇO

Sim, pode acreditar: eu nasci no dia 28 de março, mas meu nome é April, abril, em inglês.

Eu deveria ter nascido no dia 14 de abril, mas me adiantei duas semanas e meia, e mamãe decidiu que April não precisava ser um nome literal, poderia ser metafórico. Uma nova estação. Uma nova família.

Pelo menos não decidiram me chamar de March, março, em inglês.

DESINFORMAÇÕES

Matthew: Melhor ligar para mamãe. Está tentando falar com você. Roeu todas as unhas.
Eu: Estou mudando para a casa de Vi hoje! Ligo depois! Bjo!
Matthew: Vc tá?
Eu: Papai indo p/ Cleve
Matthew: Ah, é.
Eu: Não contou para mamãe que ele ia se mudar?
Matthew: Esqueci. E vc?

NÃO ESSE TIPO DE MÃE

Por que não falei com mamãe sobre a mudança?

Em um relacionamento mãe-filha tradicional, a filha, provavelmente, ligaria para a mãe para conversar sobre uma mudança dessas. Embora em um relacionamento mãe-filha tradicional, uma caloura do ensino médio moraria com a mãe.

Mas a minha mãe morava em Paris com o novo marido, Daniel (pronuncia-se "Daniele", *en français*). Ela havia se mudado havia um ano e meio, desde o verão depois do meu primeiro ano de caloura.

Na verdade, não me ocorreu consultar mamãe quanto à minha situação de moradia.

A qual eu talvez não devesse ter mencionado usando essas exatas palavras.

— Como você pôde não ter falado comigo sobre isso? — perguntou ela ao telefone, parecendo levemente histérica.

— Não é nada de mais — respondi. — Papai e Penny vão se mudar para Ohio, esta noite, então me mudei para a casa de Vi.

— Espere aí, você se mudou? Isso já aconteceu?

Olhei em volta para o quarto rápida e completamente desempacotado. Vi é, com certeza, muito eficiente.

— Sim. Hoje. A *soirée* de boas-vindas será daqui a algumas horas. Na verdade, acabei de sair do banho, então não tenho muito tempo para conversar. Acho que Noah deve estar a caminho.

— Mas, mas... você não pode simplesmente fazer isso!

— Na verdade, posso — respondi, e se pareci fria, lamento muito. Eu não *queria* exatamente ser fria, mas a verdade é que papai tinha a minha guarda e ela, a de Matthew.

Foi o acordo que fizeram quando mamãe decidiu sair de Westport para morar em Paris com *Daniele*. Ela ficou animadíssima por não depender mais de pensão alimentícia, não depender mais de papai.

"Você não tem ideia de como é irritante ter de justificar quanto custa um suco de laranja", ela me disse, na época. E você não tem ideia de quantas pessoas magoou, eu respondi, mas só na minha cabeça. Pro inferno com o suco de laranja.

— Acho que você perdeu o poder de voto em algum lugar do Atlântico — acrescentei.

Houve uma pausa do outro lado da linha.

— Ainda sou sua mãe. Ainda posso dar minha opinião. — Ela suspirou. — Queria que você viesse morar conosco na França.

— Obrigada, mas, não, obrigada — respondi, curta e grossa. Então me senti mal e acrescentei: — Eu jamais conseguiria terminar o colégio em francês. — Por algum motivo, sempre que eu falava com mamãe, me sentia culpada. Mas não deveria ser ela a se sentir culpada? Foi ela quem *me* deixou. — Eu quero ficar aqui — falei, mantendo a voz firme. — Com minhas amigas.

— Não acredito que seu pai tenha concordado com isso — mamãe falou. — Suzanne não é a mais responsável das mães. Lembro quando ela deixou vocês duas andarem sozinhas até a Baskin-Robbins, na rua Principal, quando tinham 9 anos. Vocês tinham 9 anos!

Virei a cabeça para baixo para amassar as pontas do cabelo com gel.

— Não se preocupe com Suzanne. Ela nem vai estar aqui. Estará viajando.

— O quê? O quê?

Eu sorri. Por que dissera aquilo?

— Ela conseguiu o papel principal em *Mary Poppins*. Não conte a papai. — Não, ela não contaria a papai. Ela nem falava com papai. E, de qualquer forma, ela não me deduraria. Eu era sua *amiga*. Quando pais se divorciam e a mãe começa a namorar novamente, é isso o que acontece. Ao menos foi o que aconteceu conosco. Papéis invertidos. As mães precisam de alguém com quem falar sobre os encontros e (inapropriado ou não) será você mesma.

— April...

— O quê? — disparei.

— Não gosto da ideia de você ir morar sozinha.

— Não estou sozinha. Estou com Vi. Você não vai pegar no meu pé por isso, vai? Não é nada de mais. — Por que eu havia contado a ela? Estupidez. Eu queria que ela se preocupasse? Eu, inconscientemente, queria que ela ligasse para papai?

— Não vou ligar para o seu pai, mas não gosto nada do que está fazendo.

O alívio tomou conta de mim.

— Obrigada, mãe. Agradeço muito. Seremos boazinhas, prometo.

— Eu confio em você, April, mas prometa ligar para mim caso se meta em alguma confusão. Não, antes de se meter em alguma confusão.

A campainha tocou. Noah. Esperava que Vi o deixasse entrar.

— Olha, mãe, tenho de ir. Noah está lá em cima e acabei de sair do banho. E não é, tipo, meia-noite aí? Matthew está dormindo?

— Você pode me ligar amanhã, por favor? — A voz dela exibia um tom de derrota, o que me irritava e me fazia sentir culpa ao mesmo tempo.

— Sim. Dê um beijo em Matt por mim. — Ele passara uma semana conosco em Westport, durante o recesso de inverno, e assim que aquele Menor Desacompanhado se enfiou de volta no avião da Air France, eu senti como se estivesse faltando uma parte de mim. Chorei quando me despedi dele. Sempre chorava. A maioria das irmãs acha o irmão mais novo irritante, mas eu, não. Nunca. Levava Matthew comigo pra todo canto. Costumávamos brincar de esconde-esconde e construir fortes de caixas de papelão, e falávamos um com o outro na língua do P, para nossos pais não entenderem.

— Amanhã mesmo — continuou ela. — Não como fez há duas semanas, quando você disse que me ligaria no dia seguinte e, ao retornar a ligação hoje, descobri que seu telefone fixo havia sido cancelado.

— Certo. Foi mal por isso. Andei ocupada.

— É o que parece. — Outro suspiro.

Era incrível como eu conseguia ouvir nitidamente os suspiros, apesar da distância de um oceano entre nós. Dei tchau e desliguei o telefone. Coloquei jeans e uma camiseta e liguei o som, tentando abafar qualquer preocupação em relação a mamãe.

Precisava atacar o armário de Vi. Tinha várias coisas da moda. Camisetas legais, saltos sexy e um vestido vermelho muito sexy. Era de mangas compridas, decote profundo e curtinho. Gritava "Olhem para mim", entre outras coisas. Ir morar com ela vinha com o bônus de pegar emprestado o que eu quisesse, certo? E eu queria usar aquele vestido vermelho. Não naquela noite, mas em breve.

Ouvi três batidas na porta do porão.

Joguei o celular na cama.

— Entre — falei, tentando soar descolada e fofa.

— Sou eu de novo! — gritou Marissa, correndo escada abaixo. Ela usava um vestido cinza de tricô, leggings pretas e sapatilhas. Marissa sempre estava de vestido. Ela os amava. Vestidos de inverno. Vestidos de verão. Com leggings. Com as pernas à mostra. De qualquer jeito. Ela devia ser a única adolescente que odiava jeans. Usaria vestido para jogar futebol, se fosse permitido. — Sentiu minha falta? Fiquei fora uma hora inteira. Viu que Vi colou as regras de seu pai na geladeira? Tão engraçado.

— Ah, oi.

— O que foi? Não sou divertida o suficiente para você? — perguntou ela.

— Não, você é... claro que é. É que eu estava esperando Noah.

Ele havia chegado de avião naquela noite, achei que já teria ido me ver àquela hora. Seria aquela a grande noite? Primeira noite de volta... Primeira noite na casa nova... alô, primeira vez. Era a nova Eu Independente. E a Eu Independente estava cem por cento pronta para o sexo.

— Você já falou com ele? — perguntou Marissa.

— Ainda não — respondi. — Deixei uma mensagem. Disse para vir para a *soirée*.

— Tenho certeza que deve estar ocupado — respondeu ela, acenando com a mão.

Senti-me insensível. Noah havia ligado de Palm Beach algumas vezes, mas era difícil conversar direito, pois ele estava com a família inteira na casa do avô.

Cacei o delineador preto e olhei meu reflexo no espelho de corpo inteiro que havíamos apoiado contra a parede. Nada mal. Meus cabelos longos estavam perfeitamente ondulados, em vez de arrepiados, e a pele parecia macia. Passei o delineador na parte interna das pálpebras, esperando que fizesse meus olhos castanhos parecerem maiores.

— Não entendo como consegue fazer isso — disse ela, subindo no futon.

— Penny me ensinou — falei. A única coisa em que nos dávamos bem: maquiagem. — Quer que eu te mostre?

— Ah, não. Estou com nervoso só de olhar.

A seguir: rímel.

— Foi mal, estar demorando tanto. Quase acabando.

— Sem pressa. — Ela sorriu, sonhadora. — Vou deitar aqui e fingir que é meu quarto. Talvez tire uma soneca.

— Ficaria feliz em conseguir uma bicama.

— Espere até Noah ver seu novo quarto. Vai ficar doido.

— Descobriremos, se ele vier. — Onde estava ele?

— Deve estar comprando flores para você, ou algo assim. Alguma coisa fofa. Sabe o quanto é sortuda? Tem um namorado maravilhoso que vive a apenas dez minutos daqui e ainda mora sozinha.

Aaron, o namorado de Marissa, morava em Boston.

Coloquei gloss.

— Está esquecendo uma das coisas mais importantes.

— O que é?

Esfreguei os lábios um no outro, então fui até ela e a abracei, porque eu realmente amava Marissa. Sem Marissa, provavelmente, ainda estaria nadando em uma poça de depressão.

— Eu tenho você.

UM CHUTE NOS SHORTS

Há dois anos e meio, no mês de setembro do nosso ano como calouras, Marissa decidiu que precisávamos entrar no time de futebol.

— Mas não somos atléticas — lembrei-a. Tínhamos mais ou menos 1,65m, éramos pequenas e não exatamente ativas.

— E daí? Um esporte seria bom para nós. Para nossa autoestima. Moral. Para nossos bumbuns. — Ambas sabíamos que o que ela realmente queria dizer era: um esporte pode fazer com que você pare de choramingar.

Embora futebol fosse divertido, não me impediu de chorar no travesseiro à noite por minha mãe ter traído papai e feito ele chorar, pela hora do jantar ser tão solitária e silenciosa e muitas vezes composta por lanches do McDonald's, por papai estar saindo com outras mulheres como um lunático e por mamãe querer conversar comigo sobre os caras gatinhos do trabalho dela.

Marissa achava sensacional mamãe querer andar comigo e fofocar, mas isso me dava dor de cabeça. Marissa passou para o Plano B.

— Chamei Noah Friedman para almoçar conosco no Burger Palace — disse ela.

— Quem? — Achei que soubesse quem era, mas não tinha certeza.

— Noah. Está na minha aula de Inglês. Você vai gostar dele.

— Por quê? — perguntei, encostando no armário do colégio.

— Ele é gatinho. É fofo. É inteligente. Acho que vocês dois se dariam bem.

Nós três nos encontramos na porta da escola. Os cabelos dele eram castanhos e cacheados; os olhos, verdes. Mais alto do que eu, mas não muito. As bochechas estavam rosadas, como se tivesse corrido para nos encontrar. Tinha um cheiro refrescante, como chiclete de menta. Seguimos pela rua até o Burger Palace; Marissa ficou no meio.

A garçonete veio e anotou nossos pedidos. Marissa quis tirinhas de frango. Eu, um hambúrguer. Noah, sentado do lado oposto a nós duas, pediu um hambúrguer, batatas fritas, macarrão com queijo como acompanhamento e um milk shake.

— Isso é bastante comida — disse Marissa.

— Sou um garoto em fase crescimento — respondeu ele.

— Eu divido as batatas com você — me ofereci. — Assim você não explode.

Ele sorriu para mim. Tinha covinhas. Queria esticar a mão e tocar uma delas.

— Ainda bem que você está aqui para me controlar. Mas onde estava você há duas semanas, quando eu explodi de fato no Bertucci's? Comi pizza demais.

Eu gargalhei. Sentada ali com Noah, senti como se estivesse no lugar certo. Esqueci de ficar triste pelo divórcio de meus pais. Esqueci de ficar com raiva.

A garçonete voltou para a nossa mesa.

— Desculpem-me, crianças, mas não temos mais hambúrguer de carne bovina.

— Mas... aqui é o Burger Palace — respondi.

Ela deu de ombros.

— Hambúrguer de peru? Vegetariano? De cordeiro? Ainda temos hambúrgueres.

— Hum...

— Claro — disse Noah. — De peru.

— E você? — perguntou a garçonete a mim.

— Hambúrguer de peru, acho. Obrigada. — Esperei a garçonete se afastar antes de resmungar: — Como um restaurante de hambúrgueres fica sem hambúrgueres?

— Eles têm hambúrgueres, mas não de carne bovina. Você não gosta de peru? — perguntou Noah.

— Eu gosto — disse. — Mas não posso trocar os pedidos fácil assim. Preciso reprogramar as expectativas do meu paladar. — Fiz um som exagerado ao tocar os lábios e separá-los com força. — Pronto. Reprogramado.

— Seu paladar, hein? — Ele riu. — Que bonitinha.

Agora minhas bochechas pareciam rosadas. Você também, pensei.

Sob a mesa, Marissa apertou minha mão.

ANTES TARDE DO QUE NUNCA

Noah foi o último a chegar para a *soirée*.

Vi estava ocupada servindo cervejas e taças de vinho à medida que os convidados chegavam, e Joanna as distribuía. Senti-me estranha ao vê-las servindo álcool. Como se fôssemos velhas, vivendo em um apartamento em Nova York, tomando coquetéis. Dean e o irmão, Hudson, já estavam comendo as últimas batatas fritas.

Deixamos a porta destrancada e eu estava enchendo a vasilha de batatas novamente quando vi Noah na entrada.

— Oi! — eu disse.

Larguei o saco e abri caminho entre os outros para chegar até ele enquanto Noah sorria para mim. Não eram as boas-vindas íntimas com as quais eu estava sonhando, mas ao menos ele estava ali.

— Olá, pessoal — disse Noah, olhando em volta da sala. Ele estava lindo, como sempre que voltava da Flórida. Levemente bronzeado, as bochechas um pouco queimadas. Estava usando uma camisa verde nova que os pais deviam ter comprado na viagem. Nunca a tinha visto antes.

— E aí? — RJ gritou do sofá. Ele jogava como pivô no time principal de basquete com Noah. Em comparação com seu porte robusto, alto, de 1,90m, todos parecíamos anões.

Coloquei os braços ao redor do pescoço de Noah, que estava gelado, por causa da rua. As bochechas dele estavam vermelhas.

— Oi — disse eu, novamente.

— Oi — respondeu ele, carinhoso, olhando em volta.

Fiquei na ponta dos pés e o beijei levemente nos lábios. Noah tinha a altura perfeita para mim, apenas alguns centímetros mais alto.

— Senti sua falta — eu disse. Ele cheirava a shampoo.

— Também senti a sua — respondeu Noah. Ele me beijou de novo.

— Vão para um quarto! — gritou Dean.

Noah ficou vermelho.

— Então — disse ele, olhando em volta de novo. — Esta é a sua casa.

— Esta é a minha casa — repeti. Tentei fazer contato visual com ele. — Como foi o voo?

— Sem problemas. — Ele checou os arredores: os aparelhos dos anos 1970 na cozinha, a mesa de jantar de madeira enorme e retangular, a toalha de mesa roxa, o gigantesco sofá de camurça azul, um monte de lâmpadas e velas, e coisas que não me pertenciam. A água por trás das janelas e as luzes pelo caminho. — Doido.

— Eu sei. — Eu tinha certeza de que era bizarro para Noah me ver naquele novo ambiente, naquela nova casa. Era estranho para mim estar ali. Mas também estranho ele não ter ligado assim que aterrissou. Por que não tinha ido direto para a festa? Por que não me olhava?

Talvez fosse só a minha mente. Talvez fosse só porque estavam todos olhando. Talvez fosse porque Corinne estava olhando.

— Vamos sentar — falei, levando-o para dentro da festa.

EU NUNCA

— Minha vez — disse Vi. — Eu nunca beijei uma garota.

Todos os quatro meninos — Noah, RJ, Dean e Hudson —, além de Joanna, beberam. Mas não era nenhuma surpresa.

Dean colocou o braço em volta de Vi.

— Se o resto de vocês, meninas, quiser tentar agora, não vamos impedir.

Vi o socou no braço.

— Sim, é o que vamos fazer, nos beijar para vocês aproveitarem a vista.

Os dois estavam dividindo um divã.

— Excelente — disse Dean, a risada alta reverberando pela sala. Dean e Vi eram melhores amigos desde que haviam se conhecido, quando eram calouros. Ele agora estava com as mãos nos quadris de Vi. Dean sempre parecia estar tocando alguém ou algo. Uma bola, uma almofada, o quadril de uma menina.

Eu estava entre Marissa e Noah no sofá, Joanna estava do outro lado de Noah.

Joanna era veterana no colégio Andersen. Estava usando jeans vintage e uma blusa de laços que dava para ver que tinha comprado em um brechó de verdade, e não na Urban

Outfitters, como todo mundo fazia. No ano seguinte ela faria um mochilão pela Austrália, em vez de ir para a faculdade. Joanna era também a única pessoa gay que eu conhecia que tinha saído do armário, e provavelmente a única pessoa gay que eu conhecia, ponto final. No ano passado Joanna tinha levado a (agora ex-) namorada de Stamford para o baile dos calouros. Ela morava a alguns quarteirões de Vi, também na ilha Mississauga, mas no fim, perto do iate clube.

— Minha vez — disse Dean. — Eu nunca transei. — Então ele bebeu. Dean fora o primeiro garoto do ano deles a perder a virgindade, no oitavo ano, com uma menina do ensino médio. Isso meio que fez dele uma lenda. Dean sempre foi bonitinho: tinha os cabelos castanhos curtinhos, meio despenteados, bochechas grandes e um sorriso fácil. Mas não era o visual que conquistava as garotas, Dean era engraçado.

— Nada disso — disse Vi. — Você não pode dizer algo que você *fez* e então beber.

Dean engoliu.

— Por que não?

— É a regra.

— É a sua regra — respondeu ele.

— As regras do jogo — retrucou Vi.

— Então, eu bebo aqui ou não? — perguntou RJ, levantando o copo.

— Depende de se você já transou ou não — respondeu Vi.

Ele não bebeu. Nem Corinne, que estava do outro lado da sala, passando os dedos pálidos pelos cabelos e observando enquanto não bebíamos.

Joanna, Hudson e Vi beberam.

Ninguém mais tocou nos copos. Era a divisão clara entre calouros e veteranos, meus amigos e os amigos de Vi.

Eu não sabia com quem Joanna e Hudson tinham feito, mas eu sabia que Vi tinha perdido a virgindade com Frank, um universitário gatíssimo que atuou em uma das peças da mãe dela.

Eu esperava mudar meu status de virgem naquela noite. Imaginei que esse fosse o plano.

Mas... pelo visto os planos de Noah não eram os mesmos que os meus.

VINTE MINUTOS ANTES

— O.k., galera, é hora de brincar de Eu Nunca! — gritou Vi, e começou a distribuir copos.

— Estou dirigindo — disse Noah, recusando o dele.

— Nada disso! — exclamou Vi. — Achei que você iria dormir aqui.

— Não vai dar — respondeu ele.

— Por que não? — perguntou ela.

Noah se mexeu, desconfortável.

— Porque não.

— Porque não por quê? — perguntou Vi.

— Porque meus pais me querem em casa — disse Noah.

Ela se virou para mim.

— Ele é um filhinho da mamãe?

Eu queria rir, mas não o fiz, porque Noah parecia irritado. Mas ele era um filhinho da mamãe. A mãe de Noah era o tipo de mãe que sabia todos os detalhes das vidas dos filhos, desde os testes por vir até a cueca que estavam usando. Certo, talvez não a cueca. Ela não era assustadora. Mas sabia quando precisavam de cuecas *novas*, porque uma caixa nova aparecia no quarto deles.

— Um pouco — respondi.

— Um cara que trata bem a mãe, trata bem a esposa — disse Marissa.

— Ele, com certeza, trata bem a namorada — disse eu, beijando-o na bochecha.

— Você ainda pode *brincar* — disse Vi. — Eu dou outra coisa para você beber. Ela colocou os copos na mesa de centro e se dirigiu para a cozinha. — Que tal... leite de soja?

Noah estremeceu, ainda parecendo irritado. Ele saiu de perto de Vi e colocou o braço em volta de mim. Como a minha amizade com Vi era tão separada da minha vida social cotidiana, ela e Noah nunca passaram muito tempo juntos. Eu imaginei que eles se dariam bem. Por que não? Eu gostava dos dois.

— Leite de soja? Isso é nojento — disse Dean. Ele estava mexendo em um dos sete candelabros que estavam sobre a mesa de centro.

— É tudo o que temos. April, precisamos mesmo fazer compras amanhã. Que tal água?

— Tanto faz — disse Noah.

— Então é água. Chardonnay para todos os que não estão dirigindo. Obrigada, mãe, por deixar o armário de bebidas abastecido.

DE VOLTA AO JOGO

— Cara — disse Dean olhando para Noah. — Você nunca fez? Isso vai mudar. Sua namorada tem a própria casa. Falando nisso... — Ele levantou o copo. — Eu nunca tive minha própria casa.

Vi e eu bebemos.

Pus as mãos no quadril, o álcool estava fazendo com que eu me sentisse mais corajosa.

— Você não quis dizer: eu nunca fui abandonado por meus pais?

Dean corou e balançou a cabeça.

Marissa apertou meu ombro.

Hudson riu.

Olhei para ele e sorri.

— Pelo menos alguém acha que sou engraçada.

Hudson também era veterano. O que era estranho, pois ele era dez meses mais velho que Dean, mas ainda estava no mesmo ano. Hudson era gato, enquanto Dean estava mais para bonitinho. Hudson tinha os cabelos louros manchados, maçãs do rosto iradas e olhos azuis que no momento se destacavam do outro lado da sala. Ele não parecia nada com o irmão. E até onde eu podia dizer, Hudson mantinha as mãos para si. Ele mantinha a maioria das coisas para si. Saíra com Sloane Grayson no ano anterior quase inteiro, mas haviam terminado durante o verão, antes de ela ir embora para a faculdade. Ele era, possivelmente, um traficante. Devia ser um boato, mas diziam que tinha comprado um jipe novinho sem nenhuma ajuda dos pais. Além disso, ele estava sempre "trabalhando", mas ninguém sabia dizer o que estava fazendo.

— Não acredito que vocês vão morar juntas — disse Joanna. — Vadias sortudas.

— Meus pais teriam me *obrigado* a me mudar — disse Corinne.

— Nossos pais vivem esperando que nós nos mudemos — falou Dean. — Vi, por que April não se mudou logo para o quarto da sua mãe, em vez de para o porão?

— Minha mãe deve voltar por um fim de semana — disse Vi. — Esta ainda é a casa dela.

Ela voltaria?

— É como se April tivesse o próprio apartamento — disse Marissa.

— Mas, April, você não vai, tipo, sentir falta dos seus pais? — perguntou Corinne, olhando não para mim, mas para além de mim, na direção de Noah. Ela, com certeza, não estava preocupada com meus sentimentos. Corinne me queria no próximo voo para a França ou para Ohio. Ou qualquer outro lugar que não fosse ali. Ela lambeu os lábios depois de falar. Sempre lambia os lábios. Vai ver achava que a fazia parecer sexy. Ou talvez os lábios dela estivessem secos e rachados e precisando desesperadamente de hidratação.

De certa forma, eu me sentia mal por ela. Deve ser infernal estar tão óbvia e publicamente apaixonada pelo namorado de outra garota durante todo o ensino médio. Não me sentia mal o suficiente para entregá-lo a ela. Foi mal, Cor. Continue lambendo esses lábios.

— Ela vai se divertir demais para sentir falta de alguém — disse Marissa.

RJ alongou o braço direito, fazendo-o estalar.

— O que vai acontecer se o pai de April colocar a mãe de Vi no Google e descobrir que ela está em Chicago?

Silêncio.

— Então eu estou ferrada — respondi. Tomei um gole de vinho.

— Vamos voltar ao jogo — disse Marissa, batendo com o joelho contra o meu. — Eu nunca usei uma gravata.

Todos os garotos beberam.

RJ olhou para Corinne.

— Eu nunca, jamais usei um biquíni — disse ele.

Vi riu.

— "Nunca jamais"?

— É assim que fazemos — disse RJ.

— Soa ridículo — respondeu Vi. — Mas como eu já usei um biquíni, vou beber.

RJ observou Corinne beber. Ele devia estar tentando fazer com que ela ficasse bêbada, para ter alguma chance com ela. RJ era obcecado por Corinne desde o início do ano. Ele a convidava a todos os lugares. Mas se Corinne gostasse dele, os dois já teriam ficado. Era óbvio que ela ainda estava interessada em Noah.

— Eu nunca fui à Europa — disse Hudson.

Eu bebi. Noah bebeu. Corinne bebeu. Incrível. Talvez nós três devêssemos viajar juntos. Ou não.

— Eu nunca fui à Disney World — disse Joanna.

Eu bebi de novo. Eu odiava a Disney. Mais especificamente, eu odiava o Epcot. A ardência na minha garganta ajudou a espantar a lembrança.

Marissa bateu no meu joelho de novo. Ela conhecia toda a história do Epcot.

— Eu nunca fui a Danburry — disse Corinne.

Eu ri dentro do copo. Sério?

Joanna parecia incrédula.

— Como é possível? Fica a 40 minutos daqui.

Corinne deu de ombros.

— Nenhum motivo para ir.

— E quanto ao Danburry Fair Mall? Isso é motivo suficiente — disse Marissa.

Corinne balançou a cabeça e lambeu os lábios.

O celular de Hudson tocou. Ele atendeu, olhou para o display e murmurou "Com licença". Ele foi atender no banheiro.

— Com quem ele está falando? — perguntou Joanna a Dean. — Por que o segredo?

— Você tem que perguntar a ele — respondeu Dean, sorrindo.

Imaginei se ele ainda estaria saindo com Sloane ou se seria alguma coisa ilegal.

— Ele vai fazer uma entrega? — perguntou RJ, com um sussurro forçado.

— Vai. Para a sua mãe — respondeu Dean. Ele encheu todos os copos vazios e então se espremeu entre Marissa e o braço do sofá.

— Hum, olá — disse ela, se afastando dele e rindo.

Vi revirou os olhos.

— Tente não molestar as novatas — brigou ela. — E Marissa tem namorado.

— Então, cadê ele? — perguntou Dean.

— Boston. Somos do mesmo acampamento.

— Você certamente precisa de um namorado de Westport também — disse Dean.

Hudson retornou ao lugar dele.

— Minha vez — interrompeu Vi. — Eu nunca levei um pé na bunda.

— Você nunca esteve em um relacionamento — disse Dean, bebendo.

— E daí? Ainda assim, nunca levei um pé na bunda.

Corinne, Joanna, RJ e Hudson beberam também.

Imaginei se seria Noah ou eu quem precisaria beber àquela frase em algum momento.

— Quem terminou com você? — perguntou Joanna a Hudson. — Não foi Sloane, foi?

— Essa é uma pergunta pessoal — respondeu Hudson, inclinando-se para trás.

— É uma brincadeira pessoal — replicou Joanna.

— Deveríamos torná-la *mais* pessoal — falou Dean. — Vamos brincar de strip-Eu Nunca.

— Estou dentro — disse RJ, olhando para Corinne.

— De jeito nenhum — falou Vi. — Mantenha suas calças no lugar. Por que vocês garotos só pensam nisso?

— Não é verdade — disse RJ. — Também pensamos em cerveja. E jogos online de futebol americano.

— Não dê ouvidos a ele — disse Dean a Marissa. — Eu sou um cara renascentista. Penso em diversas coisas. Como flores. E órfãos.

Todos rimos, mas Vi ainda não tinha acabado.

— Por favor — disse ela. — Mesmo se estivessem em um relacionamento, não chutariam da cama uma estranha gostosa e pelada.

— Eu chutaria — gritou Dean, com as mãos próximas ao peito, fingindo estar magoado.

— Eu te amo, querido, mas não faria isso.

Noah revirou os olhos.

— Vamos lá — eu disse, meu pescoço ficando duro. — Quem é o próximo?

— Alguma coisa está tocando — disse Corinne.

A distância, ouvi um celular tocando. Meu celular. Droga, estava no porão. Todos os meus amigos estavam ali. O que significava que era minha mãe, meu pai ou Matthew. Mas mamãe e Matthew deveriam estar dormindo...

Pedi licença e desci correndo.

O telefone não estava mais tocando quando o alcancei. Olhei o visor. Papai. Três chamadas. O-oh. Ia digitar a tecla "redial" quando tocou.

Ele de novo.

— Oi — eu disse.

— Estava quase entrando num avião de novo. Está tudo bem?

Meu coração pulou para a garganta.

— Não! Sim! Quer dizer, está tudo bem! Eu estava lá em cima. Não ouvi o telefone.

— Acho que você deveria ficar sempre com o telefone. Assim pode ligar para nós. Ou nós podemos ligar para você.

— Quer que eu compre um daqueles cintos de celular? As pessoas vão achar que sou traficante. — E, olha, falando em traficantes, há um sentado lá em cima! Talvez.

— April, não é engraçado. Se eu ligar e você não responder, ficarei preocupado. Sou um pai.

— Tudo bem, tudo bem. Vou manter o telefone comigo.

— Da próxima vez que você não atender, vou ligar para a polícia.

— Pai! Isso é loucura. E se eu estiver no banho? Não quero a polícia invadindo a casa.

— Então, atenda ao telefone.

POR QUE USEI UMA SIRENE POLICIAL COMO TOQUE PARA PAPAI

Veja acima.

DE VOLTA AO EU NUNCA

Dois minutos depois eu estava novamente no sofá, entre Noah e Marissa. Joanna, que ainda estava sentada ao lado de Noah, estava com o copo erguido.

— Eu nunca tive um animal de estimação — disse ela.

— Camundongo conta? — perguntou Dean.

— Michelangelo, o camundongo. Ele morou no seu armário durante seis meses — murmurou Hudson.

— Não conseguiu pegá-lo com uma ratoeira? — perguntou Vi.

Hudson gargalhou.

— E matar o bicho de estimação dele?

Vi deu um tapa no sofá.

— Mentira! Por que eu nunca ouvi essa história?

Dean suspirou.

— Foi antes de você, querida.

— Noah tem o cachorro mais fofo — disse Corinne, e eu a odiei um pouco.

— Obrigado — respondeu Noah. Ele pôs a mão no meu joelho. — April teve um gato lindo também.

— Teve? — perguntou Hudson. — Isso parece... triste.

— Ah, Libby não morreu — falei rápido, colocando a mão sobre a de Noah. — Quando minha mãe se mudou para Paris não pôde levá-la por questões alfandegárias e minha madrasta não gosta muito de gatos, então... Tivemos de doá-la.

— Ainda parece triste — disse Hudson. Ergui os olhos e percebi que ele estava me encarando. Aqueles olhos. Uau!

— Foi mesmo — respondi, imaginando se ele estava se referindo a mamãe levar o gato ou mamãe se mudar para Paris.

Noah virou a palma da mão para cima de modo que nossos dedos se entrelaçaram. Minhas mãos estavam grudentas por causa do vinho.

Dean ergueu o copo de novo.

— Vou seguir as regras do jogo agora, o.k.? Eu nunca fiquei com ninguém desta sala. — Ele se aproximou de Marissa. — Talvez possa beber a esta frase mais tarde esta noite?

Todos riram, inclusive Marissa. Ela é muito apaixonada por Aaron para levar Dean a sério, de qualquer forma.

Noah bebeu. Eu bebi.

Corinne bebeu. E eu sorri.

Noah ficou vermelho.

O PROBLEMA CORINNE

Aconteceu no verão após o ano em que éramos calouros, quando fui para a França com mamãe. Eles estavam de mudança, eu estava só visitando.

Noah e eu tivemos "a conversa" antes de eu viajar. Não iríamos terminar, mas combinamos que, se algo acontecesse no verão, não seria o fim do mundo. Na época, fez sentido. Pelo menos para mim. Noah e eu estávamos juntos havia menos de oito meses, eu estava indo para a Europa por dois meses e presumi que lá haveria garotos europeus bonitinhos com quem flertar. Queria viver uma aventura. Como tínhamos só 15 anos, parecia idiota manter o relacionamento exclusivo durante o verão. Ficaríamos ressentidos um com o outro etc. etc.

Obviamente, quando sugeri que saíssemos com outras pessoas, imaginei que seria eu a sair com outras pessoas. Não ele. E, principalmente, não com alguém com quem estudávamos.

Não planejei sentir tanta saudade dele quanto senti.

Eu pensei França! Romance! Chocolate! Garotos franceses que me beijariam na Torre Eiffel! Não esperava me sentir assim deslocada. Não esperava que a barreira do idioma fosse tão difícil. Não esperava que mamãe e meu irmão estariam ocupados demais em arrumar a nova vida e não teriam tempo para mim. Não esperava que os e-mails e os telefonemas para Noah fossem minha única conexão com a vida. Como nos falávamos toda noite, imaginei que ele estivesse tamborilando os dedos, esperando por mim, que estivesse tão sozinho quanto eu. Revendo a situação, eu sempre falava com ele antes de ir dormir, ou seja, umas 17 horas no fuso horário de Noah. Mas nenhuma das vezes durante os telefonemas ele disse: "Ah, aliás, você nunca vai adivinhar onde minha língua esteve! Na boca de Corinne!"

Tínhamos feito planos para a noite em que eu voltaria para casa.

Penny tinha desempacotado todas as minhas coisas da casa de mamãe enquanto estive fora. Minhas roupas. Meus livros. Meu porta-lápis de cerâmica. Tudo arrumado bonitinho nos móveis de papai e de Penny. Sentei na cama com dossel que Penny escolhera para mim quando os dois foram morar juntos e olhei ao redor do quarto, sentindo-me deslocada e aconchegada ao mesmo tempo. Então, fui tomar banho para me arrumar.

Quando Noah parou a bicicleta na entrada da garagem, corri para fora e o beijei antes que ele conseguisse descer dela.

Encontramos com nossos amigos em Compo Beach. Corinne estava lá. Eu não sabia de nada. Estava legal, meiga e triunfante de um jeito "Acabei de voltar das minhas férias superglamourosas na França, o que você fez neste verão? Passeou pelo shopping? Que original!". Exibia meu cabelo feito em Paris e deixava a pele reluzente falar por si própria. Talvez eu não tivesse saído com ninguém em Paris, mas consegui voltar da França com um visual de gata. Enquanto mamãe e Matthew ajeitavam as vidas deles, eu ficava sentada no quintal tomando sol ou andava pela vizinhança. Estava bronzeada, com um corte de cabelo ótimo e magrinha, apesar dos quilos de pão e queijo brie que consumi. As francesas não engordam, sabe.

Eu perambulava por Compo Beach como uma idiota.

Deve ser o que Corinne pensou, que eu era uma idiota sem noção. Ela ficava lambendo os lábios e brincando com os cabelos e eu não conseguia parar de imaginar o que estaria acontecendo com ela.

Depois, quando voltamos para a minha varanda, eu disse a Noah:

— Não saí com ninguém na França. Só para você saber.

Esperei que ele dissesse "É claro que eu também não saí, estou perdidamente apaixonado por você!". Ou um simples "Eu também não" seria suficiente.

Em vez disso, ele olhou para os tênis e corou, e então mexeu os dedos nervosamente. E eu soube. Eu soube quem tinha sido também. Eu estava quase mais puta por ele não ter me contado imediatamente — por ter me deixado andar em público sem saber de nada — do que pelo que tinha acontecido. Quase.

Por favor! Ele ficou na dele enquanto eu perguntava a Corinne como tinha sido o verão! Ela tivera um verão incrível. Estava ficando com meu namorado!

Lágrimas desceram pelas minhas bochechas enquanto ele me contava a história.

— Você está *me* fazendo chorar — disse ele, com os olhos cheios d'água.

— Ótimo!

— Desculpe-me — disse ele. — Eu sou um idiota! Imaginei que você estava ficando com franceses babacas... e Corinne estava lá... Merda. Sinto muito.

— Sente mesmo? — perguntei. Senti como se meu mundo tivesse virado ao contrário, como se tudo em que eu confiava estivesse de ponta-cabeça, e não pela primeira vez. — Você teria ao menos me contado se eu não tivesse mencionado?

— Sim! — disse ele, olhando para os tênis. — Eu *ia* contar.

— Hoje à noite?

— Sim... talvez...

— Talvez?

— Estou tão feliz por você estar de volta!

— Não faz diferença. Você provavelmente vai passar na casa dela depois.

— Não, claro que não, April... foi você quem disse que deveríamos sair com outras pessoas.

Eu o pressionei por mais detalhes. Pareceu uma boa ideia na hora.

O que vocês fizeram exatamente? (Apenas nos beijamos.) Nada de movimento sob a blusa? (Um pouco, mas não muito.) Um pouco é o bastante. Alguma coisa abaixo do cinto?

(Eu não mentiria.) Quantas vezes aconteceu? (Não muitas.) Quantas vezes *exatamente*? (Duas, talvez três. Quatro no máximo.) Onde aconteceu? Na sua casa? (Na praia.) Em Compo Beach? De onde acabamos de voltar? (Sim.) Todas as vezes? (A maioria.) Então, nem todas. Onde mais? Na sua casa? (Não. Nunca. Na dela.) Você foi à casa dela? No quarto dela? (Na sala.) A família dela encontrou você, por acaso? (Só uma vez.)

Os pontinhos pretos estavam dançando diante de meus olhos. Meu coração doía. Eu estava afundando, afundando, afundando.

Desde então, não fui mais à França. É claro que teria de ir em algum momento. Mamãe e Matthew moravam lá. E eu os visitaria. Logo. Não era só porque eu não queria deixar Noah sem supervisão, sério. Meu irmão tinha passado o Natal em Westport, então não fazia muito sentido eu ir para lá. E mamãe e Matthew tinham vindo me ver no verão anterior. Ela queria que eu a visitasse no verão seguinte. Estava me esperando no verão seguinte.

E talvez eu fosse. Não tinha certeza. Havia muitas coisas acontecendo. Você sabe.

E não é que eu não confiasse em Noah, eu confiava.

Assim que começamos a namorar, eu perguntei se ele trairia alguém.

— Eu nunca trairia — respondeu ele. — E você?

— Nunca — eu disse. Nunca, jamais.

número três:
matamos aula

AS GÊMEAS DIABÓLICAS

Não matamos aula no primeiro dia do semestre de inverno, mas *estávamos* extremamente atrasadas.

Por quê?

Porque, ao que parece, há uma diferença entre o lava-louças da marca Seventh Generation e o detergente líquido da mesma marca. Não dá para saber só de olhar para as embalagens. Ambas as garrafas são brancas. Ambas têm fotos verdes e azuis de grama e céu. Para o observador desavisado (bem, para mim), eles podem parecer gêmeos idênticos. O tipo de gêmeos idênticos que vestem a mesma roupa só para sacanear os outros.

Antes do fiasco dos sabões, eu estava aproveitando o tempo para me arrumar para a escola. Acordei assim que amanheceu. Em parte porque, embora o porão tivesse persianas, não havia cortinas *black-out*, em parte porque tudo ainda era novidade para mim — casa nova! Cama nova! Teto novo! —, em parte porque eu conseguia ouvir Vi pisoteando o andar acima de mim e em parte porque eu sou o tipo de nerd que acha o primeiro dia de aula emocionante.

Tinha até uma roupa de volta às aulas separada na escrivaninha — um dos casaquinhos cinza da Vi com decote profundo, o cordão de camurça preto com pingente de cristal dela e meus jeans favoritos.

No andar de cima, Vi ainda estava em roupas de ginástica, colocando uma tigela na lava-louças.

— Bom dia! — disse ela. — Você liga a lava-louça quando terminar?

— Claro — respondi. — Você estava malhando?

— Eu sigo os vídeos HardCore3000. Já experimentou? Incríveis. Você deveria malhar comigo amanhã de manhã.

— Hum... talvez. — Eu costumava permanecer sentada sempre que não era temporada de futebol. Mas talvez a atitude atlética de Vi me inspirasse. Ou não. — Há algo para comer de café da manhã?

— Não muito — respondeu ela. — Tem pão de canela com passas no freezer. Precisamos mesmo fazer compras depois do colégio.

Tínhamos planejado ir no dia anterior, mas nevou o dia todo. Bem, isso e o fato de estarmos com uma ressaca forte demais para sair de casa. Não de ressaca tipo vomitando, apenas cansadas e felizes. Sábado à noite tinha sido tão divertido! Claro, foi um pouco estranho com Noah — como ele deu carona para as pessoas, não conseguimos nenhum momento sozinhos. Mas haveria tempo suficiente para isso.

— Nos encontramos aqui às 17 horas e vamos juntas? — perguntou Vi. — Eu tenho uma reunião do *Issue* depois da aula. Se não fosse isso, poderíamos ir com só um dos carros para a escola.

— Tudo bem, nos encontramos aqui, então. — *The Issue* era o jornal da escola. Todo mês escolhiam um tema novo e todos os artigos tinham de ser sobre ele. No semestre anterior tinham feito Família, Esportes, Saúde e Férias. — Então, quais serão os próximos assuntos?

— Não haverá edição em janeiro, mas fevereiro será sobre bullying e acho que março será sobre sexo — respondeu ela, e então entrou no banheiro.

Sexo? Acho que não serei a matéria de capa.

Depois que terminei de comer, coloquei o prato na lava-louças e avaliei a situação. Eu nunca tinha *ligado* uma dessas antes. Era mais algo que mamãe fazia, e depois Penny ou papai. Eu era mais do tipo que tirava a louça limpa de lá.

Qual seria a dificuldade?

Primeiro, o sabão. Provavelmente, sob a pia. Sim! Lava-louça da Seventh Generation! Peguei a garrafa branca, despejei o conteúdo no quadradinho do sabão, fechei a porta e apertei START. Tudo bem, então. Voltei para o porão, escovei os dentes, coloquei maquiagem e peguei as chaves do carro.

E então.

Cheguei ao topo da escada que dava para o porão e encontrei Vi de quatro no chão da cozinha com um pano de prato, cercada por espuma branca.

— O que aconteceu? — perguntei.

— Acho que você usou o sabão errado — disse ela, calma.

— Sinto muito *mesmo*. — Minhas bochechas estavam queimando e eu me sentia uma perfeita idiota. — Eu limpo. Onde estão as toalhas de papel?

— Debaixo da pia, mas acho que uma toalha de verdade funciona melhor.

Peguei o outro pano de prato e me agachei ao lado dela. Limpamos o resto da bagunça em silêncio. Ótimo início de ano, April!

Depois que terminamos, Vi disse:

— Você coloca esses panos de prato na máquina de lavar? Eu a ligo quando chegarmos.

— Eu posso ligar... — comecei a dizer, mas ela me encarou e eu decidi que participar de um breve seminário sobre todos os eletrodomésticos não seria má ideia diante das circunstâncias. — Tudo bem.

Depois que fui até a máquina de lavar roupas (que ficava no meu banheiro) e voltei para cima, Vi já tinha quase controlado a situação.

— É melhor você ir — disse ela. — Vai demorar para limpar seu carro.

— Certo. Obrigada — respondi. A garagem só dava para um carro, e o meu estava parado no caminho para a garagem. — Vejo você na escola.

Coloquei as botas, fechei o casaco e me preparei para o frio. E lá estava ele. O carro de Penny. Meu carro. Enterrado sob 60 centímetros de neve. Excelente! Tirei a neve com as luvas e então usei o limpador específico para os vidros. Com as luvas encharcadas e os punhos congelados eu terminei, joguei a mochila no banco do carona e entrei no carro. Era estranho estar no banco do motorista do carro de Penny. Quando dirigia — o que eu fazia raramente —, era sempre no carro de papai. Um parente de sangue me odiaria menos do que um agregado se eu arranhasse o carro dele.

Pus a chave na ignição e virei. E virei de novo.

Nada.

Mais uma vez para dar sorte.

Ainda nada.

Aah! Bati a cabeça no volante. Papai estava certo. Deveria ter ligado o carro no fim de semana. Qual era o meu problema? Como conseguiria me virar sozinha se não dava conta nem de ligar a lava-louça ou o meu carro?

Respirei fundo o ar gelado.

Eu podia ir no de Vi e pegar uma carona de volta com Noah. Embora aquele tivesse sido exatamente o motivo pelo qual eu tinha ficado com o carro — para não depender de outras pessoas para me locomover.

Se ligasse para Noah agora, poderíamos pelo menos conversar. No semestre anterior, ele me buscava todo dia. Mas, então, minha casa era caminho para ele, e agora não era mais. De qualquer forma, ir com Vi fazia mais sentido, pois estávamos morando juntas.

A porta da garagem abriu. O carro de Vi estava ligado lá dentro. Eu imediatamente vi a falha em meu plano de pegar carona com ela. Meu carro estava bloqueando o dela.

Pelo retrovisor, observei Vi bater com a palma da mão na testa.

Vi amaldiçoaria o dia em que me convidei para morar com ela.

VIAGEM DE CARRO

Vi ligou para Dean e Hudson para irem nos buscar.

— Desculpe-me — disse a Dean pelo vidro abaixado do Jeep.

— Está brincando? — perguntou ele. — É o ponto alto do meu dia. Sou o cavaleiro no cavalo branco.

— Tecnicamente, eu sou o cavaleiro — disse Hudson. — Eu estou dirigindo.

— Dean, vá para o banco de trás e deixe-me sentar na frente — disse Vi. — Dois garotos na frente é ridiculamente chauvinista.

— O carro é nosso — protestou Dean.

— Meu carro — disse Hudson. — Tecnicamente.

— Não me importa quem é o dono — falou Vi. Ela apontou para Dean. — Fora.

— O.k. — disse ele, abrindo a porta do Jeep. — Mas se vou sentar atrás, você também vai.

— U-hu! — comemorei. — Banco da frente!

Depois que todos estávamos no lugar, olhei para Hudson. Aquelas maçãs do rosto. Nossa! Era quase vergonhoso desperdiçá-las em um garoto. Se eu não tivesse Noah, acho que não conseguiria falar com ele sem congelar.

— Obrigada por ser meu cavaleiro — disse a ele.

Hudson sorriu.

— O prazer é meu. Quer que eu tente fazer uma chupeta no seu carro? Tenho cabos.

— Ah! Obrigada. Mas não quero nos atrasar ainda mais. Sinto muito mesmo por isso. Meu pai me avisou que eu deveria ligar o carro todos os dias no inverno, mas estava me sentindo rebelde.

— Rebelar-se contra pais com quem você nem mora. Gosto disso. — Ele tirou o carro do ponto morto e seguiu pela rua.

— É mais fácil se rebelar quando não tem ninguém assistindo. Para você ver como eu sou covarde.

Ele fez que não com a cabeça.

— Você parece bastante corajosa para mim. Não conheço muitas garotas que morariam sozinhas aos 16 anos.

Pisquei. Corajosa? Eu? Fui morar com Vi por medo de abandonar minha vida. Eu era o oposto de corajosa. Em vez de admitir isso, sentei-me mais ereta.

— Não estou exatamente sozinha. Tenho Vi.

— E Zelda — intrometeu-se Vi.

— Quem é Zelda? — perguntei.

— Não te contei do fantasma que mora no fogão?

Virei-me para encará-la.

— Não. Não contou.

— Pessoalmente, acho que o fogão estala porque é de 1972, mas minha mãe está convencida de que é um fantasma. Zelda.

— Alguém morreu na casa, ou algo assim?

— Não, minha mãe é só maluca — respondeu ela. — Está convencida de que temos um fantasma. E que o fantasma cometeu suicídio no nosso fogão, estilo Sylvia Plath. O que não faz sentido nenhum, porque nosso fogão é elétrico.

Eu não tinha certeza de por que alguém não poderia se matar em um fogão elétrico, mas decidi não perguntar.

— Bom saber — falei, em vez de tirar a dúvida. — Sempre que você sair e eu quiser companhia, conversarei com Zelda.

— Por que não compra um papagaio? — perguntou Dean. — Ao menos ele responderá.

Vi bateu no joelho dele.

— Por que você presume que o papagaio será macho?

Ele inclinou a cabeça.

— Sinto muito. Ao menos *ela* responderá.

Estreitei os olhos e balancei o dedo exageradamente.

— Ah, claro, se um animal fala muito, só pode ser fêmea.

— Corajosa e engraçada — disse Hudson, fazendo-me corar. — Vi, onde a esteve escondendo? — Ele olhou para mim e sorriu.

— No fogão — respondemos Vi e eu ao mesmo tempo.

TARDE

Quando chegamos à escola, estávamos 15 minutos atrasados.

A porta da frente estava trancada e tivemos de tocar a campainha. Se você tocasse a campainha, era seu fim. Percorremos o caminho da vergonha até a secretaria.

— Estão atrasados — disse a secretária da escola, entregando a todos nós bilhetes de atraso.

— Doreen, nos desculpamos profusamente — disse Dean, com um aceno solene de cabeça.

— Foi culpa minha — disse eu. — O carro morreu.

— O funeral será depois das aulas — acrescentou Dean. — Significaria muito para todos nós se você fosse.

— Da próxima vez, ligarei para seus pais — disse ela, abrindo um sorriso.

Tentei manter a imagem de corajosa, mas estava pirando ao pegar o bilhete.

— Sinto muito, muito mesmo — falei, ao sairmos da secretaria.

— Não se preocupe — respondeu Hudson.

— Merdas acontecem — falou Vi, enquanto acenava para mim e seguia escada acima para o segundo andar.

Dean colocou um braço em volta de mim.

— Eu disse antes e direi de novo: o ponto alto do meu dia. Só pode piorar a partir daqui.

Eu ri.

— Obrigada por irem nos buscar.

Hudson revirou os olhos para o irmão e olhou para mim.

— Avise se quiser que eu faça a chupeta no carro depois da aula — disse ele.

— Obrigada. Acho que vou aceitar.

— De nada — respondeu ele por cima do ombro enquanto seguia apressado pelo corredor.

Corajosa, hein? Endireitei os ombros e fui para a sala de aula.

A CAMINHO DA AULA DE CÁLCULO

— Então, como foi a noite número dois? — perguntou Marissa quando nos encontramos depois da aula de inglês e seguimos para a de cálculo avançado. — Conte-me tudo.

— Divertida. Fizemos espaguete. Assistimos à tevê, ficamos acordadas até tarde conversando.

— Aaaaah, estou com tanta inveja — disse ela, e suspirou.

— Bem, a parte menos glamorosa é que nem me incomodei em ligar o carro no domingo, agora a bateria arriou. — Parei antes de acrescentar a parte sobre a explosão de sabão naquela manhã, sentindo-me desconfortavelmente envergonhada por ter me virado tão mal desde a mudança para a casa de Vi. — Mas tudo bem. O que você fez?

— Terminei os formulários para Israel — respondeu ela.

— Finalmente.

— Parabéns!

Marissa ia se inscrever em uma viagem de verão chamada Kinneret Israel. A associação de acampamentos para a qual ela ia todo ano enviava 50 calouros para uma viagem a Israel com todas as despesas pagas. Aaron, o namorado de verão dela, Shoshanna e Brittany, as melhores amigas de verão, também iam se inscrever.

Eu estava com inveja.

Os amigos do acampamento de Marissa a tinham durante todo o verão.

— Quando vai saber se conseguiu? — perguntei, seguindo-a para nossa sala de cálculo. Parte de mim esperava que ela não conseguisse. Uma parte horrível, egoísta, pior melhor amiga do mundo.

— Em março — respondeu ela.

— Boa sorte — falei.

Um segundo depois Lucy Michaels, ou a espiã que gostava de trazer vídeos amadores, entrou e se sentou ao nosso lado.

— Como está o carro? — perguntou ela, com os olhos arregalados.

— Hum... — Como ela sabia sobre o carro? — Bem.

— Sério? Estava bem nevado esta manhã.

— É — respondi. — Como você viu meu carro?

— Moro duas casas abaixo da Vi.

— Ah! — Aquilo não era bom.

— Então, por que está ficando na casa da Vi? — perguntou Lucy. — Está lá desde sábado.

Stalker...

— Meu pai se mudou para Ohio, então, me mudei para lá — respondi. — Com Vi. E a mãe dela. — Lucy não poderia descobrir que a mãe de Vi não estava lá. *Não* poderia.

Ela me lançou um sorriso calculado.

— Muito interessante.

A Srta. Franklin entrou. Tinha uns trinta e poucos anos e era uma daquelas professoras jovens, gostosonas, que usavam roupas bonitinhas. Todos os garotos tinham uma queda por ela.

— Espero que estejam prontos — disse ela, juntando as mãos. — Vou ficar no pé de vocês este semestre.

Olhei Lucy de soslaio, temendo que a Srta. Franklin não fosse a única no meu pé.

VEJO VOCÊ

Marissa e eu corremos para fora da sala antes que Lucy nos seguisse. Vimos Noah e Corinne na porta, saindo da aula de economia do Sr. Gregory, do outro lado do corredor. Meu estômago doeu. Agora eu tinha duas coisas com que me preocupar durante a aula de cálculo: Lucy em cima de mim e Corinne em cima de Noah. Odiava que não tivesse nenhuma aula com ele e Corinne tivesse pelo menos uma. Enquanto observava os dois rindo de sabe-se lá o quê, meus ombros ficaram tensos novamente. Devia estar sendo paranoica por nada, mas se Corinne fosse selecionada para um renomado estágio para alunos do ensino médio no norte da Sibéria, eu não ficaria nem um pouco chateada. Se ao menos ela fosse viajar para Israel em vez de Marissa!

— Ei, Noah — gritou Marissa.

Ele levantou os olhos e piscou, pego com as calças arriadas. Bem, não exatamente, claro. Mas estava com um ar de culpado que não me acalmou em nada.

— Oi! — disse ele, deixando Corinne e atravessando o corredor. — E aí?

Ele me beijou nos lábios, mas isso não fez com que eu me sentisse melhor.

Por que ele tinha de falar com ela? Não poderiam se ignorar? Era tão ridículo! Tentei relaxar os ombros para parecer que não estava incomodada.

— Oi, gato — disse eu, colocando a mão no ombro dele. Não deixaria que ela me afetasse. Noah era meu namorado. E eu tinha uma casa só minha. E meu próprio carro. Ela não era nada. Uma mosca no meu braço. Tirei-a da mente e caminhei com Noah pelas escadas. E dei um encontrão em Hudson.

— Oi — disse ele. — Então, quer que eu vá depois da escola para fazer uma chupeta no carro?

Noah olhou de Hudson para mim.

— O que está acontecendo?

Expliquei a situação do carro daquela manhã.

— Você saberia como fazer isso? — perguntei a Noah.

— Hum... — Ele corou. — Tenho seguro para isso.

Hudson interrompeu.

— Eu posso fazer. Não será problema. — Ele se virou para mim. — Quer me encontrar no meu carro depois das aulas?

— Eu levo ela em casa — disse Noah, colocando o braço ao redor de mim. — Encontre-nos lá.

— Claro, como quiser.

Hmmm. Talvez devêssemos unir Hudson e Corinne e encerrar o dia.

UM SALTO, UM GIRO E UM PULO

— E aí está — disse Hudson, quando meu carro rugia de volta à vida.

— Obrigada! Você é o melhor! — comemorei.

Noah, que estava ao meu lado, se encolheu. Ops. Segurei a mão dele.

Hudson começou a tirar os cabos.

— Deixe ligado por uns 30 minutos para recarregar a bateria e então ficará tudo bem.

— Obrigada de novo — falei. — Valeu mesmo.

— É. Obrigado — disse Noah.

— Sem problemas.

Ficamos todos ali de pé por um momento, então Hudson falou:

— O.k., bem, vejo vocês por aí, crianças. — Então ele entrou no carro.

— Ele nos chamou de crianças? — perguntou Noah depois que Hudson foi embora.

— Acho que sim. — Puxei Noah para dentro da casa. — Quer ir lá para baixo, menino? — perguntei.

— Achei que você fosse fazer compras.

— Só às 17 horas — respondi. — E quero dizer *você quer ir lá para baixo*? — Inclinei-me e o beijei, para que ele entendesse o que eu queria dizer. Queria que ele soubesse que Hudson me salvar com os cabos não significava nada.

Ele olhou para o relógio.

— Meia hora — eu disse. — Bastante tempo. — Lancei a ele o que esperava que fosse um sorriso sexy e malicioso.

— É que... Preciso cuidar de algumas coisas antes do jantar — disse ele.

O quê?

Eu estava sugerindo que nós perdêssemos a virgindade naquele exato minuto em meu futon novinho, total privacidade, e ele estava preocupado com coisas de que precisava cuidar?

Tinha alguma coisa seriamente errada?

Ele estava chateado por Hudson ter passado lá?

— Desça por apenas 15 minutos, então — falei, passando a mão pelo antebraço dele. — Senti muito a sua falta durante o recesso.

— Preciso ir, April — respondeu ele. — Já passei tempo demais aqui.

— Ah!

— É. — Ele tirou as chaves do carro do bolso. — Então, vejo você amanhã, tudo bem, gatinha?

— Tudo bem. Certo.

— Ótimo. — Ele sorriu para mim. Eu amava aquelas covinhas.

Fiz o dever de casa de francês sozinha até que Vi finalmente chegou, meia hora depois. Corri escada acima gritando.

— Oi, querida, você está em casa! Vamos às compras! Eu dirijo.

— Uau!, você é sempre tão animada assim *après* escola? Vamos. E eu posso dirigir.

SINCERAMENTE, VI, NÃO ME IMPORTO NEM... ESPERA, O QUÊ?

Os primeiros dez minutos de compras foram divertidos. Vi jogou várias coisas em nosso carrinho enquanto eu assistia maravilhada (Baguete! Tacos! Cream Cheese de Morango!). Os dez minutos seguintes foram menos divertidos. (Aquilo parecia um labirinto.) Os dez minutos depois desses foram dolorosos.

— Fazer compras é muito mais irritante do que eu pensava que seria — falei, enquanto lutava para manobrar o carrinho por uma curva fechada no setor de congelados.

— Parece até que você nunca fez compras antes.

— E nunca fiz. Bem, não recentemente. Penny comprava tudo. E minha mãe quase nunca nos levava com ela.

Vi olhou para mim como se eu fosse de outro planeta.

— Eu faço compras de supermercado desde que tinha uns 10 anos. E falando de coisas que você *nunca fez*... Por que você e Noah ainda não transaram? Não estão juntos há mais de dois anos? Se precisa estar em um relacionamento, então que ele ao menos lhe proporcione sexo.

— Estamos trabalhando nisso — respondi. A qualquer dia agora.

— Não é trabalho, querida. — riu Vi. — É lazer.

— Nunca conseguíamos privacidade quando eu morava com papai. Não queria fazer no banco de trás de um carro.

Vi concordou, compreendendo.

— Então, agora acontecerá a qualquer momento, né?

Era de se imaginar. Não? Mas agora eu não tinha tanta certeza.

— Você está tomando pílula? — perguntou Vi.

— Não.

— Quer tomar?

— Talvez. — respondi.

Ela abriu a porta do freezer e analisou os vários sorvetes.

— Eu vou tomar.

— É? Por quê?

— Para poder transar sem ficar grávida. Alou?

— O que você usou da última vez que fez? Com Frank?

Ela pegou limões, jogou no carrinho, então olhou para mim. Depois de volta para o carrinho. Depois para mim de novo.

— Eu nunca dormi com Frank.

— Ah! — respondi, confusa. — Então, qual era o nome do cara da peça da sua mãe?

Ela empurrou o carrinho pelo corredor.

— O *nome* dele era Frank. Eu é que nunca dormi com ele.

— Como assim? — perguntei, alcançando-a, ainda mais confusa. — Por que me contou que tinha?

— Eu contei pra todo mundo que transei com ele. Sentia que as pessoas esperavam que eu tivesse feito isso. Dean fez e Hudson fez, e Joanna também, antes de perceber que era gay, então eu disse que tinha feito também.

Não sabia como processar aquela informação. Vi tinha mentido para todos. Vi, a forte e confiante Vi, tinha sentido a necessidade de fingir ser algo que não era. Por que se importava tanto com o que os outros pensariam? Acho que como todos os amigos tinham feito, ela não quis ser a única.

— Então... isso quer dizer... que você é virgem?

— Você não precisa anunciar no alto-falante, tá? Mas, sim. E está na hora de mudar isso. Então vou transar. — Ela nos levou para a seção de queijos.

Sorri.

— E com quem você vai transar, então? Dean?

— Nem pensar — ela respondeu, fazendo um gesto de desdém com o punho.

— Por que não? Sempre me perguntei por que vocês dois não ficaram juntos.

— Não estou interessada em um namorado, muito obrigada. E, de qualquer forma, eu sei demais sobre as peripécias sexuais de Dean. Ele está sempre dando em cima de todo mundo. Ele deu em cima de Doreen esta manhã, pelo amor de Deus!

Eu ri.

— Ele não estava exatamente dando em cima da secretária da escola!

— Nunca se sabe. Em um cenário diferente, se nós não estivéssemos lá...

— Ha, ha — falei. — Por que está tão convencida de que não quer um namorado?

— Estou ocupada demais. E não quero nada me mantendo presa aqui. Assim que me formar, saio deste lugar. Com certeza!

Vi estava inscrita nos melhores programas universitários de negócios e economia do país. Ela escolheria o que desse as melhores vantagens em termos de bolsa de estudos.

— Só quero a experiência. Quero saber qual é o lance — completou ela.

— Então, com quem vai transar?

— Liam Packinson.

Franzi o nariz.

— O ruivo? Eca!

— Eu amo ruivos! São sexy.

— Ruivos são do mal.

— Ah, supera isso. Não pode culpar Corinne pelo que Noah fez.

Fingi estar atenta à seção de queijos.

— Você gosta de queijo de cabra?

— Não. Vamos levar o cheddar — respondeu Vi, pegando duas embalagens e jogando no carrinho. — Belo modo de mudar de assunto.

— De volta a Liam. Se você gosta dele, por que não o convidou na noite anterior?

— Porque Jodi Dillon o agarrou no primeiro dia de aula do ano passado, em setembro. Mas ouvi esta manhã que eles desmancharam. E eu sou a próxima. Operação Dormir com

Liam começa amanhã. — Ela bateu no cabelo para abaixá-lo e esticou os ombros.

— Dormir com Liam? Nada de sair? Só dormir?

— Eu disse: não vou desperdiçar meu tempo com um namorado. Tenho muitas outras coisas para fazer além de ser uma *namorada*. Mas está na hora de eu transar.

— Mas por que agora?

— Primeiro, porque não posso entrar virgem na faculdade. Isso seria patético. — Ela virou no corredor dos cereais e jogou uma caixa de Cheerios no carrinho. — Segundo, é para pesquisa. Para *The Issue*. Acho importante transar antes de poder escrever a respeito. Então vou a um centro do Programa Paternidade Planejada para conseguir anticoncepcional primeiro.

— Não pode simplesmente usar uma camisinha? — Esse era meu plano.

— Vou usar camisinha mais a pílula. Camisinhas podem estourar, e não vou me transformar na minha mãe. — Ela apertou os lábios. — Acidentes acontecem.

— É justo — respondi, enquanto virávamos no corredor de produtos de limpeza. Fiquei imaginando como seria saber que você tinha sido um acidente. Meus pais tentaram durante dois anos até eu nascer.

— Se quiser começar a tomar pílula também, marco uma consulta para nós duas.

— Talvez. — Ruminei a ideia. Tomar pílula parecia responsável. Sexy. Adulto. — Sim, gostaria de tomar pílula. — Mais uma coisa para esconder de papai. O que me lembrava...

— Ah! Ah! Lucy mora na sua rua? Com os pais?

— Seria uma coincidência absurda se ela morasse sem os pais na mesma rua em que nós moramos sem os pais, não acha?

— Você sabe o que quero dizer! Por que não mencionou isso? Não é perigoso?

Ela deu de ombros.

— Lucy ainda não incendiou o quarteirão.

— Ah. Ha, ha, ha.

— Não se preocupe tanto.

Depois de meia hora no corredor dos produtos de limpeza (aparentemente, precisávamos de sacos de lixo e sacos de reciclagem e sabão em pó e detergente líquido que não se parecesse com o lava-louça e refis de Swiffer e um filtro Miele... e, obrigada, pais, por me protegerem de tudo isso por tanto tempo quanto conseguiram) finalmente chegamos ao caixa.

O filtro Miele custava 60 dólares.

— Eu nem sei o que é Miele — falei.

— Um aspirador de pó caro. Foi um presente de vovó.

— Onde está sua avó ultimamente?

— Em um asilo. Visito-a depois da escola uma vez por semana.

— Você é uma boa neta. — Eu não tinha mais avós. A não ser pelos pais de Penny. Mas eles não contavam. E ainda que contassem, eu não esperaria que me dessem um aspirador de pó de presente.

Se bem que eles chegaram a me mandar 50 dólares para as férias. Hum, e, aliás, eu precisava mesmo mandar um bilhete de agradecimento.

A conta ficou em 322 dólares. Ai.

— Eu pago — falei, entregando o cartão de débito. — Considere como o aluguel.

A PRIMEIRA VEZ QUE NOAH E EU QUASE TRANSAMOS

Foi quatro meses antes, no início do ano de calouros. Os pais de Noah estavam fora da cidade, a irmã tinha ido ao cinema e o irmão estava ouvindo música no quarto. Eu disse a meus pais que estaria na casa de Marissa.

Estávamos empanturrados de comida chinesa. Noah tinha pedido demais, como sempre. Ele era olho-grande. Definitivamente, haveria sobras de comida. Estávamos de moletom, assistindo a uma bizarra cena de sexo de *Vampire Nights* no porão dele. Noah estava inquieto. Sempre ficava ansioso quando assistia a qualquer coisa por mais de meia hora.

Vampire Nights era sexy.

— Talvez devêssemos fazer — falei, sem ter certeza se era sério.

— Agora? — respondeu ele.

— Sim! — respondi, com o rosto corado.

— O.k.! — replicou ele, e pulou do sofá como se fosse um trampolim. — Você tem alguma coisa? — perguntou Noah.

Fiz que não com a cabeça.

— Nem eu. Vamos à farmácia. — Antes que eu pudesse piscar ele já estava com um guarda-chuva nas mãos, os sapatos calçados e a porta da garagem aberta.

A ideia de me vestir toda e encarar a chuva me fez reconsiderar.

— Ah, deixa pra lá. Está molhado demais do lado de fora.

— O quê? Não! — A decepção era visível no rosto dele.

— Eu vou sozinho! — continuou Noah, já na porta. — Você não precisa fazer nada!

— O.k. — respondi, afundando de volta no sofá.

Acho que o quarteirão inteiro ouviu os pneus cantando.

Estávamos juntos havia quase dois anos. Tínhamos decidido esperar até, pelo menos, o primeiro ano do ensino médio — transar no nono ano parecia cedo demais para mim, mas no primeiro do ensino médio parecia aceitável. E, agora, eu estava nele. Sabia que Noah estava esperando que eu tocasse no assunto. E eu havia planejado falar sobre isso... Assim que me sentisse pronta.

Talvez a espontaneidade fosse um erro. A primeira vez deveria ser planejada. Considerada. Não dava para se atirar nela como se fosse uma piscina.

Quando Noah voltou, eu estava com uma dor de cabeça latejante de nervoso. Será que estava mesmo pronta? Ou fora apenas o *Vampire Nights*? Esse programa também me fazia querer ser uma vampira, mas isso não significava que era uma boa ideia. Será que todos saberiam? Eu estava com bafo de frango General Tso?

— Não me odeie — falei.

Ele olhou para mim. Não com raiva, mas claramente desapontado. Ele deixou uma sacola plástica da Walgreens cair no piso de madeira e tirou as botas.

— Ei, está tudo bem. O que você quiser.

— Eu não estou me sentindo bem. — A seguir, o quarto estava girando. Sentei no tapete e apoiei a cabeça nos joelhos. — Acho que vou vomitar.

Ele sentou ao meu lado e pôs o braço sob meu pescoço.

— Ah! — murmurou Noah. — Será o glutamato monossódico? Talvez devêssemos ter pedido comida no Bertucci's.

Ele acabou me levando em casa. Ao sairmos do porão, olhei para a sacola da Walgreens e vi que ele tinha comprado cinco pacotes de camisinha, todas de tipos diferentes: lubrificada, não lubrificada, sem látex, com rugosidades (para o prazer dela), que brilhava no escuro. Duas por pacote. Um total de dez camisinhas.

— Olho-grande — provoquei.

Ele riu.

— Estou planejando usar todas. Assim que você estiver pronta.

DA SUZANNE VERDADEIRA PARA O JAKE FALSO

De: Suzanne Caldwell <Primadonna@mindjump.com>
Data: Ter, 13 jan, 2:00 a.m.
Para: Jake Berman <Jake.Berman@pmail.com>
Assunto: Acomodações

Oi, Jake!
As meninas estão se divertindo muito! Acabo de ligar e elas chamaram um monte de gente para ir lá. Ouvi pessoas cantando no fundo e tudo! Estou tão feliz que estejam bem-acomodadas. Ah, e ontem eu conheci um homem chamado Jake German! Não é engraçado? Perguntei se ele conhecia você, mas não conhecia. (Espero que as coisas estejam indo bem em Cincinnati!)
Beijos,
Suzanne

De: Jake Berman <Jake.Berman@pmail.com>
Data: Ter, 13 jan, 6:00 a.m.
Para: Suzanne Caldwell <Primadonna@mindjump.com>
Assunto: RE: Acomodações

Suzanne,
Estou feliz que as meninas estejam bem-acomodadas. Sabia que ficariam bem. E Jake German? Parece que pode ser meu gêmeo malvado. Talvez você devesse ficar longe dele. Apenas uma sugestão. As coisas em Cleveland (quase acertou) estão ótimas.
Abs,
Jake

E BOM DIA PARA VOCÊ

— Hoje é o dia! — disse Vi, escancarando minha porta. Estávamos morando juntas havia duas semanas e, embora eu tivesse aprendido a trocar uma lâmpada e ligar a lava-louça sem causar uma inundação, Vi ainda precisava aprender que eu não acordava cedo. Ela, por outro lado, fazia um exercício do DVD HardCore3000 toda manhã. Eram cinco: abdômen; pernas e glúteos; braços e peitoral; cardiorrespiratório; alongamento. No dia anterior, peguei os dois últimos minutos e descobri que envolvia um tapete de ginástica e pesos de 5 quilos. Tinha visto os pesos no armário da frente, mas não sabia que estavam em uso.

Bocejei, olhando para o relógio.

— Ainda tenho dez minutos de sono. Não sei por que não mandamos todo mundo para casa mais cedo ontem à noite.

— Porque estávamos nos divertindo! E que pena. Nossas consultas são esta manhã. Eu estou marcada às 8 horas e vocês às 8h15. E a clínica fica em Darien, então é uma viagem de pelo menos 30 minutos de carro.

Sentei-me.

— Sério?

— É.

— Por que temos consultas? Não marcamos consultas... marcamos?

— Marcamos. — Ela abriu as persianas do porão com delicadeza.

— Mas... você não me avisou.

— Não avisei — concordou Vi.

— Não temos aula hoje?

— Sim, as aulas *vão* acontecer hoje. Mas se nós temos aula? Não, não temos. Temos consultas.

— Não posso matar aula! — Se fosse pega matando aula, o que aconteceria? Ohio aconteceria.

— Você não vai matar — disse ela. Você está em casa gripada. Seu pai já mandou um e-mail para a escola.

— Mandou?

— Mandou. Bem, Jake.Berman@pmail.com mandou.

— Ah! — falei. Quanta consideração.

A ESPIÃ

Coloquei meu carro na rua e esperei Vi sair da garagem com o dela.

— Merda — murmurou Vi, enquanto eu abria a porta do carona. — Entra rápido.

— O quê? — perguntei, fechando a porta. — Por quê?

— Tarde demais — murmurou ela. Vi desceu minha janela e uma rajada de ar frio me atingiu na lateral do rosto. Virei e vi...

Lucy Michaels e os olhos alienígenas que nunca piscam. Droga.

— Oi, meninas — disse ela, olhando de mim para Vi. — Posso pegar uma carona? — Droga, droga, droga.

— Estamos doentes — disse Vi, delicadamente. — Muito doentes. É contagioso. Eu não chegaria muito perto se fosse você.

— Vocês não parecem doentes. Se estão doentes, então para onde vão?

— Para o médico — respondi. O que não era mentira. Então aí estava.

— Juntas?

— É — respondemos juntas.

— Onde está sua mãe? — perguntou Lucy a Vi.

— No trabalho — respondeu ela. — E a sua?

— Lá dentro. Ela me leva para a escola, mas preferia ir com vocês duas.

— Outra hora — disse Vi. Ela, ao mesmo tempo, subiu minha janela e deu ré em direção à rua.

Lucy ficou olhando. Eu acenei de um jeito esquisito.

— Ai, droga — falei com um suspiro enquanto partíamos. Olhei pelo retrovisor. Ela ainda estava de pé em frente à nossa garagem. — Isso é ruim. Talvez devêssemos ir à escola.

— Já dissemos a ela que estamos doentes. E mandamos e-mails.

— É. Mas, e se ela contar para a mãe?

— Qual é a pior coisa que pode acontecer? — perguntou Vi.

— Seremos suspensas por matar aula? E meu pai vai enlouquecer? E me fazer ir para Ohio? — Mexi no cinto de segurança.

— Você se preocupa demais.

Verdade. Se Lucy havia percebido o que estava acontecendo, então Lucy tinha percebido o que estava acontecendo. Pirar não ajudaria ninguém. Com certeza, não estava me ajudando.

A NOITE DEPOIS DA PRIMEIRA VEZ QUE NOAH E EU QUASE TRANSAMOS

— Desculpa por ter pirado ontem à noite — disse a Noah. Eu estava encolhida debaixo da coberta e sussurrando para que meu pai e Penny não soubessem que eu estava ao telefone à 1 hora da manhã. Sempre nos falávamos antes de dormir.

— Ah, por favor. Não esquenta. Não deu pra perceber que eu também estava nervoso?

— Não.

— Eu comprei cinco tipos de camisinhas porque estava preocupado em não ter o tipo certo.

— Você achou que a que brilha no escuro poderia ser o tipo certo?

— Estava de noite!

Eu gargalhei.

— Só que quero me sentir 100% pronta. Você se sente 100% pronto? — perguntei.

— Sim.

— Os garotos estão sempre 100% prontos?

— Se a garota é você e o garoto sou eu, então... sim.

— Estou, tipo, 99% pronta.

— E como arredondamos isso para 100? Sem pressão. Só quero saber. Hipoteticamente.

— A-hã. Acho que para chegar aos 100% preciso planejar. Uma contagem regressiva. Saber que está próximo.

— Preparar o paladar.

— Exatamente.

— Então, planeje aí.

— Que tal no recesso de Natal?

— Combinado — disse ele.

— Combinado — repeti. Mas, então, fiquei preocupada. Fisicamente, eu estava pronta. Quando estávamos juntos, eu *queria* transar. Mas o que fazer isso significava de verdade? Eu o amaria mais? Doeria muito mais quando nós, se nós, terminássemos? O sexo nos mudaria?

Tinha de mudar.

Mas eu estava pronta para a mudança?

NÃO PATERNIDADE PLANEJADA

Eu estava esperando algo branco. E esterilizado. Talvez como uma Apple Store, mas menos decorada. Também achei que estaria lotado de adolescentes nervosas com as mães. Mas era apenas um consultório normal com carpete bege, cadeiras de feltro, revistas velhas e pinturas das praias de Connecticut nas paredes. Tínhamos a opção de usar nossos planos de saúde ou pagar em dinheiro. De jeito nenhum eu usaria o plano de saúde de papai para isso. Obrigada, mas não, obrigada. Em dinheiro. Nenhum rastro de papel. Pelo menos o preço dependia dos ganhos da família. Eu calculei quanto "ganhava" por ano e me qualifiquei para um preço mais baixo.

— Você já esteve em um consultório do Paternidade Planejada antes? — perguntou Vi.

Estávamos sentadas uma ao lado da outra na sala de espera. Tinha acabado de entregar meu formulário, mas fiquei com a caneta, para manter os dedos ocupados.

— Não, e você?
— Uma vez.
— Por quê?
— A camisinha de uma amiga estourou. Não a dela. A do cara com quem ela estava. Então viemos aqui comprar a pílula do dia seguinte. Ela se sentiu horrível. A coisa toda realmente a assustou. Pelo menos ela percebeu que a camisinha tinha estourado. E se não tivesse percebido e ficasse grávida?

— Ela faria um aborto?
— Não sei. Provavelmente.

Olhei em volta. Tinha uma garota lá com a mãe; a filha parecia ligeiramente mais velha do que nós, e imaginei se ela estaria ali por isso. Será que ela iria com a mãe se fosse o caso?

— Você faria? Se ficasse grávida agora?
— Sim — respondeu Vi. — Com certeza.

Tentei não mostrar surpresa, mas não devo ter conseguido.

— Minha mãe tinha 23 anos — disse Vi. — Não 17. E ela teve vovó para ajudar. Quem me ajudaria? — Ela fez uma pausa. — O que você faria?

Senti-me triste só de pensar no assunto.

— Não sei — respondi. E não sabia mesmo.

— Se você tiver um filho, vou te despejar. Não curto bebês.

Afastei a melancolia.

— Alô, não estou planejando engravidar. Por isso estou aqui.

— Eu também. É por isso que vou tomar pílula *e* usar camisinha. Liam não vai ser o papai do meu bebê.

— Nem Noah — falei. Apesar de toda a preparação mental que estava fazendo com relação a sexo, ainda não tinha pensado sobre o que faria se ficasse mesmo grávida. Na minha mente, perder a virgindade e engravidar eram coisas totalmente separadas. Uma média alta na escola poderia me colocar na faculdade, mas não me tornava um gênio.

O que eu faria? Teria o filho? Sairia da escola? Noah e eu nos casaríamos? Claro que nós fazíamos piada com isso, mas eu não estava pronta para casar. Se decidisse ter meu bebê hipotético, teria de ir viver com papai e Penny? Ou talvez eu tivesse o filho na França. Era melhor do que Ohio. Pelo menos meu irmão estava na França. Ele poderia ficar de babá enquanto eu tentaria, sem sucesso, achar um marido. Que garoto de 17 anos namoraria uma menina com um filho? Afundei na cadeira. Não queria me mudar para lugar nenhum. Queria ficar aqui, transar com Noah e não ter nenhuma consequência, nunca. Eu, com certeza, tomaria pílula *e* usaria camisinha. Se as camisinhas eram o goleiro, a pílula era a zaga.

— April Berman? — chamou uma enfermeira.

Meu estômago pulou.

— Achei que eu iria primeiro — disse Vi. — Bem, divirta-se.

Levantei uma sobrancelha e segui a enfermeira até o final do corredor.

ANIME-SE

Aquela se chamava uma consulta HEPO. Hormônios com Exame Pélvico Opcional. Optei por não fazer a parte pélvica. Vi quis fazê-la.

— Posso aproveitar para descobrir o que está acontecendo lá dentro — disse ela. — Além disso, são mais detalhes para o artigo.

Primeiro, esperei na salinha em que a enfermeira me colocou. Então uma mulher com cabelos loiros longos e esvoaçantes e um grande sorriso abriu a porta.

— Olá! — disse ela, animada, com os olhos apertados. — Sou a Dra. Rosini. Tudo bem?

Por algum motivo inexplicável eu a amei imediatamente e imaginei se poderia adotá-la como minha mãe.

Ela me pesou e mediu a pressão sanguínea. Então, sentou-se em frente a mim e começou a fazer perguntas sobre meu histórico médico (nenhum problema, menstruação regular), sobre minha vida sexual (inexistente por enquanto, mas prestes a mudar!, quem sabe?), quem era meu parceiro em potencial (namorado de longa data; sim, ele tem a minha idade), se eu tinha com quem conversar em casa sobre a relação sexual? (Hum, sim, Vi estava em casa.) Ela fez muitas e muitas perguntas e eu dei muitas e muitas respostas.

Então fomos ao que interessava.

— Há muitas opções de controle de natalidade — disse ela. — O anel vaginal NuvaRing, a injeção Depo-Provera, o uso da camisinha e a pílula anticoncepcional.

— Eu fico com essa última.

Ela riu.

— Podemos dar uma receita para você. Mas lembre-se de que a pílula previne a gravidez indesejada, mas não protege contra HIV ou DSTs.

— Entendi — respondi Como eu seria a primeira do Noah e ele seria o meu, não precisávamos nos preocupar com essa parte.

Ela me deu um suprimento de pílulas para três meses, falou sobre reações e efeitos colaterais e me disse para voltar para pegar uma receita quando acabassem as caixas.

— Tome uma pílula rosa todos os dias durante 21 dias, então uma pílula branca durante sete. Tome-as sempre no mesmo horário todos os dias.

— Parece um plano — falei.

PASSEANDO

Em vez de irmos direto para casa, como estávamos matando o dia mesmo, decidimos ir ao shopping de Norwalk.

— Está na hora de fazer mais um estrago na sua mesada — disse Vi, saindo do estacionamento do Paternidade Planejada.

— Mas e se precisarmos de dinheiro?

— Para o quê?

— Um "dia chuvoso"?

Vi apontou para o céu cinza.

— Parece que está prestes a nevar.

— Não sei se isso conta.

— Você é boa demais — disse ela. — Precisa viver um pouco.

— Ei! Eu matei aula! Fui pegar pílulas anticoncepcionais! E agora estou indo às compras quando deveria estar indo à aula de cálculo! Estou vivendo bastante!

— Verdade. Mas você viveria melhor em uma lingerie nova.

VICTORIA'S SECRET

Depois de duas horas no shopping eu tinha dois pares de jeans novos, um novo par de botas e três suéteres novos. Agora eu estava na Victoria's Secret vestindo um baby-doll preto com lacinhos em uma das cabines no fundo da loja.

— Como você ficou? — gritou Vi da cabine ao lado da minha.

Ai. Meu. Deus. Meus seios estavam saltando pelo decote e o lacinho da parte de baixo mostrava tudo.

— Como uma atriz pornô — gritei de volta, rindo.

— Deixe-me ver!

— Metade da minha bunda está de fora!

Vi saltou da cabine dela e abriu a cortina da minha. Ela estava vestindo um baby-doll de seda vermelha amarrado na frente.

— Pode crer! Parece mesmo uma atriz pornô!

Fiz pose de pinup e dei um tapa na bunda, a qual estava ridícula, como se aprisionada pelo baby-doll e pelas minhas calcinhas rosa de algodão que estavam por baixo.

— Eu nunca vi um filme pornô de verdade.

Vi arregalou os olhos para mim, como se dissesse "Menininha doce e inocente." Então ela, na verdade, disse:

— São degradantes, mas, de alguma forma, instrutivos.

— Olha pra *você* — falei, indicando a sedosidade vermelha dela.

— Está horrível. Sinto-me como um presente de Natal. Quero que a lingerie grite poder, e não "Por favor, abra-me".

Pensei em mamãe e ri.

— Minha mãe sempre pronunciou lin-gé-ri. Ela não é boa com sotaques.

— Ainda bem que se mudou para a França.

— Também chama camisinhas de *câmisinhas*.

— Ha!

Fechei a cortina, tirei o baby-doll e coloquei de volta os jeans e a camiseta, então fui para a frente da cabine de Vi.

— Sabe, uma vez vim até esta mesma loja... com mamãe — falei.

— Mentira!

— Verdade. Ela me disse para esperar lá fora com Matthew mas... ficamos entediados.

— Diga-me que ela estava comprando pijamas de flanela.

— *Au contraire.* — Peguei um pacote de meias pretas finas sete oitavos que a loja convenientemente deixava em exposição perto das cabines. — Ela levou estas para uma viagem a Cancun.

— Uh! Ela as usou?

— Bem, sim, na verdade usou — respondi, colocando as meias no lugar.

— É doentio você saber isso. Também é doentio eu conseguir enumerar os sintomas das infecções urinárias da minha mãe.

Estremeci os ombros em sinal de pavor.

— Nojento. Vou pagar por isso e dar uma checada em Noah.

— Dar uma checada? É por causa desse linguajar que não quero um namorado.

— Ligar para ele. Você sabe o que quero dizer. Ele deve estar imaginando onde estou.

— Ele deve estar animadíssimo por você começar a tomar pílula.

Eu ainda não tinha contado a Noah. Queria esperar até estar tudo certo. Estava pensando em contar naquele fim de semana, quando estivéssemos juntos de bobeira no porão.

Finalmente. Noah ainda não tinha estado lá embaixo comigo. Todo dia depois da escola tinha treino ou um jogo ou dever de casa ou alguma coisa de família que tinha de fazer. Andávamos com outras pessoas, eu ia torcer nos jogos dele, mas ainda não tínhamos ficado um momento sozinhos.

— Ah, aliás — diria, quando finalmente estivéssemos deitados juntos no meu futon —, comecei a tomar pílula. Em um mês estará funcionando. — Eu mencionaria com indiferença, agindo casualmente, e então ele sorriria. A felicidade se irradiaria pelo rosto de Noah. Ele se sentiria amado, eu me sentiria amada, ele me puxaria para perto, nós nos beijaríamos. Na minha cabeça, era tudo bastante inocente. Ele me abraçaria e diria que mal podia esperar pelo fim do mês. Talvez até adicionássemos um aplicativo de contagem regressiva divertido a nossos celulares. Seríamos superfofos a respeito da situação.

Mas pelo jeito que as coisas estavam indo... talvez ele não conseguisse entrar no meu porão durante o próximo mês. Talvez eu devesse simplesmente contar a ele.

— Adivinhe onde estou — falei, quando consegui ligar para Noah.

— Não faço ideia. Perto do seu armário?

Fiz uma pausa.

— Sério? Você não percebeu que eu não estava na escola?

— Você não está na escola?

— Não, dissemos que estávamos doentes.

— O que aconteceu?

— Nada. — De repente, eu queria a atenção total de Noah. — Mas eu fui mesmo ao médico.

— Então você está doente?

— Na verdade, fomos ao consultório do Programa Paternidade Planejada.

Silêncio.

— Sério?

— É. E eu peguei a pílula.

Outra pausa.

— Ah! — disse ele, finalmente. — Legal.

Esperava algo além de "Legal". Um iupii ou u-hu talvez. Ele sabia o que aquilo queria dizer, certo?

— A pílula anticoncepcional — falei, caso não tivesse ficado óbvio.

— É, entendi.

Ah. Bem. Hum.

— Você parece superanimado.

Ouvi-o tossir.

A irritação tomou conta de mim.

— Certo. Desculpe-me por incomodar você.

— April, estou animado. É que... nunca falamos sobre isso. Achei que usaríamos apenas... você sabe. Outras coisas.

Outras coisas? Se éramos velhos o bastante para usá-las, então acho que éramos velhos o bastante para dizer os nomes. A não ser que ele não quisesse que ninguém o ouvisse. Imaginei onde ele estaria. No corredor? Ele não queria usar a palavra camisinha no corredor? Isso eu podia entender.

— Acho que deveríamos usar as duas coisas — falei. — Por precaução. Como estepe. A médica disse que as pessoas geralmente precisam esperar um mês para que a pílula faça efeito.

— Então vamos esperar mais um mês? — perguntou Noah. Era minha imaginação ou ele parecia aliviado?

— É. Ou não precisamos. Podemos usar apenas camisinhas por enquanto.

— O que é mais um mês? — perguntou ele. — Segurança primeiro. Um mês, então.

— Sim. Um mês.
— Parece bom.
— É.

Aquela conversa era, definitivamente, menos divertida do que tinha sido na minha cabeça. Talvez eu devesse ter esperado. Esperado até estarmos juntos para contar as novidades. Não esperado pelo sexo.

Para o sexo eu estava pronta. Tinha até a roupa.

Era Noah quem não parecia pronto. Talvez tivesse percebido que era um passo grande. Talvez toda a conversa sobre controle de natalidade o tivesse assustado pela possibilidade real de me engravidar.

Eu teria de distraí-lo com a roupa nova. Precisava que ele entrasse no clima. Talvez eu devesse voltar e comprar as meias sete oitavos.

O rosto de mamãe surgiu em minha mente.

Pensando bem... Eu precisava entrar no clima também.

E ENTÃO HAVIA TRÊS

Peguei as sacolas e fechei a mala do carro enquanto Vi fechava o portão eletrônico da garagem. Ela abriu a porta de casa. Passava das 18 horas — como estávamos no shopping, decidimos ir ao cinema.

— Que estranho — disse Vi. — Está ouvindo isso? Você deixou o rádio ligado de novo?

— Não — respondi. Na semana anterior eu tinha deixado o som ligado. E as luzes acesas. Duas vezes. Vi não ficou feliz. Parece que é preciso pagar pela eletricidade, tipo, todo mês. Quem poderia saber?

— As luzes também estão acesas. Eu, com certeza, as apaguei. Talvez seja Zelda.

Dei um passo para trás. Cenas de assassinato de *Vampire Nights* e de todos os outros programas de terror passaram pela minha cabeça. Pessoas burras entravam em casa e eram massacradas.

— Acha que devemos ligar para a polícia? — perguntei, mas ela já estava lá dentro. A casa não era exatamente à prova de ladrões. E estava ao lado da faixa pública do estreito. Com a maré baixa, qualquer um poderia vir pela estrada, descer para a praia e então subir no deque da casa.

— Um ladrão não deixa a música aos berros — disse ela, a voz sumindo conforme seguia para dentro do corredor de entrada. Então ouvi um "Puta merda!".

— O quê? Vi? — Corri atrás dela e subi as escadas de dois em dois degraus. E se fosse mesmo um assassino? E se fosse a maluca da Lucy? E ela fosse nos matar?

Vi estava sentada de pernas cruzadas no tapete segurando um minúsculo gatinho caramelo rajado.

— Não é a coisa mais fofa que você já viu? — perguntou ela. — Quem é o mais lindo? É você, é você — dizia ela, com voz de bebê.

Ah! Um gatinho!

— Olá. — Agachei-me ao lado dos dois. Sentia saudades de Libby.

— *Miau*.

— Ah. Foi o gatinho lindo quem ligou o som? — perguntei, tirando as botas.

— Foi Dean — disse ela, apontando uma mochila e sapatos perto da porta. — Isso é dele. É tão relaxado.

— Dean está aqui? — perguntei, olhando em volta. — Onde?

— Acho que no banheiro.

Ouvimos barulho de descarga, então Dean apareceu.

— Suas mamães estão em casa, gatinho!

— Como é que é? — perguntou Vi, erguendo uma das sobrancelhas.

— Uma mamãe é alguém que deve cuidar de você — expliquei. — Sei que é um conceito estranho, mas acontece no mundo todo. — Exceto, é claro, quando ela está na França.

Vi riu.

— Uma amiga de Hudson tem uma gata que teve filhotes — falou Dean. — Ela está procurando por lares. Hudson achou que April poderia querer esta... depois de perder a própria gata. Disse a ele que perguntaria.

Foi fofo ele pensar em mim.

— Por que Hudson não veio? — perguntei, desapontada. Hudson me fazia sentir... corajosa. Mesmo que ele, talvez, fosse um traficante. Ninguém é perfeito.

— Ele tinha de trabalhar — disse Dean, olhando para baixo.

— Onde ele trabalha mesmo? — perguntou Vi.

— Você sabe. Num emprego — respondeu Dean, com uma gargalhada.

— Qual é o grande segredo? — perguntei. — Não entendo. A não ser que ele esteja mesmo fazendo alguma coisa ilegal.

Dean deu de ombros.

— Não sei do que você está falando.

— Você é tão irritante — disparou Vi.

— Pergunte a ele você mesma. Ele vem me buscar em dois minutos. Tão legal vocês finalmente chegarem em casa. Estou esperando há horas. Onde estavam hoje?

Vi o ignorou e me encarou.

— Vamos ficar com ela?

Enrolei a cauda da gata nos dedos.

— Você quer morar com a gente, fofinha?

Ela se aproximou e tocou minha mão com a patinha. Duplo "Oh".

— Como você entrou? — perguntei a Dean.
— Usei a chave na casa de passarinho.
Cocei atrás da orelhinha da gata. Ela ronronou.
— Há uma chave na casa de passarinho? — perguntei.
— Bom saber.
— Então, o que acham? — perguntou Dean. — Casa da Vi, residência para três?
A gata abriu os enormes olhos verdes e lambeu a pata direita.
— Eu topo se você topar — falei, já apaixonada pelo bicho.
— Tudo bem — disse Vi. Ela apontou para a gata. — Você pode andar conosco, mas precisa se comportar. Nada de faltar à aula.
Fiz expressões de beijo.
— Como vamos chamá-la? — perguntou Vi.
— Podemos chamá-la de Tigrão — falei. — Mas ela não tem dentes. Tigrão! Os gatinhos a assustariam...
Vi esfregou as têmporas.
— Por favor. Nada de personagens de desenho animado. E ela *é* um gatinho. Vamos chamá-la de Zelda.
— Assustador — falei.
— E quanto a Donut? — perguntou Dean.
Vi riu com desdém.
— De onde surgiu isso?
— Eu gosto de Donuts — respondeu ele.
— Da comida ou do nome? — perguntei.
— Dos dois.
— Eu também — falei.
Vi pegou a gata no colo e a levou até a cozinha.
— Vem com a mamãe, Donut. Bem-vinda ao *Chateau Vi*.
— Prometemos não levar você para comprar lingeries — falei.

— Ou discutir nossas infecções urinárias.

— Informação demais — reclamou Dean.

— Não as minhas, idiota. De mamãe. Qualquer uma. Donut, prometemos não obrigar você a pagar contas.

— Ou deixar você sozinha — acrescentei. — Nunca.

Vi encheu uma vasilha com água.

— Embora você vá precisar ficar sozinha quando formos à escola.

— Certo — falei, rindo. Matei um dia e já tinha esquecido que ela existia.

A campainha tocou.

— Hudson! — Corri até o corredor de entrada e gritei, escancarando a porta: — Você é o melhor! Obrigada!

Ele ficou na entrada, sorrindo para mim.

— Quer dizer que vai ficar com ela?

— Claro. Como não ficaríamos? Ela me ganhou no "miau". Entre. Donut quer dizer "Oi".

— Donut?

— Ideia do seu irmão.

— Ainda não aprenderam a nunca ouvir meu irmão?

— Eu escutei isso! — gritou Dean.

— Precisamos ir! — gritou Hudson de volta.

— Você não vai ficar? — perguntei, desapontada.

Ele mexeu os ombros.

— Não posso. Outro dia.

— Ah, tudo bem. Obrigada de novo — falei. Eu meio que queria abraçá-lo, mas então achei que poderia parecer estranho. Não queria que ele pensasse que eu estava me jogando em cima dele. Tenho certeza de que Hudson tinha muitas garotas que estavam, de fato, se jogando em cima dele.

E daí? Ele tinha acabado de me trazer um gatinho; eu o abraçaria.

— Obrigada — disse, na direção do colarinho dele. Senti os braços de Hudson se fecharem em volta de mim. Ele cheirava a couro novo. Afastei-me. — Jaqueta nova?

Ele piscou.

— É.

— Parece cara — falei, colocando uma das mãos no quadril. — Está vindo do trabalho?

Ele sorriu de novo.

Dean apareceu ao meu lado.

— Você bem que gostaria de saber.

— Tanto faz — falou Vi. Ela estava com Donut enroladinha nos braços.

Hudson esticou o braço e fez cócegas no pescoço de Donut.

— Oi, Donut. Você tem uma casa nova agora. Seja boazinha. — Então ele fez cócegas no pescoço da Vi. — Você também, Vi.

Vi emitiu um rom-rom falso.

Dean se dirigiu para fora da casa.

— Tudo bem, garotas, adoraríamos sentar e ronronar com vocês a noite toda, mas... Na verdade, não adoraríamos.

— Vemos vocês na escola — disse Hudson, antes de seguir Dean até o carro.

— Ai, aquele lugar — falei. — Acho que amanhã teremos de ir.

Vi passou o braço livre por dentro do meu enquanto eu dava tchau para os meninos.

— Tenho certeza de que Jake.Berman@pmail.com ficaria feliz em mandar outro e-mail se você quiser faltar.

— Meu pai — falei. — Como é generoso.

número quatro:
compramos uma banheira de hidromassagem

E-MAIL ASSUSTADOR DE PAPAI DE VERDADE
(DO NOVO ENDEREÇO DE E-MAIL DE VERDADE DELE)
PARA A SUZANNE FALSA

De: Jake Berman <Jake.Berman@kljco.com>
Data: Dom, 25 jan, 7:03 a.m.
Para: Suzanne Caldwell <Suzanne_Caldwell@pmail.com>
Assunto: Checando

Suzanne,
Espero que esteja tudo bem. Falei com April ontem à noite e ela pareceu feliz. Ela elogiou sua comida também — obrigado por cuidar tão bem da minha princesa. Não fiquei muito animado com esse plano, mas parece que está funcionando. Estarei em Chicago na semana que vem, mas disponível por e-mail ou por celular.
Abs,
Jake

Enviado do meu BlackBerry

ALTA ANSIEDADE

— Eu deveria ficar preocupada por papai poder encontrar sua mãe em alguma esquina de Chicago? — perguntei.

— O e-mail de seu pai foi enviado às 7h03 da manhã. Tenho certeza de que quando mamãe estiver nas esquinas, seu pai estará dormindo.

— Então isso é um não. — Cocei atrás da orelha de Donut.

— *Miau.*

— Pare de se preocupar.

— Certo. Calma. Ficando.

SOZINHA EM CLEVELAND

O celular tocou. Número privado.

— Alô? — falei, insegura.

— Oi, April! É Penny!

— Ah. Penny. Oi. — Tinha acabado de derramar a comida de Donut pelo chão inteiro, e no momento estava varrendo.

— Está tudo bem? Papai está em Chicago, certo?

— Sim, ele está bem. Tudo está ótimo! Estava só pensando em você. Pensei em ligar para ver como você estava.

Estranho. Penny não costumava me ligar para ver como eu estava. Nem para nada mais.

— Estou bem. Obrigada. Só... limpando.

— Isso é ótimo. Bom para você. — Silêncio do tipo desconfortável. — Então. Como está a escola?

— Na mesma.

— E Vi?

— Bem também.

— E o carro?

— O carro está ótimo. Obrigada, de novo.

— De nada. Disse a seu pai que você precisaria de um carro. Não era seguro você ficar sem um.

— Ele me contou. — Percebi que seria inteligente de minha parte conversar com ela durante algum tempo, para que desse um parecer positivo a papai. E também percebi, duplamente estranho, que ela parecia solitária. Então eu disse: — O que você anda fazendo?

— Estou tentando me ambientar. A casa está uma bagunça, claro. E está congelante aqui. Mais frio do que em Connecticut. É estranho estar de volta. E tenho tentado pintar, mas é difícil me concentrar com todas as caixas que ainda preciso desempacotar...

À medida que ela foi falando, tentei equilibrar o telefone contra o ombro com a vassoura, mas acabei derrubando mais comida de gato no chão. Em certo momento ela falou que sentia minha falta (o que ela falou de verdade foi "Às vezes, sinto falta de arrumar as suas bagunças", mas eu li nas entrelinhas). Se sentia tanto a minha falta, não deveria ter se mudado para Cleveland e arrastado papai com ela.

PENNY

Depois que papai e Penny ficaram noivos, ele comprou uma casa nova em Westport. Quer dizer, ele *e Penny* compraram uma casa nova em Westport. Como íamos lá a cada duas semanas, Matthew e eu ganhamos nossos próprios quartos. Fiquei com aquele perto do de papai porque era o maior. Eu teria ficado com o de Matthew, que era do lado oposto da escada, se soubesse que, ao contrário de Matthew, eu me mudaria para lá de vez. Mas tanto faz.

Penny comprou para mim uma cama com dossel. Ela sempre quis uma quando garota, e sempre quis ter uma filha com uma cama com dossel. Então, aí está.

Penny não podia ter filhos. Eu sabia porque um dia, no carro, perguntei se eles teriam um bebê. Penny ficou toda chorosa. Depois, papai explicou que Penny tinha tumores fibroides. Ela e o ex-marido haviam tentado por sete anos, mas nunca ficaram grávidos. Até tentaram fertilização *in vitro* algumas vezes, mas não funcionou.

Era de se pensar que ficaria mais feliz ao herdar uma enteada.

Ela devia estar animada com o conceito de mim — mas não tanto com a realidade.

Uma menina de 15 anos com quem dividir a maquiagem e ver a cada duas semanas parece adorável.

Uma garota de 15 anos que fica trêbada com as amigas duas semanas depois de se mudar de vez para a sua casa? Um pouco menos.

PASSE O GUACAMOLE

— Precisamos coordenar — disse Vi, enquanto preparávamos tacos. — Quando será sua grande noite? Precisamos ter certeza de que não será na mesma que a minha. Seria estranho.

Ralei um pouco de queijo.

— Seria?

— Claro! Precisamos ter a casa só para nós no dia.

Eu quase nunca tinha a casa só para mim. Vi ficava muito em casa. Assim como eu. Passávamos *muito* tempo juntas. Nunca passei tanto tempo assim com ninguém... Além de minha família. Nem com Noah.

— Com certeza — falei. — Então, eu estava pensando em... 14 de fevereiro, Dia dos Namorados.

— Sério? — perguntou ela, erguendo a sobrancelha enquanto temperava a carne assada.

— Qual o problema com o Dia dos Namorados? Muito brega? — Coloquei um pouco de cheddar na boca.

— É — falou ela.

— Você diz brega, eu digo romântico. E prático. Comecei a tomar pílula na terceira semana de janeiro. Nós queríamos esperar um mês. Isso cai no sábado, Dia dos Namorados. Faz sentido transar pela primeira vez em um sábado à noite.

— Vai cobrir o edredom de pétalas de rosas também?

— Ah, cale a boca — falei, arquivando a sugestão em segredo. Pétalas de rosas no edredom poderiam ser muito fofas.

— Você pode fazer o guacamole? — perguntou Vi.

— Hum... guacamole se faz? Não é só abrir a lata?

— Não, querida. Pegue um abacate, uma cebola e um tomate.

Fiz como me foi pedido. E acidentalmente deixei um pedaço de queijo cair no chão. Donut o engoliu. Ops.

— Agora, corte o abacate ao meio, raspe, amasse e acrescente uma cebola e um tomate picados.

Pisca. Pisca. Pisca.

Ela riu.

— O que você comia antes de me conhecer? McDonald's?

— Mamãe era fã de um Drive-Through. Mas Penny cozinhava. Muito peixe. Donut teria amado.

Donut estava agora parada em frente ao fogão.

— *Miau?*

— E você nunca ajudava.

— Não muito.

Ela assentiu.

— Dá pra entender por que te expulsaram.

Ai. Isso doía, na verdade. Para disfarçar, mostrei a língua e disse:

— Não exatamente. Então, quando será sua grande noite?

— Estou pensando... na noite *antes* do Dia dos Namorados.
— Não é tão brega quanto?
— Não. Assim, quando contar a história de quando perdi a virgindade, poderei dizer que foi em uma sexta-feira 13.

Meu celular tocou.

— Oi, Noah — falei, rindo. — Como foi o treino?
— Cansativo — disse ele, por sobre a estática da ligação.
— Acho que fizemos demais — falou Vi. — Diga ao Noah para vir jantar aqui.
— Vi quer que você venha jantar aqui. Onde está?
— Dirigindo para casa. Obrigado. Estou muito cansado. E meus pais estão me esperando.
— Então fale para eles que você vem para cá.
— Quem dera — respondeu ele.

Não tinha percebido o quanto queria ver Noah até ele dizer que não poderia vir.

— Podemos nos falar depois? Estamos cozinhando.
— Sim.
— Amo você — falei.
— Eu também.

Desliguei o telefone e o deixei no balcão.

— Você diz "Amo você" toda vez que fala com ele ao telefone?
— Na maioria das vezes — respondi.
— Quer dizer tchau? Ou quer dizer *amo você*? — perguntou Vi.
— Os dois — respondi. O que era verdade. Na maioria das vezes. Embora, ultimamente, fosse eu quem dizia "Amo você" e Noah falava o "Eu também". Por que isso?
— Talvez eu devesse convidar Dean e Hud — falou Vi, mexendo a carne.
— Claro — falei, ainda pensando em Noah. — Quanto mais, melhor.

A PRIMEIRA VEZ EM QUE DISSEMOS AMO VOCÊ

— E o que eu faço? — perguntei a Marissa. Foi logo antes do último ano do ensino fundamental, um dia depois de eu voltar da França, um dia depois de eu descobrir sobre Corinne e Noah. Eu estava no quarto de Marissa e não conseguia parar de chorar.

— Que droga — disse ela. — Se eu estivesse aqui no verão e os visse juntos, teria batido nos dois.

— Obrigada — falei, suspirando.

— Mas você disse a ele que poderia sair com outras pessoas.

— É.

— Eu não sei. — Ela balançou a cabeça e esfregou meu braço. — Acho que você deve fazer o que parece certo. Ou supere, ou termine.

— Terminar? — A ideia fez eu me sentir fraca. Vazia. Aterrorizada. — O que você acha que eu deveria fazer?

Ela mordeu um dos lábios.

— Acho que eu ficaria muito triste se vocês terminassem. Formam um casal incrível, o melhor dos casais. E você anda tão feliz desde que começaram a namorar.

Eu sabia o que Marissa queria dizer — nos últimos nove meses, desde que Noah e eu estávamos juntos, eu me sentia nos ares. Mesmo quando mamãe decidira se mudar para Paris, eu mantive o buraco negro a distância. Noah era meu salva-vidas, acho. Noah e Marissa.

— Então acha que eu deveria perdoá-lo? Fingir que nada aconteceu?

— Você consegue? — perguntou ela.

— Não sei.

Meu celular tocou.

— É Noah.

— Atenda — insistiu ela.
— Oi — falei ao atender.
— Oi — disse ele. — Como você está?
Encolhi-me toda e encaixei o telefone na orelha.
— Já estive melhor.
— Você me odeia?
Eu ri.
— Um pouco.
— Encontra comigo no parque em frente a minha casa?
— Quando?
— Agora?
Olhei para Marissa. Ela concordou.
— Vá.
Eu corri. Era mais um jardim do que um parque. Noah estava me esperando no banco verde.
— Oi, gatinha.
— Não venha com "gatinha" — respondi. — Ainda estou com raiva de você.
— Mas sua beleza precisa ser ressaltada. Principalmente agora. Já decidiu me perdoar? Por favorzinho?
— Não. Como vou saber se você não vai terminar comigo para começar a sair com ela? — perguntei, sentada ao lado dele.
— Porque acabou.
— Mas como posso saber que acabou? — Queria uma prova tangível. Um documento assinado e reconhecido que pudesse segurar nas mãos e usar como referência.
— Porque acabou — disse ele. — Eu não a amo.
Tudo congelou.
— E...? — Esperei.
— Eu amo você.
Você sempre imagina como seria ouvir essas palavras de alguém que não é um parente, ou uma melhor amiga, mas

quando alguém que você ama, alguém com quem você sonha, realmente as diz, isso faz o corpo derreter e a respiração fica presa no peito.

— Você me ama? — perguntei, inclinando-me na direção dele.

Ele confirmou.

— Fale de novo — pedi. Deixei o joelho encostar no dele.

— Eu amo você — repetiu ele.

Sim, Noah tinha saído com outra pessoa. Uma das minhas colegas de turma. Mas importava? Eu tinha dito a ele que poderia. E o que eu deveria fazer agora? Terminar?

Tinha decidido ficar em Westport. Tinha deixado mamãe e meu irmão se mudarem para o outro lado do mundo. Se terminássemos naquela hora, por que eu estaria ali?

— Eu também amo você — falei. As palavras saíram delicadas e suaves da boca. Eu o amava mesmo, percebi.

E estávamos juntos de novo.

DEDOS GRUDENTOS

— Então, onde você se inscreveu? — perguntei a Hudson. Nós quatro estávamos sentados à mesa de jantar, apreciando a noite da comida mexicana.

— Brown — respondeu ele.

— Uau! Quando vai ter uma resposta?

— Ele já teve — disse Dean. — Admissão precoce. Imbecil. Tentando fazer eu me sentir mal.

— Parabéns — falei. — Isso é incrível. — Talvez ele não fosse um traficante. Talvez fosse algum tipo de executivo mirim ou gênio empreendedor. — E você, Dean?

— Eu me inscrevi em todos os lugares. Mas espero conseguir entrar na UCLA. Ou na USC. Ou qualquer lugar na Costa Oeste que me aceite. Que venham as garotas da Califórnia.

— Você sabe o quanto parece ridículo? — perguntou Vi.

— Há músicas sobre as garotas da Califórnia por um motivo — replicou ele. Então mandou um beijo para Vi.

— April, pode passar o guacamole? — pediu Hudson. — Está bom. E eu conheço guacamole.

— Obrigada — falei. — Eu fiz. Raspei os abacates e tudo.

— Sou só eu ou isto aqui parece um encontro duplo? — perguntou Dean.

Corei. Meio que parecia um para mim também. Nada legal.

— Você bem que queria — disse Vi.

— *Você* queria — repetiu Dean.

— Estou de olho em alguém — disse Vi, servindo-se de outro taco. — E *não é* você.

Dean levou uma das mãos ao coração.

— Quem é?

— Liam.

Dean estreitou os olhos.

— Ele é um palhaço. Um palhaço sortudo.

— Vocês são amigos? — perguntou Hudson.

— Não — disse Vi. — Mas venho tentando chamar a atenção dele.

— Então é por isso que você tem usado tantos decotes! — exclamou Dean.

Vi abaixou a cabeça e suspirou.

— Pelo menos alguém reparou.

Dei mais uma mordida no taco.

— Vai ver ele está se fazendo de difícil.

— Ele não está se fazendo. Ele *é* difícil. Eu venho seguindo Liam há semanas, e nada!

— Talvez... seja esse o problema? — sugeriu Hudson. — Alguns caras não gostam de ser perseguidos.

— Por favor, Sloane perseguiu você pela escola toda e pelo estacionamento — disse Vi, e deu um risinho.

— Eu não disse que *eu* não gostava de ser perseguido — falou Hudson. Ele ergueu a cabeça e sorriu.

— O que aconteceu com você e Sloane? — perguntei. — Terminaram por causa da distância? Para que faculdade ela entrou?

— Northwestern — respondeu ele. — Mas, não. Não éramos certos um para o outro.

— Hudson sabia que ela não era a escolhida — disse Dean, em um leve tom de deboche.

— Ela foi apenas a primeira — acrescentou Vi, maliciosa.

Agora Hudson estava corando.

— Percebi que não sentia por ela o que deveria sentir. Achei que não era justo ficarmos juntos.

— Ela, com certeza, ainda sente o que deveria por você — falou Dean. — Sloane tentou molestá-lo durante o recesso de Natal.

— Dean, pare — disse Hudson.

— Bem, ela tentou. Passava lá em casa em roupas nada apropriadas para o tempo. Mas meu irmão sempre a rejeitava.

— Garotos fazem isso? — perguntou Vi. Ela tirou um caderno e uma caneta de sabe-se lá onde. — O estereótipo diz que garotos transam com qualquer uma. É falso?

— Verdadeiro — Dean respondeu. — Normalmente.

— Então, por que não ficou com ela? — perguntou Vi a Hudson.

Ele pareceu desconfortável.

— Não queria que ela pensasse que significava algo que não significava. E você está proibida de citar meu nome.

— Você permanecerá anônimo, não se preocupe. Então você transaria se não houvesse repercussões?

— Quer saber se eu transaria se soubesse que ela não se arrependeria no dia seguinte?

— Exatamente. Se ela também já tivesse superado você, mas achasse que uma última noite juntos fosse divertida.

Ele considerou.

— Então eu, provavelmente, não teria pedido que ela fosse embora. Não.

— Então a questão não é estar apaixonado? — perguntei, desapontada.

— Ainda não — disse ele, olhando para mim. — Mas espero que da próxima vez seja.

— Para mim, sempre tem a ver com estar apaixonado — falou Dean.

— Você deve se apaixonar bastante — falei, e dei uma gargalhada.

— E me apaixono — respondeu ele. — De verdade. Eu poderia me apaixonar por vocês duas esta noite se vocês quisessem.

— Eu passo — dissemos Vi e eu ao mesmo tempo.

— Provavelmente é melhor assim. — Dean ergueu o taco. — Vocês usaram cebola suficiente aqui para matar um vampiro.

Eu dei uma gargalhada e tomei um grande gole d'água.

— Vampiros são alérgicos a alho, não a cebolas — expliquei. — Vocês não assistem *Vampire Nights*?

— Não — disse Hudson. — Deveríamos?

— *Aloou*! — gritei com a voz aguda. — Acho que teremos de assistir agora mesmo. Tenho os DVDs da primeira temporada. E da segunda. E da terceira.

— Maratona! Maratona! Maratona! — comemorou Dean, batendo com os punhos na mesa.

Hudson concordou.

— Vamos lá.

Fizemos mais um taco cada um, nos mudamos para o sofá e nos acomodamos com os pratos sobre o colo. Donut pulou no sofá e sentou entre mim e Hudson.

— Você — disse Vi, apontando para Dean. — Não toque em nada. Não quero manchas de molho em todas as almofadas.

Todos comemos felizes enquanto o primeiro episódio passava. Donut beliscou as sobras do meu queijo.

— Vou fazer outro taco para mim — falou Vi antes de começarmos o segundo episódio. — Alguém quer?

— Eu aceito — falou Hudson. — Quer ajuda? — Donut estava enroscada no colo dele.

— Você parece um pouco preso — falou Vi. — Pode deixar. Três tacos saindo. Dean, imagino que você queira um também.

No meio do episódio dois meu celular tocou. Noah.

— Oi — sussurrei. — E aí?

— Por que você está sussurrando? Está morando com seu pai de novo?

— Até parece. Espera aí. — Levantei com dificuldade e andei até o banheiro de Vi, bem longe da tevê. — Oi — falei, agora mais alto.

— Está deitada? — perguntou ele. O relógio marcava 00:06. Não percebi que era tão tarde.

— Não, estamos assistindo *Vampire Nights*.

— Você e Vi?

— É — falei. A culpa passou por mim como eletricidade estática. — E Dean e o irmão.

— Hudson.

— É.

— O.k. — disparou ele. — Então você não vai dormir?

— Hum... não neste segundo. Talvez em 15 minutos. — Eu ainda não queria encerrar a noite. Estava me divertindo.

Mas não podia exatamente dizer ao namorado que preferia ficar acordada assistindo à tevê com dois outros garotos.

E quando desliguei, Vi passou por mim, parecendo um pouco pálida.

— Você está bem? — perguntei.

— Não estou me sentindo muito bem. Exagerei nos tacos. Garotos! — gritou ela. — Está na hora de irem para casa.

Noah ficaria feliz.

— Só assistimos a dois episódios — reclamou Dean. — Vocês são as piores maratonistas do mundo.

— Na próxima vez — prometi. Levantei os olhos e vi Hudson me olhando.

— Na próxima vez — repetiu ele.

Vi atacou a bagunça na cozinha.

— Eu junto as coisas, você limpa a mesa — instruiu ela.

Acho que não retornaria a ligação de Noah imediatamente.

BEIJOS DE BOA-NOITE

Vinte minutos depois eu estava na cama, o celular contra a orelha. O telefone de Noah estava tocando. E tocando. E tocando. Donut se aconchegou na minha barriga.

— Alô? — Ele finalmente atendeu, a voz estava rouca.

— Oi — falei. — Ainda acordado?

— Mmm-hmmm — respondeu ele. Obviamente, não.

— Volte a dormir — falei.

— O.k. Amo você — murmurou Noah.

As palavras aqueceram meu corpo inteiro, embora as tivesse ouvido antes umas 100 vezes. É que não as tinha ouvido recentemente. Não partindo dele.

— Eu também. Boa noite.

Desliguei o telefone e puxei Donut para cima.

— Não se preocupe, Donut, amo você também.

— *Miau* — respondeu ela, claramente correspondendo ao sentimento.

Tum. Tum. Tum. Tum.

O quê? Olhei para o teto.

Tum. Tum. Tum. Tum.

Saí da cama e subi as escadas, levando Donut comigo. A voz de um homem ecoava do outro lado da porta. Parecia familiar.

— Vi? — perguntei, espiando a sala.

Vi estava no tapete de ioga, com roupas de ginástica, fazendo abdominais. O DVD de ginástica brilhava na tela da tevê.

— Oi — ela falou. — Está muito alto? Estava tentando não te acordar.

— Tudo bem, só imaginei o que poderia estar acontecendo.

— Eu quis fazer um exercício rápido.

O.k... Estranho.

— No meio da noite?

Donut miou, claramente concordando comigo.

— Estou quase acabando — disse ela, olhando para a frente.

— Boa noite — falei. Fechei a porta e voltei para a cama.

MIAU

— Você está ficando tão grande! — falei para meu irmão alguns dias depois, pelo Skype. Ele parecia mais velho... Os ombros estavam mais largos. Senti pontadas de orgulho e tristeza. Ele estava crescendo sem mim. — Ainda não está se barbeando, está?

Ele pôs a língua para fora.

— Vou chamar mamãe. Ela quer falar com você.

— Mas eu liguei para falar com você — disse a ele.

— Fale com ela por dois segundos, depois eu volto.

— O.k. Mas volte mesmo.

— Oi — disse mamãe, animada. — Você está ótima! Não acredito que está com um gato novo!

— Você também está bem — falei. — Muito... loira. Por que não pode acreditar que tenho um gato?

— Gatos dão muito trabalho!

— Gatos não dão muito trabalho — falei. Donut estava sentada na minha barriga naquele momento. — E eu sou muito responsável. Diga oi, Donut.

— *Miau.*

— Veremos — disse mamãe.

— Olha quem fala — repliquei. — Você deu Libby.

— Não poderia trazê-la comigo! — Ela balançou a cabeça. Então balançou a cabeça de novo.

— Poderia, sim — falei. — Você escolheu não levá-la.

— April...

— O quê? É verdade. — Cocei o pescoço de Donut. — Onde está Matthew? Queria muito falar com ele.

— Ah! Tudo bem. Pensou em quando virá nos visitar neste verão?

— Ainda não — respondi.

— Quando puder...

— Pensarei. — Donut bocejou, alongou as patas, então colocou a cabeça de volta na minha barriga. Eu nunca abandonaria meu gato. Eu nunca abandonaria ninguém.

MAMÃE FOI PARA CANCUN E TUDO O QUE GANHEI FOI UM PADRASTO FRANCÊS

Não foi uma viagem familiar para Cancun. Foi uma viagem do tipo Divorciadas Enlouquecem em Cancun. Mamãe foi com a irmã mais velha, Linda (também recentemente divorciada), e a amiga de Linda, Pamela. Passaram uma semana. Mamãe usou as meias sete oitavos. Teve um caso selvagem com o francês Daniel. Então voltou para Westport e ele foi para Paris, e nós pensamos que tivesse acabado, *au revoir*.

— Você nunca mais vai vê-lo? — perguntei. Eu estava no banco do carona e um Matthew do quarto ano estava atrás de mim, chutando meu encosto. Era fevereiro, no meu ano de caloura.

— Não — disse ela. Fazia três semanas que mamãe estava de volta e o bronzeado, assim como o caso, pareciam ter ido embora havia muito tempo. — Qual seria o objetivo? Não é como se eu fosse fazer as malas e me mudar para Paris.

— Por que não? — falei. — A França seria o máximo. — Eu tinha ideias românticas de tomar *espresso* em um café de esquina vestindo um *trench coat* lavanda de cintura marcada.

— Você quer se mudar para Paris? — perguntou ela, fazendo a volta na entrada circular da escola de ensino fundamental.

— Não neste segundo — falei. — Não posso simplesmente deixar minha vida. Não posso deixar meus amigos. — E Noah. Estávamos juntos havia três meses. — Terminarei o colégio nos Estados Unidos e então vou para lá fazer faculdade. Será *très* glamoroso.

Parecia mesmo glamoroso. Mas só encorajei porque achei que não fosse possível. Que certa mãe — minha mãe — não poderia simplesmente fazer as malas e se mudar para Paris.

Uma semana depois, Daniel mandou um e-mail. E mamãe respondeu. E então, antes que se pudesse dizer *bon voyage*, mamãe estava fazendo as malas e se mudando para Paris. E levando Matthew com ela. Aparentemente, eu era velha o suficiente para tomar minhas próprias decisões.

— Gostaria que você também viesse — disse ela.

— Não vai acontecer — respondi, desafiadora. — Vou morar com papai — informei-a. Em parte, para magoá-la.

— Por enquanto — respondeu mamãe.

— Veremos — repliquei. Ela franziu o rosto, deixando a testa com mais rugas, mas não me importei. Ela merecia.

Foi uma separação prática. Mamãe levaria Matthew e pagaria por tudo que tivesse a ver com ele. Papai ficaria comigo e pagaria por tudo que tivesse a ver comigo.

Se você espiasse as contas bancárias deles, saberia que eu tinha ficado com a melhor parte do negócio.

Papai ficara chocado. Embora tivesse se casado de novo bem rápido, acho que não esperava que mamãe fizesse o mesmo. E ainda se mudar para a França. E levar Matthew. E me deixar. Provavelmente, não deveria ter sido eu a contar o novo plano a papai, mas acho que mamãe não quis. Eu sempre fora mais próxima de mamãe e Matthew, de papai, então, quando contei a ele que mamãe se casaria de novo e se mudaria, ele presumiu que meu irmão iria querer ficar e eu iria com ela.

Mas mamãe não dera escolha a Matthew. E parecia que eu também não tivera.

A PANTERA DISFARÇADA

Eu não tinha contado a verdade toda sobre Donut a mamãe.

Cuidar de um bicho de estimação era mais difícil do que eu tinha imaginado.

Quando era pequena, eu pensava que daria uma excelente mãe. Ensinei Matthew a amarrar os cadarços, ajudei-o com o dever de casa de matemática e li para ele à noite. Também tive muitas bonecas. Trinta e cinco. Sempre que havia um motivo para eu ganhar um presente, implorava por uma boneca. Aniversários, *Chanuca*, Dia dos Namorados, qualquer coisa. Eu sabia os nomes de todas elas e trocava as roupas delas quando podia e fingia alimentá-las e trocar as fraldas e colocá-las para dormir. Mas bonecas (e irmãos) não fechavam a porta e depois ficavam miando quando não conseguiam abri-la de novo. Não corriam para a rua sempre que alguém chegava ou saía de casa. Nem produziam um cheiro horrível que se propagava pela casa a partir da pequena alcova na cozinha que havíamos declarado como a de Donut. Ou se enroscavam nas suas batatas da perna e tentavam devorar você.

Claro que Donut também se aconchegava. E lambia meus dedos. E dormia na minha barriga. Mas também exigia muito tempo. Ela precisava de coisas. Caixa de areia. Comida para filhote de gato. Água. Vacinas. Mais vacinas. Como Vi estava geralmente ocupada com coisas do *The Issue* depois da escola, eu levava Donut ao veterinário. Naquele momento, eu estava saindo da Grand Road e pegando um atalho pela rua Kantor. Espere aí. Aquele era...?

Hudson. Tocando a campainha de alguém.

Freei o carro para não passar por ele.

— Olhe, Donut — falei.

— *Miau*.

Talvez eu conseguisse finalmente descobrir qual era o segredo de Hudson. Não que eu achasse que ele era um traficante. Estaria realmente vendendo drogas às 17 horas no subúrbio?

A porta abriu e inclinei o pescoço para ver dentro da casa. Seria alguém da escola?

Droga.

Era a srta. Franklin. A professora de cálculo.

— O quê...?

Liguei para o celular de Vi, mas ela não atendeu.

Tentei Marissa, então. Expliquei a situação e falei:

— Por que Hudson entraria na casa da srta. Franklin? — Depois de dizer as palavras, senti uma pontada de... de alguma coisa.

Ela riu.

— Ele não entraria.

— Ele acabou de entrar.

— Ela não dá aula de matemática para os veteranos — Marissa falou. — A não ser que o que dizem seja verdade.

— O quê?

— Que ele é um acompanhante.

Eu ri com desdém.

— Por favor.

— Você nunca ouviu isso? Ele é gato.

— Que garoto de Westport é acompanhante? Aposto que é modelo, por isso pôde pagar pelo Jeep.

— Por que o segredo se é modelo? — perguntou ela.

— Talvez esteja tendo um caso com a srta. Franklin. Ela também é gata.

Afastei os sentimentos esquisitos.

— Vai ver ela banca ele — falei.

— Dá pra bancar alguém com o salário de professora?

— Você deveria ver a casa dela — respondi, antes de desligar. Observei os diversos andares e o BMW na garagem. A srta. Franklin poderia pagar por um garotinho sexy se quisesse.

Tirei o pé do freio e continuei.

— Donut — falei —, cálculo acaba de ficar bem mais interessante.

UMA FALHA NO PLANO

Vi bateu com a parte de trás da cabeça no meu armário.

— Desastre — ela falou.

— O que aconteceu? — perguntei. Minha mente foi direto para nossa situação de moradia. Aimeudeus, fomos pegas? E meu pulso acelerou.

— Eu mostro o que aconteceu. — Ela agarrou minha mão e me puxou pelo corredor até o refeitório. — Aquilo. Foi. O que. Aconteceu.

Jodi Dillon e Liam Packinson estavam se agarrando nos fundos do refeitório.

Suspirei aliviada. Então me concentrei, dedicando a atenção a Vi.

— Xiii...

— Você estava certa — falou ela.

— Sobre você não dever dormir com alguém que mal conhece.

— Não. Os ruivos são do mal.

NA ESTRADA

— Não há nada de errado em esperar — disse Marissa do banco de trás do meu carro, voltando da escola naquela tarde. — Aaron e eu vamos esperar até este verão. Até estarmos prontos.

— Aaron e você estão esperando porque você mora em Westport e ele, em Boston. Não é igual — respondi. Tamborilei os dedos no volante. Naquela manhã, Vi quisera revisar as anotações antes do teste de história americana, então fui autorizada a dirigir. Ela faltara à reunião do *Issue* para voltar para casa conosco.

— Poderíamos ter transado no verão passado, mas não fizemos. Você não decide simplesmente que quer fazer sexo porque tem vontade. Você decide quando percebe que está apaixonada por alguém e quer expressar o amor fisicamente. Tem certeza de que está pronta, April? Você não precisa fazer isso. Mesmo que esteja tomando pílula, pode esperar até ter certeza.

— Ah, blá — falou Vi, revirando os olhos para mim. — Onde achou ela? É ainda mais brega do que você.

— Noah e eu estamos prontos — falei, e virei à direita na esquina. — Tenho certeza.

— Como você sabe? — perguntou Marissa.

Como eu não tinha a resposta para aquela pergunta, falei:

— Você simplesmente sabe. — Estávamos juntos havia dois anos, dizíamos "Amo você" havia um ano e meio... E tínhamos feito todo o resto. E eu queria que as coisas mudassem. Queria mudar as coisas entre nós. Queria tornar as coisas... melhores. Mais fortes. E o sexo faria isso. Eu sabia que minha nova vida estava causando um afastamento entre nós, e queria que voltássemos a sentir aquela intimidade. E sexo não era nada senão íntimo.

— Vi, como você soube que estava pronta? — perguntou Marissa.

Prendi a respiração.

Vi riu.

— Como você é parte da família agora, vou contar meu segredo. Eu nunca transei.

Marissa engasgou.

— Você mentiu no Eu Nunca?

— Sim.

— Por quê?

— Porque eu... eu não sei. Foi estúpido. Mas não é como se eu estivesse sob juramento. De qualquer forma, estou cansada de ser virgem. Vou transar no dia 13 de fevereiro.

Olhei para ela.

— Hum... Jodi e Liam voltaram. O que vai fazer, atraí-lo com doces?

— Não — falou Vi. — Vou transar com Dean.

— O quê? — perguntei, com a voz esganiçada.

As bochechas de Vi ficaram vermelhas.

— É um plano melhor. Seria muito confuso com Liam mesmo.

— Confuso... como? — perguntei. — Fisicamente?

— Confuso *emocionalmente*. Se eu dormisse com Liam, teria que me preocupar: ele gosta de mim? Será que fiz certo? O que ele vai pensar de mim? Não quero lidar com nada disso. Quero que minha primeira vez seja só sexo. Confio em Dean. Ele me ensinou a dirigir. Ele pode me ensinar a transar também.

Quase ultrapassei um sinal vermelho e pisei fundo no freio.

— Dirigir, sexo, a mesma coisa.

Marissa riu.

— Já contou a ele? — perguntei.

— Ainda não. Quero me preparar primeiro.

— Se preparar... emocionalmente? — falei.

— Não. Fisicamente. Ainda não tenho a roupa certa. Ou um plano.

A cabeça de Marissa apareceu entre nossos assentos.

— Que tal "Venha, Dean, eu gostaria de transar"? Isso pode funcionar.

— Então ele vai responder "Sim, sim, sim" — falei. — Fácil, fácil. — Virei à direita na rua de Marissa.

— Acho que quero que seja mais espontâneo — disse Vi.
— Por isso preciso de um plano muito bom. Preciso armar o palco. Algo quente. Algo sexy. Algo... — Ela engasgou. — Olhem aquilo. É daquilo que preciso. Aquele é o plano. Olhem!

Olhei para onde ela estava apontando. No deque superior do vizinho de Marissa estava uma incrível e borbulhante banheira de hidromassagem.

— Ah, Vi — falei. — Sim, sim, sim.

PARTY ON!, CARA

— Isso é loucura — disse a ela. Tínhamos deixado Marissa, e Vi e eu estávamos do lado de dentro das paredes de vidro da Party On!, a loja de banheiras de hidromassagem. Música dance soava no último volume, ainda que fossem 16 horas de uma quarta-feira à tarde.

— É demais! — falou Vi. A expressão dela era de deslumbramento ao observar banheiras de madeira, banheiras pequenas, banheiras ecológicas. Todas cheias de água borbulhante.

— Devíamos ter trazido biquínis.

— Talvez nos deixem entrar com as roupas com que viemos ao mundo.

— Aqui não é Cancun — falei.

Um cara de uns 20 anos, com um cavanhaque, jeans rasgados e uma camisa azul-marinho da Party On! apareceu atrás de nós.

— E aí, garotas, sou Stan. Estão querendo uma festa?

— Hum... — Dei uma risadinha.

— Queremos alugar uma banheira de hidromassagem — Vi disse.

Ele enfaticamente.

— Uma festa numa banheira, é disso que estou falando.

— Pode crer. Queríamos informações sobre alugar uma.

— Para festas, formaturas, despedidas de solteiro... O que quiserem. — Ele nos deu um enorme sorriso e coçou o cavanhaque. — Em que escola estudam?

— Hillsdale.

— É? Estudei na Johnson. Me formei há dois anos.

— Parabéns — falou Vi.

Ajustei a bolsa.

— Quanto custam as banheiras?

— A partir de 199 dólares para aluguel de quinta-feira até segunda-feira. Ou vocês podem alugar de segunda até sexta. Isso inclui entrega e montagem. E a festa está pronta para começar!

— Como? — perguntei.

— A água é entregue aquecida. Está pronta para uso.

— Queríamos alugar uma para o fim de semana do Dia dos Namorados — disse Vi.

Ele concordou.

— Olhem só, na segunda-feira, vou receber mercadorias novas. Por 1.000 dólares vocês podem levar a Hula.

— Levar a Hula... para sempre? — perguntou Vi. — Quer dizer, comprá-la?

— O que é uma Hula? — perguntei.

— A banheira rosa. Ali. — Ele apontou para uma banheira de hidromassagem de plástico rosa do outro lado do salão. — Cabem seis. É climatizada. O que acham? Interessadas?

— Não temos 1.000 dólares — respondeu Vi.

Uma banheira no quintal? Para o resto do ano... e além? Sim, sim, sim.

— E se pagarmos em prestações? — perguntei.

Ele coçou a ponta do cavanhaque de novo. Se estava coçando tanto, talvez devesse tirá-lo.

— Eu gosto de vocês, garotas, então vamos fazer o seguinte: deixem um depósito de 200 dólares hoje. Podem pagar o resto neste fim de semana quando ela for entregue.

— Não posso pagar por isso — falou Vi.

— Mas eu posso — falei. Queria fazer aquilo por Vi. Queria fazê-la feliz. Agradecer a ela por me acolher. — Que tal 200 dólares hoje, mais 200 quando entregar e então 400 no dia 1º de março? — perguntei.

— E quanto aos 200 restantes?

— Tem certeza? — perguntou Vi.

Mostrei que sim.

— Acho que 800 é um preço justo. Todo em espécie.

Ele riu.

— Então, no dia 1º de março você paga os 400 finais?

Assenti de novo. O dia em que papai enchia minha conta bancária.

— Garotas, negócio fechado.

Vi lançou os braços ao redor de mim.

— Você é a melhor.

Senti-me orgulhosa e acolhida. Quase como se... eu já estivesse dentro da Hula.

BATA ESSES SAPATOS UM NO OUTRO

Estávamos a dois minutos da minha antiga casa na estrada Oakbrook. A casa em que eu tinha crescido. A casa em que tinha vivido com mamãe, papai e Matthew. Toda a família feliz. Tudo o que precisava fazer era virar à esquerda no sinal, depois à direita e à direita de novo.

— Não acredito no desconto que conseguimos — exclamou Vi, com os pés no painel do carro.

— Ele gostou de nós. — Quando parei no sinal, na rua Morgan, senti o antigo impulso de virar à esquerda. Vire à esquerda! Vire à esquerda.

— Ele gostou de nos imaginar nas banheiras — falou Vi.

Eu virei à esquerda.

Vi olhou pela janela.

— Vamos para sua antiga casa?

— Você se lembra?

— Claro que lembro.

— Você se importa?

— Nem um pouco.

Eu podia sentir a antecipação nervosa ao nos aproximarmos. À esquerda, na rua Woordward. Estaria diferente? À direita, na rua West Columbia. Estaria diferente? À direita de novo, e lá estávamos, estrada Oakbrook. Minha rua, meu quarteirão, em frente à minha casa.

Minha *antiga* casa. Encostei na calçada e coloquei o Honda em ponto morto. Meus ombros relaxaram.

— Uau! está exatamente igual — falou Vi. E estava. Mas não estava. A porta, que era marrom-avermelhada, estava impecavelmente branca. Assim como as molduras das janelas. Os pinheiros que papai e eu tínhamos plantado ao lado da casa, próximo à garagem, estavam mais altos, chegavam quase à minha janela, que ficava no segundo andar. Eu amava aquele quarto. Meu papel de parede cor de cereja. O tapete rosa e branco. Minha cama incrível. Amava aquela cama. Era uma cama com tablado de pinheiro, a madeira manchada de rosa pálido. O colchão tinha a maciez perfeita e estava sempre na temperatura certa. O edredom era da cor do tablado. A melhor cama da história das camas.

Balancei a cabeça para afastar os pensamentos. Romantizando? Eu?

Ao lembrar dos detalhes sobre os novos proprietários, esperei ver a mãe brincando com a criança na sala de estar, onde meus pais costumavam brincar comigo. Mas a sala estava vazia. As persianas estavam semierguidas, e as luzes, apagadas. E — ah! — uma placa de "À Venda" estava no quintal.

— Eles já estão vendendo — falou Vi. — Não acabaram de se mudar?

— Um ano e meio atrás.

— Rápido.

Um ano e meio parecia uma vida para mim. Dois anos antes, eu vivia do outro lado daquelas persianas com mamãe e Matthew. E dois anos antes disso papai também morava ali.

— Devíamos entrar — disse Vi.

— Não tem ninguém na casa.

— Aposto que há uma janela aberta ou algo assim.

— Quer invadir minha antiga casa? — perguntei. Pensei na porta dos fundos, e como costumávamos deixar uma chave extra sob o tapete. Imaginei se ainda estaria ali. Quase contei a Vi, mas sabia que ela verificaria, e eu não tinha certeza se queria fazer aquilo. Não tinha certeza se me sentiria melhor ou pior. Olhar para minha casa fez eu me sentir como se tivesse raízes. E deveria ter me feito sentir o contrário, mas não fez. Havia muito tempo, minha família inteira tinha morado ali junta. E, sim, talvez todos tivessem partido, mas a rua ainda estava ali. Minha casa ainda estava ali. Eu ainda estava ali.

A última mulher de pé.

— Vamos pra casa — disse Vi, me assustando.

Casa. Onde era casa? O que era casa?

Engoli em seco e tirei o carro do ponto morto. Meu peito apertado enquanto nos afastávamos.

QUE A FESTA COMECE

Stan e mais dois funcionários da Party On! chegaram no domingo para montar a banheira. Nossa linda, gloriosa banheira rosa-flamingo, com água preaquecida e porta-copos. Iupii!

— Provavelmente, não *precisávamos* de verdade de uma banheira de hidromassagem — disse Vi.

— É claro que não *precisávamos* de uma banheira de hidromassagem. Ninguém *precisa* de uma banheira de hidromassagem. Nós *queremos* uma. Somos duas garotas sexy morando sozinhas. Por que não deveríamos ter uma banheira de hidromassagem? — falei.

— Bem-colocado.

Observamos os funcionários pelas portas de vidro.

— Mas está fazendo –6°C lá fora — falei. — Acha que podemos perder partes do corpo se testarmos a banheira hoje à noite? — O quintal estava coberto de neve. Até o estreito estava congelado.

— Talvez — falou Vi. — Por outro lado...

— Como poderíamos deixar de testá-la?

Quando terminaram, Stan bateu e acenou.

— Tudo pronto! Querem testar essa belezinha? — gritou ele pelo vidro.

— Você sabe que ele só quer nos ver de biquíni — murmurei para Vi.

— Nem me fale — disse Vi. — Acho que ele é até bonitinho.

— Bonitinho o suficiente para perder a virgindade?

— Não o bastante — disse ela, abrindo a porta. Vi gritou:
— Acho que vamos esperar o tempo esquentar um pouco.

— Mas não há nada como água quente em um dia congelante — falou ele.

Paguei a segunda parcela a Stan e disse a ele que voltaria à loja para pagar o resto no dia 1º de março.

— Não se esqueça de testar os níveis de pH e colocar cloro nela depois de alguns dias — disse ele ao sair.

Talvez no mês seguinte. Naquele mês, não tínhamos dinheiro para isso.

LUGAR PARA TRÊS

Do outro lado da porta de vidro a banheira de hidromassagem borbulhava.

— Deveríamos fazer isso? — perguntei.

— Deveríamos.

— Mas...

— Nada de mas. Vou contar. Um. Dois. Três! — Vi abriu a porta e nós corremos. Tiramos o roupão (Pernas geladas! Pés gelados! Peitos muito gelados!), pulamos a borda de plástico e caímos na água.

Ai, ai, ai!

— Dói! Dói! — gritei. Então... ahhhhhhh. Fechei os olhos e deixei o corpo derreter. Paraíso. — Isso é incrível — falei.

— Hula, você é incrível.

Vi murmurou em concordância e então ficamos de molho em silêncio.

— Sinto-me mal por você ter pagado por ela — falou Vi finalmente.

Abri os olhos e vi que estava me observando, mordendo o lábio.

— Ah, não se preocupe — falei. — Eu não me importo.

— Você deveria levá-la de volta no ano que vem — sugeriu ela.

Virei a cabeça para trás e olhei as estrelas. O céu estava imenso, escuro e brilhante.

— Levá-la... para onde, exatamente?

Vi riu.

— Bem, você terá de ir para algum lugar! Ou pode ficar aqui com minha mãe. Se ela voltar algum dia.

— Achei que ela voltaria durante um fim de semana em algum momento.

Vi deu de ombros.

— É. Estou brincando. Ela voltará. Claro que voltará.

— Você sente falta dela? — perguntei.

— Sinto falta de tê-la por aqui — respondeu Vi, devagar. — Mas não sinto falta de cuidar dela.

— Quer morar em um dormitório no ano que vem? — Peguei um pouco de água com as mãos e joguei sobre os ombros.

— Mal posso esperar. Não precisarei ir ao supermercado. Pagar contas. Ser responsável. — Ela riu. — E nada mais "responsável" do que comprar uma banheira de hidromassagem.

— É nossa responsabilidade relaxar de vez em quando. Estamos estressadas demais do jeito que as coisas andam.

Vi uma sombra passar pelo deque.

— Ai, droga. Era Donut?

— Não, a porta está fechada.

Vi outra sombra. Mais alta.

— Oi? — falei para a escuridão.

Creck.

— Ouviu isso? — Vi perguntou.

Meu coração acelerou.

— Sim. Veio de detrás da escada. Está esperando alguém?

— Não.

Creck.

— Zelda? É você? — perguntou Vi, a voz mais alta do que o normal.

Lucy apareceu sob a luz da varanda.

— Oi, meninas — disse ela, os olhos brilhando. Ela estava vestindo um casaco de inverno preto que batia nas canelas e botas cinza. Afundei de volta na água levando a mão ao peito.

— Cruzes, Lucy, você quase nos matou de susto — disse Vi. — O que está fazendo aqui?

— Vi os caras da Party On! mais cedo e pensei em vir aqui ver o que estava acontecendo.

— Temos uma campainha — falou Vi.

— Eu toquei. Como ninguém atendeu, vim aqui para trás e fiquei um tempo com vocês.

Vi e eu nos encaramos.

— Quanto tempo exatamente? — perguntei.

Ela sorriu.

— Ah, tempo suficiente.

Assustador. Durante vários minutos, nenhuma de nós falou. Finalmente, eu disse:

— Hum... Podemos ajudar você em alguma coisa?

Ela cruzou os braços.

— Quero entrar.

— Na... banheira? — perguntei.

— Não. Sim. Mas também no grupinho de vocês.

— Do que está falando? — perguntei.

— Ah, por favor. Eu sei sobre seus pais. Ou, mais precisamente, sobre a ausência deles. Sei que são só as duas morando aqui. Ando escutando. E seguindo. E sei sobre as festinhas e os jantares mexicanos e as viagens ao Paternidade Planejada. Eu sei de tudo. — Ela se aproximou e sorriu mais uma vez. Era esquisito e perturbador e errado de muitos modos diferentes. — Então, a não ser que queiram que eu conte tudo o que sei para minha mãe, quero entrar.

Droga! Agarrei o pulso de Vi debaixo da água e o apertei. Psicopata. Então comecei a rir de como era ridícula a situação.

Vi começou a rir também.

— Fico feliz que me achem tão divertida — disparou Lucy.

— Se quer tanto assim... — comecei.

Vi deu de ombros.

— Então entre. Mas é melhor ficar de boca fechada — Vi falou.

Os olhos de Lucy se iluminaram.

— Sério?

— Temos escolha? — perguntei.

Lucy tirou as botas e abriu o casaco, revelando um maiô roxo e... caramba, um corpaço. Ela entrou na banheira. Vi e eu trocamos olhares. Quem diria?

— Ai, está quente! — gritou Lucy, levantando-se e saindo um pouco da água. — Ahhh! — disse ela, por fim, voltando para dentro.

— Sabe — comentou Vi —, nunca tinha sido chantageada.

— Nem eu — falei.

— Sempre achei que aconteceria alguma hora — disse Vi. — Mas achei que seria por ter algum caso ilícito.

— Você está tendo um caso ilícito? — perguntou Lucy.

Vi colocou a mão na frente da boca de Lucy.

— Eu disse que você poderia entrar. Não disse que você poderia falar.

— Vi! Seja boazinha — falei. Se tudo o que a esquisita da Lucy queria era andar com a gente, podíamos fazer isso acontecer. Pelo menos ela não nos deduraria.

— Tudo bem — disse Vi. — Mas podemos todas ficar quietinhas e aproveitar a banheira?

Joguei a cabeça para trás, olhei para o céu e pela primeira vez em meses senti-me relaxar de verdade.

número cinco:
perdemos a virgindade

APOSTO QUE KOBE BRYANT SABIA QUE DIA ERA

Na segunda-feira anterior ao fim de semana do Dia-N — e, sim, quando digo Dia-N, quero dizer Dia de Não Ser Mais Virgem — dei uma dica do plano. Estávamos perto do armário de Noah, ele estava brincando com a fechadura.

— Então — falei —, você sabe que fim de semana é esse, não sabe?

— O fim de semana do jogo All-Star da NBA? — perguntou ele.

— Ha, ha, ha.

— Domingo às 16 horas. Por quê?

Ele estava brincando. Tinha de estar. Cheguei mais perto e entrelacei os dedos nos dele.

— O.k... mas você tem planos para sábado?

— A noite de sábado antes do jogo All-Star.

— Hã?

— A competição de enterradas.

Encarei-o, esperando que me dissesse que estava brincando. Ele realmente não se lembrava? Eu estava planejando e esperando, trabalhando os detalhes durante as últimas três semanas (Pílula toda noite! Playlist para sexo! Esfoliação!), e ele nem fazia ideia?

— É Dia dos Namorados — falei, claramente.

— Eu sabia — respondeu ele, concordando. — Quer dizer, eu sabia que estava perto, mas não tinha percebido que seria... bem, neste sábado.

— Dia 14 de fevereiro — eu disse. — Como todo ano. — Ele estava agindo estranhamente, e isso fazia meu estômago dar voltas. — Também faz um mês.

— Um mês de quê?

Com certeza, ele estava de brincadeira. Lá estava eu, planejando sexo, e ele... mal se lembrava?

— Um mês desde que fui ao médico. — Um mês desde que meus seios, quadris e barriga tinham começado a se expandir por causa dos hormônios ingeridos.

Ele piscou.

— Então... Sábado é a grande noite?

— Se você quiser — falei, e cruzei os braços. Ele estava estragando tudo. Eu não queria tornar as coisas piores fazendo bico, mas era difícil evitar.

— Claro que quero. Por que eu não iria querer? — Ele me encarou com os olhos arregalados.

Por que ele não iria querer? Claro que queria. Respire, April. Respire.

— Então você vai lá em casa? E vai falar para seus pais que vai dormir na casa de RJ?

— Não sei se poderei fazer isso no Dia dos Namorados. Eles suspeitariam. Já acham esquisito que... — A voz dele sumiu.

— Que o quê?

— Que você more com a família de outra pessoa.

Meu estômago se revirou. Eu também achava esquisito estar morando com a família de outra pessoa. Mas não significava que eu queria que os pais de Noah ficassem pensando a respeito.

— Ei, venha aqui — disse ele, me puxando para perto.

— Então, neste fim de semana, hein?

— Neste fim de semana — falei.

— Mal posso esperar.

Fechei os olhos e encostei a bochecha na camiseta dele.

O JAKE BERMAN VERDADEIRO SE LEMBROU

De: Jake Berman <Jake.Berman@kljco.com>
Data: Ter, 10 fev, 6:31 a.m.
Para Suzanne Caldwell <Suzanne_Caldwell@pmail.com>
Assunto: Dia dos Namorados

Suzanne,
Você poderia me fazer um favor? Quando April era pequena eu sempre deixava um coração de chocolate sob o travesseiro dela no Dia dos Namorados. Você acha que poderia fazer isso para mim? Agradeço muito.
Abs, Jake

Enviado do meu BlackBerry

———

De: Suzanne Caldwell <Suzanne_Caldwell@pmail.com>
Data: Quar, 11 fev, 4:40 p.m.
Para: Jake Berman <Jake.Berman@kljco.com>
Assunto: RE: Dia dos Namorados

Querido Jake,
Considere feito. ☺
Beijos,
Suzanne

NÃO TÃO PRÓXIMA

— O que vocês vão fazer hoje à noite? — perguntou Lucy, abordando-me antes da aula de cálculo, na quinta-feira de manhã.

— Dever de casa — respondi. — Tenho um trabalho de inglês para escrever.

Ela me olhou desconfiada.

— Tem mesmo — falou Marissa. Eu havia contado a ela sobre o episódio de perseguição de madrugada de Lucy, então ela sabia que agora Lucy era, hum, parte da família. — Juro, estamos na mesma aula.

— Então, quando posso ir pra lá de novo? — perguntou Lucy.

— Da próxima vez que fizermos uma festa — eu disse. Tinha mesmo um trabalho de inglês. Mas, de qualquer forma, Vi e eu tínhamos decidido que Lucy poderia ir a todas as *soirées*, mas que não a queríamos por lá o tempo todo. Tinha algo de errado com ela. — Você estará 100% convidada.

— Quando será a próxima festa? — perguntou Lucy, cruzando os braços. — Neste fim de semana?

— Não neste fim de semana — respondi. — Neste fim de semana, de jeito nenhum. Somos meio espontâneas. Mas não importa quando for, você será convidada. Enviarei uma mensagem de texto.

— Não precisa mandar mensagem — disse ela. — Eu saberei.

— Lembre-me de verificar se não há uma câmera no cacto — murmurei para Marissa.

PELE DE ONÇA

— Então você tem certeza absoluta de que quer fazer isso em uma sexta-feira 13? — perguntei.

— Tarde demais agora — respondeu Vi, secando os cabelos. — Ele está a caminho.

— Não é tarde demais até que a gorda cante... — Levei uma das mãos ao quadril. — Por que a gorda cantaria?

Ela jogou os cabelos e deu de ombros.

— É da ópera. Algo como "Só acaba quando termina".

Sentei na cama de Vi e me espreguicei. A água se movendo sob o meu corpo.

— Não acha que sexta-feira 13 é um mau agouro?

— Não, acho engraçado.

— Se estivéssemos em um filme de terror, você seria esquartejada logo depois do sexo.

— Ah, quieta. Tem certeza que não está tentando me impedir porque quer ir primeiro?

Coloquei o edredom dela sobre as pernas.

— Por que eu me importaria se você for primeiro?

— Você está com Noah há muito tempo. Parece que você deveria ir primeiro.

— Você é mais velha. Você deveria ir primeiro. Você faz tudo primeiro.

Ela considerou.

— Verdade.

Vi tinha beijado um menino primeiro. Tinha ficado menstruada primeiro. Tinha ficado bêbada primeiro. Foi morar com só um dos pais primeiro. Vi era a desbravadora. Vi era a corajosa. Não importava o que Hudson dissesse, eu era a seguidora.

— Então você não está nervosa? — perguntei.

— Não, estou animada.

— Mas Dean é seu melhor amigo. E se o sexo... mudar isso?

Ela balançou a cabeça.

— Não mudará. Não mudará nada para mim. Ainda pensarei nele como um melhor amigo. E qual é o pior que pode acontecer com ele? Ele vai querer transar comigo o tempo todo? Ele já quer transar comigo o tempo todo.

— Mas isso poderia mudar a dinâmica da amizade.

— Não se eu não permitir. Você *pode* controlar essas coisas.

— Você não pode controlar tudo — falei.

Ela sorriu.

— Eu posso tentar.

— E tem certeza de que não quer esperar até estar apaixonada? Esperar pelo raio?

— O quê?

— Você sabe, o raio. O "aimeudeus, estou apaixonada".

— Não. Não quero. Brega. — Ela revirou os olhos. — Então, o que vai fazer esta noite? Sair com Noah?

— Não, ele tem um jogo em Ridgefield. Marissa e eu vamos ver um filme sobre uma garota que perde a virgindade na sexta-feira 13 e é esquartejada.

— Divirtam-se. Quando voltarem, já devemos ter terminado.

— Acha que ele vai passar a noite?

Ela revirou os olhos.

— Claro que não! Não é questão de carinho, é questão de transar.

— E se Dean *quiser* passar a noite? — Ao contrário de Noah. Aquilo não era justo. Noah queria. Só não podia.

— Ele pode dormir no sofá. Ou no quarto de mamãe.

— E se ele quiser dormir na cama com você e sussurrar palavras doces ao seu ouvido?

Ela me ignorou de propósito.

— Então ele não faz ideia do que vai acontecer? — perguntei.

— Eu disse a ele que precisávamos trabalhar no projeto de economia esta noite.

— Em uma sexta à noite?

Ela acenou com as mãos em sinal negativo.

— Ele não faz ideia. Eu sempre digo a ele em que precisa trabalhar. Sinceramente, eu dirijo a vida de Dean. Se não estivesse na minha sala no primeiro dia de aula, teria sido jubilado da escola.

— Então ele acha que está vindo para fazer um projeto, mas em vez disso...

— Em vez disso, vamos transar.

— Mas... E se ele não quiser transar? — perguntei.

Ela riu com desdém.

— É claro que ele quer. Ele é um garoto.

Deixei-a se arrumar para a noite, tentando não pensar no fato de que Noah parecia quase desinteressado em sexo. Será que não gostava mais de mim? Será que gostava de outra pessoa?

Quando a campainha tocou, 20 minutos depois, esperei que Vi atendesse, mas ela estava secando os cabelos e não conseguia ouvir.

— Oi, Dean. E aí? — Não sabia se deveria olhar para ele. Meio bizarro eu saber o que estava para acontecer e ele, não.

— Oi — falou Dean. Ele estava com a mochila da escola.
— Espero que você tenha planos mais divertidos do que os nossos esta noite.

Duvido muito.

— Vou só assistir a um filme com Marissa. Estou saindo agora, na verdade. Vou dizer a Vi que você chegou.

Bati na porta de Vi e coloquei a cabeça para dentro do quarto. Ela estava vestindo um collant ultradecotado de estampa de oncinha preto e marrom que amarrava na frente.

— Isso não é da Victoria's Secret — falei. — É da Vagabunda's Secret.

— Na verdade, é da farmácia. Estava bem ao lado das camisinhas. O quê? Não está sexy? Você não transaria comigo?

— Shh, ele chegou — falei, indicando com a cabeça. — Você está muito sexy. Mas achei que para transar com um amigo não precisaria se esforçar tanto.

— Isso não é esforço — respondeu Vi. — É diversão. Não vou perder a oportunidade de vestir pele de onça.

— Belo clima — falei, olhando em volta. Música estava tocando e Vi, com certeza, estava pronta para arrasar. Ou pelo menos para espreitar no mato e caçar gazelas. — Devo mandá-lo para a toca da onça? Ou você prefere a Hula primeiro?

— Mande-o entrar — disse ela, diminuindo as luzes. — Estou pronta.

Fechei a porta atrás de mim e acenei para Dean, que estava no sofá.

— Ela é toda sua. — Ri para mim mesma. — Boa sorte.

Coloquei os sapatos e peguei o casaco, e fiquei olhando enquanto Dean andava preguiçosamente de mim até o quarto de Vi. Desejei poder ver a expressão no rosto dele ao abrir a porta. Fiquei na ponta dos pés tentando ver. Porta se abrindo... abrindo... abrindo...

— Puta merda.
Ouvi.
Saí da casa gargalhando. Esperava que ela não o comesse vivo.

O RAIO

Quando eu tinha 10 anos, perguntei a papai como ele sabia que mamãe era a mulher certa para ele. Papai a pediu em casamento depois de cinco encontros — eles se conheciam havia apenas um mês.

— O raio só cai uma vez — respondeu papai. — E quando acerta você, você sabe.

NA CIDADE

— Então, tem certeza de que quer fazer isso? — perguntou Marissa. Estávamos sentadas dentro da sala de cinema, dividindo a pipoca e esperando pelos trailers. Íamos *mesmo* assistir a um filme de terror, mas era sobre lobisomens, não sobre garotas perdendo a virgindade.

— Eu gosto de filmes de terror — falei.

— Não é sobre o filme, espertinha. Sobre amanhã à noite.

Quantas vezes precisávamos ter a mesma conversa? Joguei uma pipoca na boca.

— Sim.

— Mas e se for um erro?

Virei-me para ela.

— Por que seria um erro?

— Não sei — respondeu Marissa, fazendo que não com a cabeça.

— Acho que não saberei até fazer — respondi, e ri.

— Depois que fizer, será tarde demais para voltar atrás — disse ela, séria.

— Eu sei — falei. — Por que está estranha com isso?

— Não estou — disse ela, rápido. — Só quero ter certeza de que você tem certeza.

— Eu tenho certeza — falei de novo. — Ligarei para você depois. Para dizer se ainda tenho certeza.

— Como assim? De debaixo das cobertas?

— Não, quando ele *for embora*. Ou na manhã seguinte.

As luzes diminuíram no cinema.

— O.k. — disse ela. — Estou aqui para você. Aconteça o que acontecer.

— Obrigada, Marissa. Mesmo. Contarei tudinho.

— Promete? — perguntou ela.

Pensei em mamãe.

— Prometo.

POR QUE PENSEI EM MAMÃE

Eu tinha prometido a mamãe que contaria a ela antes de transar. Isso foi antes de Noah, antes de ela se mudar para a França, antes mesmo do divórcio. Estávamos na cama, sob as cobertas, assistindo a algo que tinha a ver com adolescentes e sexo, o que fez o assunto surgir.

— É muito importante — disse ela, brincando com meu cabelo. — Quando você estiver pensando em fazer, quero que me ligue.

— Mã-nhê. — Eu sabia que estava vermelha de vergonha.

— Pegue o telefone e me ligue. Prometa, April.

A ideia de transar — ou só o sexo em si — era estranha para mim na época. Assim como a Europa ou tirar carteira de motorista.

— Prometo — respondi.

VI É ESQUARTEJADA. BRINCADEIRA

Virei a chave na fechadura e abri a porta fazendo muito barulho. Só para o caso de eles estarem na sala fazendo alguma coisa que pudesse deixar cicatrizes nas minhas retinas.

— Oi? — perguntei, com cuidado.

A tevê estava ligada e Vi e Dean jogados no sofá. Vi estava com uma regata e as calças de ioga. Ambos estavam rindo de algo na tela.

— Oi — falou Vi para mim. — Como foi o filme?

— Assustador — respondi, deixando as botas perto da porta. — Como foi... a noite de vocês?

— Muito boa — disse Dean. — Acho que vamos tirar um A. — Vi gargalhou histericamente e chutou o pé dele. A mão de Dean estava no ombro dela. — Foi o melhor projeto de economia que já fiz.

Não tinha certeza do que falar e do que não falar.

— Ele sabe que você sabe — falou Vi, ainda olhando a tevê.

— Ah!

— Contei a ele sobre nosso plano. Sobre *meu* plano — esclareceu ela.

— Melhor plano *do mundo* — acrescentou Dean.

— Vamos para a Hula — disse Vi. — Quer vir?

Eu não queria atrapalhá-los. E também não queria entrar em uma banheira com duas pessoas que tinham acabado de transar. E, de qualquer forma, se eu ficasse acordada, então ficaria pensando no dia seguinte, e eu não queria pensar no dia seguinte.

— Não, vou dormir. — Donut me seguiu até o porão e fechei a porta atrás de nós.

NÃO É MOTIVO PARA RIR

Na manhã seguinte ouvi passos no andar de cima. Então ouvi a porta se fechar. Alguns minutos depois, um carro saiu da garagem.

— Vi, desça agora! — cantarolei o mais alto que pude.

Dez segundos depois Vi estava à porta do porão. Donut disparou.

Vi entrou debaixo da coberta.

— Bom dia — cumprimentei. — Não chegue muito perto, não escovei os dentes. Mas, detalhes, por favor!

Ela me lançou um sorriso preguiçoso.

— O que quer saber?

— Hum, tudo! Ele ficou surpreso?

Vi riu.

— Sinceramente, achei que ele fosse desmaiar quando me viu. A cara dele ficou assim. — Ela fez uma imitação de Dean com a boca aberta e as sobrancelhas erguidas que parecia a expressão de alguém após uma eletrocussão. — Então ele falou "É para o projeto?".

— Ha, ha, ha. Então, o que você disse?

— Eu disse a ele que tinha um novo projeto. Operação Perder a Virgindade.

— Você contou a ele que era virgem? — falei, com um gritinho agudo. Donut correu de volta para o porão ao ouvir minha exclamação.

— Precisei. Não queria que ele pensasse que eu, de repente, me sentia atraída por ele. E achei que ele perceberia durante...

— Ele ficou surpreso?

— Não! Disse que sempre imaginara se eu não tinha inventado a história do Frank. Dá para acreditar?

Me perguntei por que será que eu não tinha imaginado o mesmo. Fiz que não com a cabeça.

— Então ele começou a rir. E eu disse que era melhor que ele parasse de rir, então falei que tinha decidido que estava na hora de transar e que ele estava sempre oferecendo os serviços, então, se ele teria coragem de ir em frente ou não?
— E?
Ela assentiu.
— Ele parou de rir.
Perdi o fôlego.
— E então?
— O rosto dele ficou sério, então andou na minha direção. Ficou à 3 centímetros de distância. Então eu o beijei.
— Aimeudeus!
— Então tirei a camisa dele.
— Espera, espera, espera. O beijo! Como foi o beijo? Foi a primeira vez que vocês se beijaram, não foi?
Ela corou.
— Acho que sim. Tanto faz. Ele ficou congelado, em choque, a princípio. Até que eu comecei com a remoção das roupas. E então *começou*.
— Aimeudeus. Não acredito. Então... doeu? — À palavra *doeu*, Donut mordiscou meus dedos. — Não, Donut. Nada de morder, lembra?
— Um pouco — disse Vi. — Na primeira vez.
— Espera... quantas vezes vocês fizeram?
— Três.
— Mentira!
Ela sorriu.
— Sinceramente, a primeira vez durou uns quatro segundos e meio.
Cobri a boca com a palma da mão.
— Eu sei. Achei que ele fosse chorar. Mas, então, quatro segundos e meio depois ele estava pronto para o segundo round. Então, fizemos de novo.

— E quanto tempo durou?

— Um tempo. — Ela coçou a parte de trás das orelhas de Donut. — Tipo uns 40 minutos.

— Tudo isso?

— Eu sei, né?

— Mas o que vocês fizeram durante tanto tempo?

— Tipo, todas as posições. Eu precisava testá-las para o artigo. Foi uma pesquisa.

— Você é muito metódica. Você não... tomou notas ou nada assim, certo?

— Não precisei. Filmei tudo.

— Ai, meu Deus!

Ela riu.

— Brincadeira.

— E ele só saiu agora? Onde dormiu?

Ela observou as mãos.

— Comigo. Ele não estava com vontade de dirigir de volta, e eu ia expulsá-lo do meu quarto, mas fizemos de novo depois que você foi dormir e caímos no sono.

Levantei uma sobrancelha.

— Então, rolou carícia.

— Não rolou! — Ela suspirou. — O.k. Carícias limitadas. Foi mais tipo conchinha. E não conta, porque foi logo depois do sexo.

— Esse é o tipo importante. — Não que eu soubesse.

— Tanto faz.

— E o que acontece agora?

— Nada. Foi apenas uma noite.

— Você acha que podem passar de carícias para o normal de novo?

— Claro que podemos — disse ela, balançando a cabeça. — Sexo não precisa mudar tudo.

Eu esperava que ela estivesse errada. Queria que as coisas com Noah mudassem. Ainda que o visse todos os dias, sentia falta dele. Algo estava diferente. Eu o estava perdendo de alguma forma. E o queria de volta.

MINHA VEZ

O plano: eu faria o jantar.

Vi sairia. Ela prometera caminhar até a casa de Joanna e ficar lá até pelo menos duas horas da manhã.

— Você não quer ver Dean? — perguntei.

— Não! — disparou ela, então mudou de assunto. — Você por acaso sabe fazer o jantar? Está morando aqui há um mês e meio e nunca a vi cozinhar nada.

— Acho que está na hora de aprender — falei. — O que você recomenda? Algo fácil.

— Talvez ravióli?

— Eu gosto de ravióli! E Noah também. Perfeito. E talvez eu possa começar com uma salada e fazer um acompanhamento de pão de alho!

Ela sacudiu a mão em frente à boca.

— Pule o pão de alho. Pão francês fresquinho.

— Bem lembrado.

Depois de voltar ao fatídico mercado no sábado à tarde, preparei a salada e distribui as panelas nas posições apropriadas.

— É assim que se usa seu fogão, certo? — perguntei a Vi, girando os botões. Não queria repetir o episódio do alagamento.

— Você não vai incendiar minha casa, vai?

— Espero que não. Mas é possível. O que eu devo vestir?

— O modelito novo?

— Não durante o jantar!

— Quer pegar meu vestido vermelho emprestado?

Assenti. Pendurei-o no andar de baixo e então fui para o chuveiro. Meu último banho como virgem. Sequei o cabelo (minha última escova como virgem!), fiz minha maquiagem (minha última maquiagem como virgem!), e me vesti (minha última... O.k., vou parar).

Arrumei a cama, acendi as velas e coloquei a música.

Então, comecei a andar de um lado para o outro.

— Acho que você precisa de uma bebida — falou Vi. Estávamos no andar de cima. Ela sairia assim que Noah encostasse o carro.

Uma bebida talvez não fosse a melhor ideia. Mas me manteria ocupada.

— Tudo bem.

— O que quer? — perguntou Vi.

— Sexo no porão — falei.

Ela riu.

— Quer dizer Sex on the Beach, ou sexo na praia?

— Acho que sim. Ai, meu Deus. Estou nervosa demais. Acho que não deveria beber. Acho que me faria vomitar.

— Não tem por que ficar nervosa. Você está prestes a transar! Com seu namorado, que você *ama*! Fique animada! Isso é importante!

Era importante. Um dos maiores momentos da minha vida. Pensei nas perguntas de Marissa.

Eu tinha certeza? Sim. Eu tinha certeza.

Vi me serviu vodca com suco de laranja. Não tínhamos Ganberry. Tomei um gole grande e deixei queimar enquanto descia. Agora eu tinha ainda mais certeza.

Meu celular tocou. *IIIIIóóóóóIIIIIóóóóóIIIIIóóóóó*! A sirene de polícia. Papai. Não queria atender. Mas como eu também não queria que a polícia de verdade aparecesse e acabasse com minha festa sexual, atendi.

— Oi — falei, tentando não parecer nervosa.
— Oi, querida. Feliz Dia dos Namorados!
— Obrigada, pai, para você também. Ah! Obrigada pelo coração de chocolate. — Vi também tinha lido o e-mail e de alguma forma conseguira colocar o chocolate debaixo do meu travesseiro na noite anterior. Bonitinho, né?
— De nada! O que vai fazer esta noite?
Você não quer saber.
— Noah e eu vamos a uma festa com uns amigos.
— Que legal. Volte na hora combinada.
— E você? Tem algo especial planejado com Penny?
— Os pais dela vêm jantar aqui.
— Ah. O.k. — Não exatamente romântico.
— Amo você, princesa.
— Eu também — falei, com uma tristeza tomando conta de mim. Bebi outro gole e tentei não pensar naquilo.

O APARTAMENTO DE SOLTEIRO

Depois que meus pais se divorciaram, papai se mudou para o apartamento de solteiro — ou o apartamento de dois quartos que alugou em Stamford. Ficávamos lá durante o fim de semana a cada 15 dias.

À noite, Matthew se revirava, suspirava e dormia com os olhos entreabertos. Às vezes eu o observava dormir. Ele era tão fofo. Teria observado mais vezes se soubesse que mal conseguiríamos nos ver no ano seguinte.

Nas manhãs de sábado, papai fazia para nós as melhores omeletes. Recheadas com queijo e cogumelos que ele comprava na feira depois de nos buscar. Quando acabávamos de ajudá-lo com a louça, gostávamos de ver álbuns de família antigos. Vovó tinha os cabelos muito lisos e estava sempre de mãos dadas com vovô, que estava sempre segurando um cigarro.

— Minha mãe costumava passar os cabelos até ficarem lisos — contava papai.

— Com um ferro de passar de verdade? — eu perguntava, incrédula.

Ambos tinham morrido quando papai estava na faculdade. Vovó de câncer de mama e vovô de ataque cardíaco. Bum, bam, adeus.

Quando víamos as fotos, papai sempre passava o braço ao redor de mim, mantendo-me próxima.

Matthew dormia cedo e papai e eu ficávamos acordados até tarde assistindo *David Letterman* ou *Saturday Night Live*. A tevê lançava um brilho caleidoscópico sobre as paredes brancas.

Eu me sentia mais próxima a ele do que nunca.

Papai conheceu Penny oito meses depois de se separar de mamãe, mais ou menos na época em que Noah e eu finalmente começamos a namorar. Ela foi a primeira mulher que papai apresentou a nós.

Nos três meses anteriores, ele tinha saído com 15 mulheres. Eu sabia que ele era um bem valioso. Mas não sabia que era valioso ao ponto de sair com 15 em três meses.

Eu sabia disso não porque papai me contava — ele era o pai que não compartilhava demais sua vida amorosa —, mas porque em um domingo usei o computador dele, pois o meu estava lento, e achei uma planilha de Excel aberta na tela. A página listava todas as mulheres com quem papai tinha saído, os encontros que tivera com elas e os valores numéricos de cada uma. Ele dava as notas de acordo com aparência, personalidade e caráter.

— Pai! Não acredito que dá notas para as mulheres com quem sai — falei. — É nojento!

Ele pareceu ofendido.

— Por que é nojento? Estou tentando ser científico. É prático.

— As pessoas não são números, pai. Não pode tratá-las como objetos.

— Você viu a seção de anotações?

— Mas e quanto ao raio? — perguntei.

— Há mais na vida do que o raio — respondeu ele, virando o rosto.

E talvez houvesse. Ele se casou com Penny um ano depois que mamãe o deixou.

Penny tinha notas 8, 8 e 9.

CHEGA DE PAIS

Mamãe ligou a seguir.

— Não é madrugada aí? — perguntei.

— Sim. Não consegui dormir. Sonhei com você. Está tudo bem? — Mamãe achava que era vidente. Ela jurava que tinha sonhado com a morte do próprio avô na noite anterior à morte dele. Eu ainda não tinha visto a habilidade funcionar. Embora fosse estranho ela ligar uma hora antes de eu perder a virgindade.

— Estou bem, mãe — falei. Tomei mais um gole da bebida.

— Você parece esquisita. Onde está?

— Em casa. Na casa de Vi.

— Está sozinha?

— Vi está aqui.

— Nada de Noah?

— Ele está a caminho.

Pausa.

— Hoje é a noite?

— Mãe! — Como ela sabia?

— Você prometeu que me contaria! É?

Ai, meu Deus!

— Mãe, não quero falar sobre isso.

— Sou sua mãe. Tenho o direito de saber essas coisas.

— Não, não tem. — Aquilo já era demais.

— Por favor. Só quero saber o que está acontecendo com você.

Tomei outro gole.

— É hoje.

— Eu sabia! Eu disse que era vidente. Mas... — Ela engasgou. — Eu queria poder estar aí. É um dos maiores momentos da sua vida.

— Eu provavelmente não faria nada se você estivesse *aqui*.

— Não quis dizer aí, aí. Só... é um grande passo. Tem certeza de que está pronta?

Suspirei.

— Não seja chata com isso, tá?

— Não serei, não serei! Mas você vai tomar cuidado, certo? Vai usar uma *câmisinha*?

— Sim. E estou tomando pílula.

— Está? Desde quando?

— Desde... um tempo. Desde o verão. — Não sei por que menti. Será que queria que ela se sentisse excluída?

— Ah! — Ela suspirou.

A campainha tocou. Não tinha ouvido o carro de Noah encostar.

— Mãe, preciso ir. Ele chegou.

— Ah! Certo. Então. Cuidado. Tem certeza de que está bem?

— Mãe, estou bem. — Preciso ir, preciso ir, preciso ir. Deveria escovar os dentes de novo.

— E pode me ligar depois?

Ela ainda estava falando?

— Hum... que tal amanhã?

— Hoje à noite não dá?
— Não, mãe.
— Tudo bem, amanhã. Amo você.
— Eu também — respondi. Desliguei, imaginando se era estranho que mamãe e eu tivéssemos acabado de conversar sobre minha iminente perda de virgindade. Abri a boca para perguntar a Vi, mas a fechei em seguida. Era melhor que a mãe discutisse a iminente perda de virgindade ou que não discutisse?

— Estou saindo — disse Vi. — Quer que eu abra a porta para Noah?

— Não, pode deixar. — Deveria ser eu mesma a abrir a porta para meu futuro... amante. *Eeeca*. Respirei fundo. — Como estou?

— Maravilhosa.
— Obrigada.
Abri a porta.
Olhos azul-escuros escancarados olhavam de volta para mim.

— Você está de brincadeira — falei.
Lucy entrou na casa.

— Oi, meninas! O que vamos fazer esta noite? Trouxe um DVD. E pipoca?

Virei-me para Vi.

— Vi? Ajuda? Por favor?
Vi colocou o casaco e pegou Lucy pelo braço.

— Você vem comigo.
— Para onde vamos?
— Para longe daqui antes que April bata em você. — Vi acenou para mim. — Divirta-se. Tome outro drinque.

A porta bateu atrás delas.

— Estou bem. — Falei para a porta fechada.

MINHA VEZ, TOMADA DOIS

A campainha tocou.

Ele tinha chegado.

Não era Lucy, a esquisita à espreita, mas o adorável Noah. Ali.

Naquele momento.

Estava com a barba recém-feita e usava o perfume que havíamos comprado juntos no shopping.

— Oi — falei.

— Oi — disse ele, olhando para meu vestido. — Você está... sensacional. E isso é... Uau!

Meu coração estava quase saltando do peito. Era isso. O que fazer agora? Jantar. Precisávamos jantar. Ou talvez pulássemos o jantar de vez. Sim! Ele me beijaria e começaríamos a nos agarrar bem ali na entrada e então transaríamos logo e poderíamos jantar depois e relaxar.

— Feliz Dia dos Namorados.

— Para você também — respondeu ele, e me entregou uma garrafa de vinho. — Para você. Nós.

— Obrigada. Deixe-me pegar seu casaco — falei, superformal. Imaginei se ele teria pegado o vinho "emprestado" dos pais.

— Obrigado. — Noah tirou o casaco e eu o pendurei no armário. Noah ficou parado na sala, olhando pela janela.

— Vamos abrir a garrafa? — perguntei. Minha voz estava aguda.

Ele se virou e me encarou.

— Tudo bem — falou ele.

Na cozinha, peguei o abridor de garrafas. Hum.

— Você sabe como fazer isso?

— Acho que sim — respondeu ele. — Posso tentar. — Entreguei o abridor e fiquei ao lado dele. Meu ombro roçou no braço de Noah.

Ele começou a girar o saca-rolha para dentro, as laterais de nossos corpos se tocavam.

Íamos transar. Íamos mesmo transar.

— Não acho que... Não sei se fiz certo — disse ele, finalmente.

Olhamos para a garrafa, confusos. Metade da rolha estava para dentro. Ai, meu Deus, seria um mau agouro?

— Você consegue puxar? — perguntei. Então ri, pensando que soávamos como uma sitcom. Como em uma daquelas cenas em que alguém não consegue ver os personagens e apenas ouve o que estão dizendo e acaba interpretando tudo errado. Noah riu também e eu me senti mais aliviada.

Ele enterrou os dedos na garrafa.

— Não sei. Talvez se eu... — Ele empurrou o restante da rolha para dentro da garrafa. — Ops.

— Pelo menos dá para servir — falei. Peguei duas taças de vinho e servi. Uma quantidade razoável de rolha também saiu. Fingi que não tinha acontecido. — Aqui está!

Levantei minha taça. Ele, a dele.

— Saúde — falei, e tocamos as taças.

O FIM

Durante um minuto, com a garrafa de vinho e a rolha, as coisas estavam divertidas. Divertidas e... certas. Mas a noite voltou a ser estranha durante o jantar. Era como fazer uma refeição com um tio distante. A conversa variou de:

— Está frio lá fora, não?

Para:

— E como foi seu dia?

E, então, tínhamos acabado.

— Quer assistir a um filme? — perguntou Noah.

— Hum... — Eu tinha pensado que nós simplesmente desceríamos para o porão. Mas talvez fosse óbvio demais. Talvez devêssemos agir com calma a respeito disso. Eu colocaria o filme e assim que tivesse começado nós nos beijaríamos. E então, durante o beijo, Noah diria: "Vamos lá para baixo", e lá iríamos.

Coloquei o filme. Sentamos. Apertei *play*.

Não começamos a nos beijar.

Ele estava assistindo ao filme. Por que ele não estava fazendo nada? Eu tinha dito a Noah que aquela era a noite. Era Dia dos Namorados. Antes ele sempre queria fazer. Ele saíra correndo de casa no meio da tempestade! Mas agora estava assistindo ao filme? Noah odiava filmes! Achava que eram longos demais! Sempre ficava inquieto na metade.

Ele estava nervoso. Tinha de ser isso. Garotos também ficam nervosos. Eles se preocupam se vão conseguir levantar aquilo, se não irão rápido demais, se vão nos machucar, se nós estamos ou não gostando, se conseguirão colocar a camisinha... Eles se preocupam com muita coisa. Certo?

Eu estava cheirando mal? Discretamente, cheirei as axilas. Não achei que estava com um cheiro ruim. Será que havia alho escondido no molho do macarrão?

O filme passou. E passou. Bebi minha rolha. Noah bebeu a rolha dele. Ele gargalhou alto demais nas partes engraçadas. Algo estava errado. Muito errado.

Eu era uma garota patética em um vestido vermelho. Estava bebendo rolha. E, então, percebi.

Noah não queria mais estar comigo. Ele terminaria comigo.

Meu corpo formigou. Pensei no que Hudson tinha dito. Sobre não querer que o sexo passasse a impressão errada. Era tão óbvio agora! Como pude ter negligenciado os sinais? Qualquer outro cara estaria todo animado com a situação.

Era Dia dos Namorados! Estávamos sozinhos! Estávamos bebendo vinho! Eu estava tomando pílula! Estava me jogando em cima dele e Noah não queria tirar proveito porque estava planejando terminar comigo. Naquele dia.

Não, ele não faria aquilo. Ele não me amava mais, mas não era um canalha. Ele esperaria até depois do Dia dos Namorados para me contar. Como meus pais esperaram até o dia após meu aniversário. Noah se recusaria a dormir comigo e então esperaria até o dia seguinte, o dia depois do Dia dos Namorados, e então terminaria comigo.

Eu tinha ficado em Westport para continuar com ele e ele terminaria comigo.

Olhei para Noah e o vi fixado na tela, colado a ela. Como se perder um segundo que fosse significasse o fim do mundo. Eu estava no meio de um abismo e a represa tinha rompido, e a água estava prestes a descer violentamente.

A MUDANÇA NA MARÉ

Como eu poderia assistir ao restante do filme fingindo que estava tudo bem, que eu não estava prestes a me afogar? Eu não podia. Alcancei o controle remoto e apertei *stop*.

Ele se virou para mim.

— Lanchinho?

Ele achava que eu estava com fome? Cheguei mais perto de Noah para que nossos rostos ficassem a apenas alguns centímetros de distância.

— Está tudo bem?

— Sim — respondeu ele, piscando.

— Você não está... Com raiva de mim por algum motivo, está?

Ele fez que não com a cabeça.

— Não. Não mesmo.

— E você... ainda me ama?
Ele assentiu rápido e determinado.
— Sim. Amo. Amo você.
— Então por que está agindo como se quisesse terminar comigo?
— O quê? Eu não quero. É a última coisa que quero.
Fiz uma pausa, esperando que ele me dissesse o que estava errado.
Ele não disse nada.
Esperei.
— Então, não há nada errado?
— Não — disse ele, olhando para cima e me puxando para perto. Noah me beijou.
Eu o beijei de volta. Talvez eu estivesse certa. Ele estava apenas assustado com a história do sexo também. Afastei-me uns 3 centímetros.
— É demais, não é?
Ele assentiu. Dava para sentir o cheiro de vinho no hálito dele. Dava para sentir o gosto. Meu corpo inteiro começou a formigar.
— Não precisamos fazer — falei, chegando mais perto, sussurrando. — Não, se você não quiser.
— Eu quero — disse ele, com a voz meio rouca. Ele segurou meu pescoço por trás e me puxou para perto. Esqueci de tudo, a não ser dele, do corpo dele, da boca, das mãos. Então ele me levantou e disse as palavras que eu esperei a noite inteira para ouvir: — Vamos lá para baixo.

DEPOIS DO FIM

Fizemos. Estava feito.
 Foi perfeito.
 Foi mesmo.

Ambos estávamos um pouco nervosos, rindo quando não deveríamos, beijando, essas coisas. Ele tinha levado pelo menos dois minutos para colocar a camisinha, mas então lá estava, colocada, e, sim, doeu, mas também foi bom tê-lo tão perto. Ficamos aninhados sob as cobertas. A pele dele estava úmida e quando tocava a minha ficava colada, de um jeito bom.

— Amo você — disse ele.

Eu o beijei.

— Também amo você. Muito.

MAIS TARDE

Acordamos às 3 horas da manhã.

— Merda — disse ele, e riu. — Esta cama é ridiculamente confortável.

— Não é? Não dá pra imaginar, mas é.

— É maior do que uma cama de solteiro normal.

— É como uma cama e meia.

— Por que não ficou com a sua cama antiga?

— Penny disse que faria mais sentido se eu tivesse uma cama de fácil transporte. Acho que ela queria levar a cama com dossel com ela para Cleveland.

Ele riu.

— Gosto de ficar próxima ao chão — eu disse. — É mais fácil para Donut subir e descer.

— Dói menos se você cair também — falou ele, me segurando.

— Pode ser minha nova cama favorita.

— Quantas você já teve?

— Quatro. A de Oakbrook, a cama dura no apartamento de papai, a cama com dossel e esta.

— Esta é, com certeza, a minha favorita — disse ele, e me deu um beijo de leve. — Preciso ir.

— Eu sei. Está tarde. Seus pais vão me odiar? — perguntei. Ele sorriu.

— Nunca. — Noah olhou em volta procurando as roupas enquanto eu fiquei quentinha sob as cobertas. Donut sentou na minha barriga e ronronou.

Depois que Noah se vestiu, levantei e me enrolei na coberta (para infelicidade de Donut), então o segui escada acima.

As luzes estavam apagadas e a porta de Vi estava fechada. Nem a ouvimos entrar.

Nos beijamos à porta.

— Dirija com cuidado — sussurrei. — Ligue quando chegar em casa.

— Pode deixar.

Acenei para ele, então desci de volta ao porão. Peguei da mesa de cabeceira o coração de chocolate na embalagem prateada que papai e Vi deixaram para mim, abri e o deixei derreter na boca. Deitei sobre o travesseiro em que Noah estivera e o cheirei. Encontrei o ponto quentinho do futon em que ele havia deitado. Senti-me amada. Inteira e totalmente amada. Peguei no sono sentindo-me completa.

O celular tocou.

— Oi — sussurrou Noah. — Estou em casa.

— Seus pais estavam acordados?

— Dormindo há muito tempo.

— Sortudo — falei.

— Boa noite — disse ele. — April, eu...

— Sim?

A voz de Noah ficou mais forte.

— Amo você de verdade.

— Eu também amo você de verdade — repeti e desliguei. Dormi com Donut enrolada sobre a minha barriga e o telefone ainda na mão, e fiquei daquele jeito até a manhã seguinte.

número seis:
gastamos 3 mil dólares em um Donut

MANTENDO CONTATO

Noah: oi, gatinha
Eu: oi, gato
Noah: pensando em vc
Eu: pensando em vc tb. Onde vc está?
Noah: matemática
Eu: vc vai depois da escola?
Noah: sim, por favor

OS DIAS QUENTES DE FEVEREIRO

Noah passou as semanas seguintes na nossa casa. Como tinha acabado a temporada de basquete, ele estava com muito tempo livre. Não transávamos todos os dias. Mas na maioria dos dias. Estávamos gastando os muitos pacotes de camisinha que ele tinha comprado no dia da tempestade.

Era legal. Não só a parte do sexo, mas o pós-sexo. Meu momento favorito era quando nos abraçávamos na cama e o peito dele ficava contra o meu e dava para sentir o coração dele bater.

A vida era boa. Noah e eu estávamos melhor do que nunca.

Vi estava ficando com Dean.

Eu tinha dinheiro na conta.

Eu tinha uma banheira.

Eu tinha um carro. Não que o usasse muito — Vi preferia levar o dela.

Escrevi com o dedo as letras E. U. A. M. O. V. O. C. Ê. nas costas de Noah.

— Eu também — murmurou ele.

ORÇAMENTO PARA PAPAI

Quanto Gastei em Fevereiro

Aluguel	$200,00
Comida	$200,00
Cosméticos	$50,00
Roupas	$50,00
~~Comida e Cuidados com o Gato~~ Entretenimento	$100,00
~~Aulas Semiprivadas de Nado na Banheira de Hidromassagem~~ Miscelânea	$400,00
Total	$1.000,00

VI INVISÍVEL

O *Issue* de Vi saiu no dia 4 de março.

— Não entendo — perguntei a ela. — Como o seu artigo não está aqui? — Estava perto do meu armário virando as páginas do periódico. Vi um artigo sobre sexo seguro. Um artigo sobre abstinência. Um artigo sobre gravidez. Um artigo sobre DSTs. Uma playlist com músicas para dar uns amassos. Mas onde estava o artigo "Aconteceu Comigo", de Vi?

— Tomei a decisão editorial de deixá-lo de fora — disse ela, indiferente.

— Mas... depois de tudo que você fez? Estava tão animada ao escrever!

A boca de Vi se abriu para dizer algo, mas, então, a expressão se desfez.

— Não consegui.

Hã?

— Por que não?

— Não sei! Tentei. E tentei. Mas nada saía. — Vi bateu com o punho no meu armário. — O que está errado comigo?

— Você *gosta* dele. — Gargalhei.

— Não gosto! — Ela suspirou. — Isso não é bom. Não posso gostar dele.

— Por que não?

— Fiquei sentimentaloide! Não pude escrever sobre ele. Não posso fazer algo que vai me tornar fraca.

— Gostar de alguém não torna você fraca — falei.

— Faz você se perder — disse ela. — Sou a prova disso. Não. Preciso acabar com essa *coisa* com Dean. Imediatamente.

— Vi — falei, querendo dizer que ela *não* era prova de nenhum tipo de fraqueza e que meu coração doía ao ouvi-la falar daquele jeito.

Ela varreu o corredor com os olhos.

— Aha. Pinky.

— O que está fazendo, Vi?

— Recuperando meu mojo — disse ela, e disparou pelo corredor.

A PRIMEIRA VEZ QUE VI PINKY

— Por que o nome dela é Pinky? — perguntei a Vi logo no início do meu último ano no ensino fundamental. Pinky era apenas caloura na época, mas estava inscrita para trabalhar no jornal da escola.

— É obscuro.

— É por causa de rosa-pink? Ela gostava dessa cor quando criança?

— Não sei. Nunca a vi usar cor-de-rosa.

— E se for por causa da flor? Vai ver ela tem algo de rosa?

— O quê? Pétalas e espinhos? — perguntou Vi, rindo.

— Vai ver ela tem espinhos mesmo, deve ser bem esnobe. — Eu não queria desgostar de Pinky logo de cara, mas...
Ela tinha sido Miss Teen Westport.

Literalmente. Logo antes de começar o ensino médio, tinha levado a coroa. E era uma gazela. Alta, esguia, loira e deslumbrante. E todos a admiravam. Garotos. Garotas. Eu. Noah. Não que eu achasse que Noah fosse dar em cima dela nem nada assim, mas não dava para olhar para Pinky e não sentir inveja.

— Não seja esse tipo de pessoa — disse Vi, balançando o dedo.

— Que tipo?

— Aquele que tenta diminuir Pinky só porque ela é tão linda. É antifeminista. Ela é legal. Nova. Mas legal. E inteligente também. Vejo-a como minha protegida. Sim, participar do concurso de Miss Teen Westport foi um desvio no caminho, mas como só tinha 14 anos na época, culpo os pais. É óbvio que ela precisa de um modelo sólido.

— Você está certa, está certa — admiti. — Não vou odiá-la sem motivo.

Mas se ela sequer *olhasse* para Noah, seria uma garota morta.

E, ENTÃO, TUDO DEU ERRADO

Noah passou lá em casa, mas saiu por volta das 18 horas, logo depois que Vi chegou. Notei que ele fazia muito isso, mas não queria transformar a questão em um problema.

Quando Noah saiu, fiz o dever de casa de cálculo e Vi pagou algumas contas. Então começamos a cozinhar. Comemos. Então fomos ao mergulho noturno na Hula, esperando evitar uma pneumonia.

Vi ligou para Joanna, mas ela não atendeu.

— Está saindo com outra pessoa — disse Vi.

— Que bom — respondi.

— Mas é ruim para mim. Ela anda completamente sumida.

O celular de Vi tocou e ela olhou o identificador de chamadas. Então deixou tocar de novo.

Afundei completamente, até o queixo chegar à superfície da água.

— Não vai atender?

— É só Dean — ela disse.

— Então é pá, pum, obrigada, senhor? Não vai mais atender aos telefonemas dele?

— Não se ele continuar ligando. E de novo, e de novo. Não *estamos* em um relacionamento.

— Eu sabia que isso aconteceria — falei. — Não dá para transar com alguém e esperar que tudo fique igual.

— Dá sim. Eu fiz isso. E ele deveria também. O seu namoro é tão diferente agora que você transou?

— Não diferente — falei. — Apenas... melhor. — Mais íntimo. — E o que há de tão errado em namorar Dean? —

Queria que ela tivesse o que eu tinha. Que fosse tão feliz quanto eu estava.

— Se namorarmos, então eu terei de cuidar dele. Ser responsável por ele. Não quero ficar presa assim. Quero ir para a faculdade livre, leve e solta. — Ela virou o rosto. — Disse a Pinky que poderia ir atrás dele.

Não acreditava que Vi estava sendo tão burra. Era tão esperta para tantas coisas, mas não para aquilo. Abracei os joelhos.

— Você vai manter contato comigo, não vai?

— Quer vir comigo? Pode pedir transferência da escola.

— Quem dera.

— O que vai fazer, em todo caso? Eu não me importo se você ficar aqui, mas...

Eu não queria pensar no ano seguinte. Talvez eu *pudesse* só ficar ali. Diria a papai que Vi faria faculdade em Connecticut. Ele nem notaria a diferença.

— Veremos — falei.

Meu celular tocou. Noah.

Atendi.

— Posso ligar de volta?

— Alô para você também — disse ele, e riu.

— Foi mal, estamos na banheira.

— Claro que estão. Você vão virar ameixas secas.

— Venha se juntar a nós.

— Não posso. Faz um favor? Veja se meu celular está na sua casa. Não consigo encontrá-lo.

— Se eu encontrar, você vem buscar? — perguntei, em tom de flerte.

— Talvez.

— Ótimo. Então deixa eu procurar.

Vi fez mímica de chicote com a mão. Mostrei a língua para ela. Não deixaria que o medo de relacionamentos de Vi passasse para mim. Joguei a toalha sobre os ombros e saí da banheira. Mesmo sendo março, ainda estava frio. Ainda tinha neve no chão, embora não no deque.

— Volto em dois minutos — falei. Então, descalça, corri para dentro e para o porão. — Ligue para ele e veremos se está aqui — disse a Noah.

Dois segundos depois de desligarmos o telefone dele tocou debaixo do futon.

— Encontre-o, Donut, encontre-o!

Donut correu até o som e desenterrou o celular de um lençol torcido.

— Muito bom, Donut!

Ela o estapeou com as patas.

— *Miau!*

Estiquei o lençol e atendi o celular.

— Donut ao resgate — falei.

— *Miau!* — Donut saiu correndo do quarto lá para cima.

— Muito bom — comemorou Noah.

— Então agora você vem buscá-lo, certo?

— Eu deveria. Mas meus pais estão me enchendo de culpa por nunca ficar em casa e prometi assistir à tevê com eles. Você pode levá-lo para a escola amanhã?

— Buuuu. Mas, sim, posso.

— Legal. Ligo mais tarde, o.k.?

— Sim. Amo você.

— Eu também.

Estudei o telefone dele. Fino. Preto. Seria errado ler as mensagens de texto dele, né? Seria errado ver para quem ele tinha ligado recentemente. Só garotas malucas faziam isso. Garotas que não estavam apaixonadas. Noah e eu éramos demais.

Joguei o telefone na cama. Se tivesse algo que ele não quisesse que eu visse, não teria deixado o telefone comigo até o dia seguinte, teria? Acho que não. Deitei no futon, ensopando o estofado com o biquíni molhado. Meu coração acelerou. Só para garantir... Abri as mensagens dele. Uma de mim. Uma de RJ. De RJ. De... De quem era aquele número? De Corinne?

Que horas você vem?

Vem aonde?

Ah! Eu conhecia o número. Era o irmão dele. Exalei. Continuei passando e passando as mensagens. Uma semana antes, duas, três... De antes de dormirmos juntos... E não havia nenhuma mensagem esquisita. Nada. Nada estranho mesmo. Abracei a toalha e subi as escadas.

A casa estava congelando. Fui para o deque.

— Você esqueceu de fechar a porta — disse Vi com a cabeça jogada para trás e os olhos fechados.

Fechei bem a porta atrás de mim e corri de volta para a banheira.

— Foi mal. — Meu corpo afundou no calor delicioso. — *Ahhhhh.*

— Tudo bem?

— Não — falei. — Sou louca.

Ela assentiu.

— Somos todos loucos. Qual sua forma específica de loucura?

— Noah deixou o telefone aqui e li todas as mensagens de texto dele.

— A-hã. Por quê?

— Para garantir que ele não está me traindo com Corinne.

Ela assentiu de novo.

— Você acha que ele está te traindo com Corinne?

— Não. As coisas estão ótimas entre nós. Por isso minha loucura não faz sentido.

— Não exatamente. Não é como se você nunca tivesse deparado com traição *antes*.

— Está falando de Noah?

— Nããão.

— Ah — falei, entendendo. — Está falando de mamãe.

— Sim.

— Então eu acho que Noah é minha mãe? — perguntei.

Ela assentiu.

— Ou que você é seu pai.

— Talvez — respondi. Olhei para ela. — E você tem medo de, caso se apaixone por Dean, terminar igual a sua mãe.

— Eu nunca deixaria isso acontecer — falou Vi com segurança. — Quando meu suposto pai abandonou mamãe, ela precisou desistir de *tudo*. Homens são uma droga.

— Por que você acha que as pessoas traem? — perguntei.

— Porque estão entediadas? Porque podem? Porque são egoístas e acham que têm direito a tudo o que quiserem? Porque não acham que serão descobertas?

Fechei os olhos. Pobre Vi. Pobre de mim. Abri-os quando ouvi pneus cantando na rua em frente à nossa casa.

— O que foi isso?

— Má direção.

O carro continuou, disparando até o fim da rua e passando pela ponte. Sem faróis.

— Qual o problema com as pessoas? — perguntei, balançando a cabeça. — Quem dirige sem faróis? Quem deixa a namorada grávida em outro país? Quem abandona os filhos?

— Pessoas loucas — respondeu Vi, e suspirou. — Então, o que encontrou no celular de Noah? Algo suspeito?

— Não — falei. — Nadinha.

— Bom. Então pare de se preocupar.

Tentei deixar os ombros relaxarem, mas eles não estavam cooperando. Algo estava me incomodando, mas eu não tinha certeza do que era.

A OUTRA VEZ QUE EU SOUBE QUE ALGO ESTAVA ERRADO

Eu estava no quinto ano e papai voltara para casa com uma dúzia de rosas.

— São para mim? — perguntei. Rosas eram as flores mais lindas que eu já tinha visto. A Bela Adormecida tinha rosas.

— São para sua mãe — respondeu ele, e me beijou na testa. Fiquei desapontada, mas o gesto me deixou feliz. Algum dia eu teria alguém que me daria rosas. Não sabia por que papai tinha comprado as flores, mas achei que fosse porque eles estavam brigados. A porta do quarto deles ficava fechada durante bastante tempo naquela época, e não à noite, do jeito bom.

— Mãe! Mãe! — gritei. — Papai trouxe flores para você! Venha ver! Venha ver!

Mamãe ficou na cozinha.

— Mãe — eu disse. — Venha ver!

— Estou ocupada, querida — falou mamãe.

Eu não entendia o que poderia ser mais importante do que rosas.

Finalmente, papai tirou os sapatos e o casaco e levou as flores para a cozinha. Elas estavam embaladas em papel fino cor-de-rosa, os botões despontando no alto.

— Para você — disse papai a ela.

Mamãe olhou para cima.

— Obrigada. Acho que deveria colocá-las na água.
— Eu posso fazer isso.
Ela suspirou.
— Pode deixar. O jantar sairá em cinco minutos.
Ele assentiu e subiu as escadas.
— Você não ama rosas, mãe? — perguntei. — Não são suas flores favoritas?
Ela suspirou de novo.
— Não, são orquídeas — respondeu ela, e então rasgou o papel e cortou as pontas dos caules sob água corrente.
— As minhas são tulipas — falei. Papai marchou de volta até a cozinha e me virei para ele. — Pai, as flores favoritas de mamãe são orquídeas! E as minhas são tulipas. Da próxima vez, pode trazer dessas?
A expressão no rosto dele sumiu.
— Rosas são minhas segundas preferidas — falei.
Algo em meu estômago parecia estranho, como o início de uma gripe.

AINDA PREOCUPADA

O pensamento irritante de que algo estava errado permaneceu durante o banho pós-Hula. E depois, enquanto eu fazia mais dever de casa. E durante a ligação noturna para Noah. E também enquanto eu tentava cair no sono. Alguma coisa estava errada. Mas o quê? Era culpa? Possivelmente. O certo a fazer seria contar a Noah que eu tinha fuxicado o celular dele, mas tinha certeza de que isso não aconteceria. Seriam minhas suspeitas? Possivelmente. Será que mamãe tinha estragado minha habilidade de confiar nos outros para o resto da vida? Também possível. Estava tudo tão quieto! Encarei o teto. Deitei de barriga para cima. Deitei de barriga para baixo. Sentei na cama. Era isso.

Estava quieto *demais*! Onde estava Donut?

— Donut? — chamei. Subi as escadas com dificuldade. — Donut? — chamei de novo.

Donut passava as noites no porão. Desde o Dia dos Namorados tinha se acostumado a dormir na cama comigo. Talvez tivesse caído no sono lá em cima?

— Donut? Aqui, Donut, Donut. Onde você está?

As escadas estalaram quando subi. Quando cheguei ao primeiro andar, abri a porta e espiei a sala. Nada de Donut. Olhei debaixo do sofá. Na cozinha. Talvez Vi soubesse.

— Vi? — perguntei baixinho. — Ainda está acordada?

— Sim — ela respondeu. — O que foi?

— Você viu Donut? — perguntei.

— Ela não dorme com você no porão?

— Normalmente, mas não consigo encontrá-la. Não a vejo desde...

Quando fora a última vez que a tinha visto? Quando ela encontrou o telefone de Noah. Então correu para cima.

Quando eu tinha deixado a porta dos fundos aberta.

Minha nuca ficou gelada.

— Você acha que ela saiu? — sussurrei.

— Eu não a deixei sair — disse Vi.

— Eu deixei a porta aberta, lembra?

— Merda!

Corri para a porta dos fundos e a abri. Uma golfada de ar frio atacou meu rosto. Vi acendeu as luzes externas.

— Donut?

Nada de Donut.

Olhei para o estreito de Long Island sentindo-me enjoada. A água parecia fria, escura e ameaçadora.

— Acha que ela poderia... — A voz de Vi sumiu.

— Ai, meu Deus, espero que não. Gatos não sabem nadar? Acho que gatos nadam.

— Não se a água estiver congelando.

Corri para fora, na direção da praia.

— April! Você está descalça! E sem casaco! E seu cabelo está molhado...

Ignorei-a e desci correndo as escadas do deque. Eu estava com frio. Mas Donut! Se ela estava na água, então, definitivamente, estava com mais frio do que eu. Não podia acreditar que tinha deixado a porta aberta. Que estupidez! Que irresponsável! Qual era o meu problema?

Assim que cheguei à areia e à neve, parei de repente. É, correr descalça na neve não era uma estratégia brilhante. Uma ulceração não ajudaria na busca. Por sorte, Vi estava vindo atrás, com botas de pele de carneiro e um casaco. Calcei as botas, coloquei o casaco e corri para a areia pedregosa.

As luzes da rua iluminavam a água.

— Você não vai pular, vai? — perguntou Vi. — A Hula é uma coisa, mas isso... isso seria loucura.

— Acho que não — respondi, olhando ao longe. Um peso se instalou em meu peito. — Acha que ela está lá?

— Não sei — falou Vi, a voz falhando.

— Donut! — gritei. — Venha, Donut! — Corri até o píer flutuante e olhei em volta, gritando o nome dela o tempo todo.

— Aposto que não está na água — falou Vi. — Ela não é idiota. Descobriu como usar o controle remoto, não descobriu?

— Verdade. — Olhei de volta para o estreito. A maré estava baixa. — Acha que ela conseguiria cruzar a cerca e chegar à estrada?

— O quê? Acha que ela fugiu? É boa demais para nós? — Vi soltou uma risada aguda atípica.

— Vai ver estava explorando e se perdeu.

— Talvez nem tenha saído da casa — falou Vi. — Pode estar escondida debaixo da minha cama enquanto conversamos. Ou talvez tenha descoberto como entrar no forno. Ela adora aquele forno.

— Você olha lá dentro — eu disse. — Vou olhar na frente da casa.

— O.k.

A porta para a cerca estava aberta. Não escancarada, mas o suficiente para que algo do tamanho de Donut se espremesse para fora. Ô-ô. Empurrei-a toda e saí do lado esquerdo da entrada da garagem.

— April? — Ouvi. Lucy estava na varanda da casa dela. — Está tudo bem?

— Não — falei. — Donut sumiu. — Passei por meu carro e olhei para a rua.

— Donut? — gritei. — Está aí? Dooooonut! Do...

Eu a vi.

Uma bola na estrada, perto da calçada.

— Donut! — gritei.

Ela não se moveu.

Corri até ela e agachei no meio da rua. Ela olhou para mim e piscou. Os olhos pareciam horrorizados. Ela estava tremendo.

— Chame Vi! — gritei para Lucy.

Fiz carinho na parte de trás da cabeça de Donut. Pobre, pobre Donut. Sinto muito, Donut. Meus olhos estavam cheios de lágrimas. Alguns segundos depois, Vi e Lucy estavam ao meu lado.

— Alguém a atropelou — falei, a voz trêmula pelas lágrimas.

— Aimeudeus. Ela...

Peguei Donut no colo.

— Ela precisa ir ao veterinário.

COISAS RUINS SEMPRE ACONTECEM NO MEIO DA NOITE

Aconteceu por volta de 1 hora da manhã.

Papai estava em uma viagem de negócios a Los Angeles. Matthew estava deitado. Eu estava deitada. Mamãe estava deitada. Eu não conseguia dormir. Tinha um teste de matemática na manhã seguinte. Matemática do sétimo ano não era minha especialidade. Ouvi a voz de mamãe. Presumi que estava ao telefone com papai. Peguei o fone do gancho.

Não sei como não ouviram o clique. Mas não ouviram. Eu ia dizer "Oi", mas eles pareciam estar no meio de uma conversa, então esperei. E ouvi.

— Diga-me o que quer fazer comigo — disse mamãe.

— Eu direi — falou uma voz. — Com meus lábios, vou beijar seu corpo inteiro.

Meu primeiro pensamento foi: nojento. O segundo foi... aquela não era a voz de papai. *Aquela voz não era de papai.*

Eles continuaram conversando. Era sujo. Era horrível. Era *mamãe* dizendo coisas sujas e horríveis para uma pessoa suja e horrível *que não era papai.*

Meu rosto ficou quente, mas eu estava congelada demais para desligar. Ondas de emoções se chocavam em mim enquanto permanecia sentada sob as cobertas, agarrada ao telefone. Náusea. Medo. Traição. Ódio. Como ela podia fazer aquilo? Com papai? Segurei o telefone sem dizer nada. Sem fazer um som. Talvez eu estivesse sonhando. Mas as palavras continuavam vindo. Até que eu não pude mais ouvir. Não queria desligar, pois talvez ouvissem e soubessem que eu sabia. Então, desconectei o telefone da parede.

Pronto. Estava mudo. Eu estava muda. Fiquei escondida sob as cobertas. Meu cérebro zunindo. Queria chorar, mas não podia. Meu corpo começou a tremer.

Aninhei-me sob as cobertas e fiquei tremendo até de manhã.

VIAGEM AGITADA

Vi dirigiu enquanto eu segurava Donut e ronronava "Donut, Donut, você está bem, não está?".

Liguei para o veterinário, mas a mensagem nos indicava uma clínica veterinária de emergência aberta à noite e nos fins de semana. Lucy dava indicações do caminho a Vi enquanto eu afagava Donut. Ela não se mexia. Os olhos se entreabriam de tempos em tempos, então se fechavam novamente.

— Não acredito que matamos nosso gato — disse Vi.

Pisquei para afastar as lágrimas.

— Vi! Não matamos Donut. Ela vai ficar bem. Temos de pensar positivo. Certo, Donut?

— Isso é tão horrível! Ela ainda está respirando?

— Sim! — Não apenas respirando. Minha perna estava morna. Urina rosada de gato ensopou a parte de baixo do meu pijama.

Quando chegamos ao veterinário, éramos as únicas lá. Com os ombros arqueados, eu segurava Donut à frente do corpo com muito, muito cuidado. Ela levantou a cabeça. Caí no choro.

— Ela foi atropelada. Foi minha culpa, eu não fechei a porta. Ela vai ficar bem?

Uma técnica de jaleco branco veio na nossa direção.

— Olá, amiguinha — cantarolou ela. — Você não parece muito bem, mas vamos cuidar de você. Por que não entramos todos no consultório?

Vi e eu seguimos enquanto Lucy esperou na recepção.

— Boa sorte — falou Lucy enquanto íamos pelo corredor.

O exame foi um fiasco. Donut tentou se sentar, mas engasgou. A médica sentiu o abdômen dela e ouviu com um estetoscópio. Donut estava chorando de dor.

Acho que eu também estava.

— Precisamos tirar alguns raios x — falou a veterinária.

Concordei, e ela levou Donut embora.

UMA SITUAÇÃO COMPLICADA

— Creio que ela tem coisas demais ao mesmo tempo — disse a veterinária ao retornar. Saltei da cadeira. Ela segurava uma folha de papel. — Primeiro: ela está com uma fratura pélvica.

— O.k. — falei. — O que precisa ser feito para isso?

— Normalmente, uma fratura pélvica requer apenas descanso e remédio para dor. Mas Donut também tem uma fratura bilateral na pata traseira. Talvez precisemos de um especialista para isso... Mas a preocupação de verdade é a hérnia diafragmática. Basicamente, uma divisão entre o peito e o abdômen. A bexiga e os intestinos podem acabar dentro do peito. Ela precisará de cirurgia para isso. Imediatamente.

— Então faça — falei, engasgando.

A veterinária fez que sim.

— É arriscada. Ela pode morrer na mesa. Eu tenho de abrir o peito dela.

— Ela vai morrer se não fizermos?

A veterinária assentiu.

— Então, não temos escolha — falei, os braços gesticulando ao lado do corpo.

Vi parou ao meu lado.

— Quanto custa a cirurgia?

— Com os raios x, o soro intravenoso e o tubo traqueal... mais as fraturas... em torno de 3 mil dólares.

Merda. Eu devo ter ficado branca, porque a veterinária deu um sorriso triste e então falou:

— Se você não pode pagar, a eutanásia seria a opção mais piedosa. Do contrário, ela sentiria muita dor.

— Ai, meu Deus! — falei. Ia vomitar. — Não podemos matá-la. Vou arrumar o dinheiro. Podemos pagar em prestações? — *Prestações* era minha nova palavra favorita.

A médica hesitou.

— Não, se você tem menos de 18 anos. O pai de uma de vocês pode vir atestar?

Meus ombros caíram.

— Não. Acho que não. Mas talvez nos deem o dinheiro.

Vi agarrou meus ombros.

— Podemos falar sobre isso por um segundo?

— Eu volto logo — disse a veterinária, saindo da sala.

— April, é muito dinheiro. Três mil dólares? É loucura. — Ela se inclinou contra a mesa de exames.

— Não podemos simplesmente deixá-la morrer! — choraminguei. Sentei na cadeira do canto.

— São 3 mil dólares! Não tenho 3 mil dólares! Você não tem 3 mil dólares!

— Papai me deu a mesada há alguns dias — falei, teimosa. — Ainda tenho 600.

— Mas você precisa desse dinheiro. Para comida. Coisas. E você acabou de quitar a Hula.

— Então, podemos quitar a gata!

— Eu só... — Ela balançou a cabeça. — Não tenho esse dinheiro. Talvez tenha 500 dólares na poupança. Podemos usar.

— Deixe-me falar com papai — disse, pegando o celular. — Peço o dinheiro a ele.

— Alô — atendeu papai, sonolento.

— Papai?

— April? Que horas são?

Olhei para o relógio acima da mesa de exames.

— Uma e meia. Estou no hospital — comecei.

— Você está bem? — perguntou ele, parecendo em pânico. — Que hospital? Vou pegar um avião.

— Não, pai, eu estou bem. Estou no veterinário. É Donut.

— Você está comendo um donut?

— Não, pai. O nome da minha gata é Donut.

— Sua mãe não deu a gata porque não podia levá-la para a França?

— Não, é minha nova gata! — Eu ainda não tinha contado a respeito de Donut, caso ele fosse contra. — Eu adotei um gato. Quando me mudei para a casa de Vi. Mas deixei a porta de trás aberta quando — definitivamente, jamais tinha mencionado a aquisição da Hula — entrei na casa. E ela foi atropelada por um carro. E precisa de cirurgia ou vai morrer. E é cara.

Ele suspirou.

— Quanto?

— Três mil dólares.

Pausa.

— April, você não pode gastar 3 mil dólares com um gato.

— Não é um gato — falei, sentindo-me em pânico. — É *minha* gata. E, pai, eu preciso. É minha culpa que ela precise ser operada! Não posso deixá-la morrer.

— Sinto muito, princesa, mas isso é loucura. Você tem o gato há quanto tempo? Alguns meses? Nunca nem mencionou que tinha um gato. Não vou dar 3 mil dólares para você pagar a operação do gato. Não está sendo racional. Por que não espera até amanhã? Tenho certeza que quando acordar perceberá que estou certo.

Não conseguia saber se ele estava sendo desalmado ou ridículo. Mas eu não podia deixar Donut morrer. Não iria abandoná-la.

— E se eu vender o carro?

— Você não tem, de jeito nenhum, permissão para vender o carro — disse ele. — Não é seu carro para vender. Está no nome de Penny.

Ótimo.

— Pai, preciso ir.

— Sinto muito, princesa. Sinto muito mesmo pelo seu gato.

Meus olhos se encheram de lágrimas. Não sentia o suficiente para salvá-la.

— Tchau — falei, antes de desligar.

— Nada? — perguntou Vi.

— Nada — respondi.

Liguei para mamãe a seguir. Pelo menos estava de manhã lá. Comecei com: "Alguma chance de você querer me dar 3 mil dólares para eu salvar Donut?"

— Queria ter 3 mil dólares. O que aconteceu com Donut? — respondeu ela.

Contei a história às pressas.

— Pediu a seu pai?

— Ele não vai ajudar.

— Típico.

Fechei os olhos.

— Mãe, agora não.

— Ligue-me quando chegar em casa — disse ela.

— Tá. Preciso desligar.

— Eu daria o dinheiro se tivesse — acrescentou ela.

— Isso vindo da mulher que abandonou o próprio gato em outro país — murmurei.

— O que foi, querida?

— Nada. Tchau. — Desliguei. — Quer tentar sua mãe? — perguntei a Vi.

— Minha mãe não tem 3 mil dólares sobrando.

— A quem mais podemos pedir?

— Noah?

Não sabia se ele teria acesso a tanto dinheiro, mas poderia tentar. Liguei para o celular dele e caiu na caixa postal.

— Ah, é, o celular dele está lá em casa.

— Você não pode ligar para o telefone de casa?

— À 1h30 da manhã?

— É uma emergência — disse Vi.

Meu coração batia enquanto eu discava o número. Esperava que ele atendesse.

— Alô? — gritou a mãe dele.

Ai, droga. Eu devia ter desligado. Não. Identificador de chamadas. Eles sabiam que era eu. Isso seria pior.

— Oi, sra. Friedman — falei, me encolhendo. — Sinto muito, muito por ligar tão tarde. Noah está? — Óbvio que estava. Era de madrugada.

— April?

— Sim.

— Ele está dormindo. Posso pedir que ligue para você de manhã?

— Ah! — E agora? Insistir que ela o acordasse para eu pedir dinheiro emprestado?

Houve um barulho, então ouvimos um "Alô?". Noah.

— Oi — falei. — Sou eu.

— Pode deixar, mãe — disse ele.

— Está tarde, Noah.

— Desculpe-me, sra. Friedman — falei. — É uma emergência.

— Tudo bem. Boa noite. Noah, estou aqui se precisar. — Finalmente, ela desligou.

— O que houve? — ele perguntou.

— Donut foi atropelada — falei, soluçando.

— Ah, merda. É... Ela...

— Ela ainda está viva. Estamos no veterinário. Ela precisa de cirurgia. Custa 3 mil dólares. E não tenho tanto dinheiro. Pedi a papai e mamãe e Vi também não tem. Devemos ter 1.100 dólares, 900, se quisermos comer. Então, estava pensando... você tem? Eu pagaria de volta. Em prestações. Eu poderia pagar pelo menos 500 por mês até quitar a dívida. O que acha?

Ele fez uma pausa.

— É muito dinheiro. Meus pais me matariam.

— Então... — prendi a respiração.

— Não posso.

Não pode. Não pode ou não quer? Eu sabia que ele tinha dinheiro na conta. Dinheiro do Bar Mitzvah.

— Deixa pra lá.

— Onde é o veterinário?

— É o Norwalk Emergency.

— Você sabe quem atropelou o bicho?

— Quem atropelou *ela*. Não o bicho.

— Ela.

— Não. Não sei quem foi. — Que tipo de imbecil atropela um gatinho e nem para?

— Ah, April, não chore.

— Preciso ir — desliguei. — Bem, não deu em nada. — Meu rosto queimava de humilhação. — E agora?

— Marissa?

— Ela não tem dinheiro nenhum. Joanna?

— Também.

— Lucy?

Balancei a cabeça.

— Último recurso. E quanto a Dean?

— Dean está sempre quebrado. Mas você pode pedir a Hudson.

— Eu?

— É! Hudson a deu a você.

— Mas é pior ainda. Ele me deu um presente que eu matei.

— Você não a matou. Vamos salvá-la. Você devia pedir a Hudson. — Ela olhou para mim. — Ele tem dinheiro sobrando. E gosta de você.

Fiquei vermelha.

— Não gosta, não.

— Confie em mim. Ele gosta. Acha que você é a garota mais linda de Westport. Ligue para ele. Está acordado. Está sempre acordado.

A garota mais linda de Westport? Era uma piada? Não que eu me achasse feia. Mas havia muitas garotas mais bonitas do que eu. Como Pinky.

Espere. Pare. Donut.

— Nem sei o telefone dele — falei.

Vi me mostrou na lista de contatos do celular dela. Disquei. Que escolha tinha?

Ele atendeu depois de dois toques.

— Alô — disse ele, calmo, como se normalmente recebesse ligações às 2 horas da madrugada. E, provavelmente, recebia. Ligações de professoras. Ligações sexuais. Ligações a respeito de drogas. Talvez fosse o traficante da srta. Franklin. Não. Talvez?

— Oi, Hudson? Desculpa incomodar, é April. Eu estava pensando se poderia pedir um favor.

— O que é?

Não consegui segurar as lágrimas.

— Eu... estamos no veterinário. Donut sofreu um acidente. Eles não farão a cirurgia se não pagarmos adiantado e faltam 2.100 dólares. Você parece ter sempre um dinheiro extra e estava imaginando se poderia pegar emprestado. Juro que pago de volta. Meu pai me dá dinheiro uma vez por mês, então posso pagar você em prestações e...

Ele não hesitou.

— Onde você está? Estarei aí em dez minutos.

FESTA NO VETERINÁRIO

Hudson nos encontrou na sala de espera em 15 minutos. Não que eu estivesse reclamando.

— É a segunda vez que você me salva — falei, olhando para ele. Hudson achava que eu era a garota mais linda de Westport? Loucura. Ainda mais vindo do cara que *poderia* ser o mais gato de Westport. Aquelas maçãs do rosto. Os olhos azuis.

Ele corou.

— Não se preocupe. — Hudson entregou um cartão de crédito à recepcionista.

Ele gesticulou na direção de Vi e Lucy, ambas dormindo no sofá.

— Dean deu um pulo na Starbucks. Tem uma loja 24 horas no final da rua. Ele vai comprar *frappuccinos* para todos, a não ser que eu ligue cancelando.

— Parece ótimo — disparei. — Obrigada aos dois. Muito. E vou pagar assim que puder. Começando na semana que vem.

— Não se preocupe. Não é nada de mais — disse Hudson.

A recepcionista passou o cartão e o devolveu.

— A doutora vai começar o procedimento em mais ou menos 20 minutos. Vocês podem ir para casa ou sentar-se. Deve levar algumas horas até sabermos como ela está.

— Obrigada — falei. — Acho que vamos ficar. — Encarei Hudson. — Mas vocês não precisam. Óbvio.

— Vamos fazer companhia a vocês. Não temos mais nada para fazer.

— Arf — falei, acenando com a mão. — Quem precisa dormir? — Eu estava alegre de alívio. Talvez Donut não sobrevivesse, mas ao menos tinha uma chance. — Sério, Hudson, é importante. Eu juro que vou pagar.

Ele assentiu.

— Confio em você. Se acha que vale a pena, então vale a pena.

Encarei-o. Noah não tinha confiado no meu julgamento. Nem papai.

— Mas por quê? Você nem me conhece direito.

Ele sorriu.

— É alguma coisa em você... Você não fica de brincadeira.

Engoli. Nossos olhos se encontraram. O que queria dizer? Não tinha certeza de como responder, então, perguntei:

— Como é que você tem tanto dinheiro extra?

Ele sorriu e se aproximou de mim.

— Faz diferença?

Pensei a respeito.

— Não, estou apenas curiosa.

— Acha que sou traficante?

— Não — respondi envergonhada. — Talvez.

— Então, você aceitaria meu dinheiro ainda que fosse dinheiro do tráfico?

— Ah, agora você está testando minha ética.

Ele assentiu.

— Sim.

— Não, não aceitaria.

Ele deu de ombros.

— Então acho que não posso ajudar você.

— Sério?

Ele sorriu de novo.

— Não. Ainda posso ajudá-la.

Indiquei a fileira de assentos vazios em frente às dormi nhocas Vi e Lucy e nos sentamos.

— Mas, Hudson, de onde, ou de quem, vem o dinheiro?

Ele apoiou os pés na mesa de centro.

— Se eu contasse, teria de matar você.

Coloquei os pés para cima também e chutei a lateral do sapato dele.

— Frases assim fazem as pessoas pensarem que você está tramando coisas.

Ele continuou rindo.

— Eu gosto de um mistério. O que mais essas pessoas dizem?

— Ouvi algumas sugestões de carreiras por aí.

— Como?

— Gigolô — falei. — Garoto de programa. — Então senti as bochechas queimando.

Ele gargalhou.

— Sério? Isso é sensacional.

— Você foi visto entrando em casas de mulheres solteiras em horários estranhos.

Ele riu.

— Que mulheres?

— A srta. Franklin.

Os olhos dele se arregalaram e ele gargalhou ainda mais forte.

— Você acha que a srta. Franklin me paga por sexo?

— Não foi o que eu disse. Você perguntou o que as pessoas andavam dizendo.

— O que *você* acha que eu faço?

— É modelo, talvez? — Corei de novo assim que falei. Agora ele sabia que eu achava que ele era gato. Ele achava que eu estava flertando com ele. Eu estava flertando com ele? Era fácil flertar com um garoto que eu sabia que me achava bonita.

Ele riu.

— Já me disseram que tenho uma orelha bonita — disse Hudson.

— E o que um modelo de orelhas exporia, exatamente?

— Abafadores? Fones de ouvido? Cotonetes? Minha orelha poderia conseguir muito trabalho.

— Posso ver essa orelha glamorosa?

Ele inclinou a cabeça para mais perto de mim.

— Nada mal, hein?

— Bom tamanho. Não é muito grande, nem muito pequena. Magra. O lobo não é muito grande. Excelente orelha. Como é a outra?

— Não é tão boa. Tem uma saliência esquisita, tipo Spock, no topo. — Ele se virou para me mostrar. — Sinta.

Gargalhei. O que eu estava fazendo gargalhando no Norwalk Emergency?

— Quer que eu sinta sua orelha?

— Soa estranho quando você diz *assim*. Apenas toque a pontinha.

Estiquei o braço e passei o dedo no topo da orelha. A pele de Hudson era fria, macia e lisa. O cabelo fez cócegas nas pontas dos meus dedos. Um calor se irradiou pela minha mão, passando para o braço e descendo pela coluna.

— Oi! — falou Hudson, olhando para a entrada.

Segui o olhar dele e deixei a mão cair. Noah.

— Oi! — falei. — O que está fazendo aqui?

Ele ziguezagueava pelo corredor.

— Achei que você pudesse querer companhia — disse Noah. — Mas parece que já tem.

— Eu... — Meu coração acelerou. Pulei da cadeira. — Hudson me emprestou, nos emprestou, o dinheiro.

Noah olhou Hudson com cautela.

— Uau!, cara, que gesto.

— Não tem problema — falou ele, devolvendo o olhar de Noah.

Dean apareceu carregando uma bandeja de papelão com cafés.

— Quem diria que o lugar mais agitado às 2 horas da manhã de uma terça-feira seria o Norwalk Vet Emergency? *Frappuccinos?*

— Na verdade, acho que vou embora — disse Hudson, ficando de pé.

— Não precisa — acrescentei, rapidamente, tocando a manga do casaco dele. Então abaixei a mão. — Quer dizer, pode ir para casa, se quiser. É óbvio que você não quer ficar *aqui*.

Ele fechou o casaco.

— Boa sorte.

— Mas eu acabei de chegar — falou Dean. — E já bebi metade do *frappuccino*. Não posso ir dormir *agora*.

— Posso dar carona para você depois — disse Noah. — Se seu irmão quiser ir embora.

— Legal. Obrigado, cara.

Hudson acenou e se dirigiu para a porta.

— Obrigada — gritei para ele.

Ele piscou e saiu, deixando a porta bater.

Dean colocou a bandeja na mesa.

— Trouxe seis cafés. Quer um, Marcy? — perguntou ele à recepcionista, lendo a plaquinha com o nome dela.

— Claro — respondeu Marcy. — Vou querer, sim.

Vi esticou os braços acima da cabeça e abriu um dos olhos.

— O que está acontecendo?

— Bom dia, dorminhoca — falou Dean, sentando no colo dela. — Vim salvá-la.

— Seu irmão veio nos salvar. O que você tem a oferecer?

— Meu corpo?

Vi balançou a cabeça.

— Não estou interessada. Algo mais?

Uma expressão de mágoa passou pelo rosto de Dean, mas ele logo a afastou.

— Estaria interessada em um café gelado e com gosto de sobremesa? — perguntou Dean gesticulando com a mão.

— Ah, isso eu aceito. — Ela viu Noah. — Oi. Você não é Hudson.

Ela queria bombardear meu relacionamento assim junto com o dela?

— Noah veio — falei. — Para nos fazer companhia. Hudson acaba de sair.

— Mas ele deu o dinheiro?

Não estava ajudando, Vi.

— Sim, tudo certo.

Noah olhou para mim, confuso.

— Então, Hudson deu a você 3 mil dólares.

— Na verdade, só precisávamos de 2.100. E ele não me deu. É um empréstimo.

— Por quê?

— Porque eu precisava?

— Mas por que ele emprestaria a você?

Cruzei os braços.

— Porque ele confia que vou pagar de volta? Porque não quer que Donut morra?

Vi deu uma risadinha.

— Noah está com ciúmes por Hudson ter salvado o dia?

Noah a ignorou e se virou para mim.

— Pode ir lá fora comigo um segundo? — Ele caminhou em direção à porta. Eu o segui. O ar machucava a pele. Não lembrava onde estava meu casaco, mas não era em mim.

— April — disse ele —, um garoto não empresta 2 mil dólares a uma garota. A não ser que ele queira você.

— Somos apenas amigos — falei.

— Então, por que você estava tocando nele?

— Eu estava sentindo a — isso soaria estranho — orelha dele.

Noah estreitou os olhos.

— Tem alguma coisa acontecendo entre vocês dois?

— Não! Claro que não! — Gargalhei. — Você não acha realmente que eu faria uma coisa dessas, acha? — Ele pensava que eu era... minha mãe?

Noah balançou a cabeça.

— Desculpe-me. Eu sei que não faria. Só não gosto de outro cara dando em cima da minha namorada.

Concordei.

— Vou devolver o dinheiro. Assim que puder.

— Aposto que foi ideia de Vi — murmurou ele. — Ela é tão perversa!

— Não é. Noah!

— Ela quer fazer com que você e Hudson fiquem juntos para saírem todos os quatro.

— Está agindo como um louco. — Qual era o problema dele? — Primeiro, está com ciúmes de Hudson. Agora está com ciúmes de Vi?

— Não estou com ciúmes — falou ele. — Não gosto quando mandam em você. E Vi está sempre mandando em você.

— Não está, não. — O que estava acontecendo? As coisas andavam maravilhosas, o melhor que tinham estado em meses, e de repente o chão em que pisávamos estava cheio de rachaduras. Um passo em falso e cairíamos.

— Ela está. Eu sei que você pensa que ela é o presente de Deus ao...

— Noah, agora não, está bem? — Eu não podia lidar com aquilo ali. Não podia.

Ele virou-se para mim. Deve ter percebido a expressão de dor em meu rosto, porque me puxou para perto dele.

— Desculpe-me.

— Podemos voltar lá para dentro?

Ele segurou a porta para mim.

Lá dentro, Dean estava fazendo um sermão.

— Se não quer que eu esteja aqui, então vou embora.

— Você não precisa ficar aqui — disse Vi.

Dean suspirou.

— Eu sei que não preciso. Eu não *preciso* fazer nada.

Eles nos olharam e, então, um para o outro.

— Quer saber? — falou Dean. — Acho que vou chamar um táxi.

— Eu levo você — disse Noah. — E então volto.

— Não precisa voltar — falei rapidamente. Talvez fosse melhor se eu ficasse ali somente com Vi e Lucy, ainda dormindo.

— Eu sei — falou ele, beijando-me na testa. — Mas eu quero.

Hesitei, então o abracei.

— Obrigada.

— Amo você.

— Eu também — respondi.

Depois que saíram, virei-me para Vi.

— O que foi aquilo?

Ela balançou a mão no ar.

— Ele estava agindo como namorado. Grudento. Nada legal.

— Mas ele veio para fazer companhia a você. — Bebi o último resquício de café.

— Eu pedi para ele fazer isso? Não, não pedi.

Lucy resmungou na cadeira.

— Ouvi algo sobre café?

Entreguei um *frappuccino* a ela, então encostei a cabeça na parede.

— Estou cansada.

— Eu também — falou Vi. — São quase 3 horas.

— Lucy, seus pais sabem onde você está? — perguntei.

— Não. Mamãe tomou duas pílulas para dormir antes de deitar. Está apagada.

— E seu pai?

Ela me fitou.

— Ele morreu.

— Ah! — Perdi o fôlego. — Eu não sabia.

— Câncer — disse ela.

— Que droga — falou Vi.

Meus olhos ardiam, mas pisquei para melhorar. Lá estava eu, preocupada com minha gata, quando Lucy tinha perdido o *pai*.

— Quando aconteceu? — perguntei.

— Há quatro anos.

— Sinto muito, mesmo — falei.

— Ah, bem... essas porcarias acontecem. — Lucy indicou a sala de espera. — Viu o carro que atropelou Donut?

— Não — falei. Queria saber mais sobre o pai dela, mas não queria forçá-la, se não quisesse conversar sobre isso.

Sentei-me ereta de novo.

— Mas *ouvimos* o carro. Quando estávamos na banheira. Vi, não se lembra?

— Aimeudeus, eu lembro — falou Vi.

— E sabe o que era estranho? O carro que fez isso não estava com os faróis acesos.

— Está certa — disse Vi. — Lembro disso.

— Então, por que alguém passaria pela nossa casa com os faróis apagados?

— Talvez estivessem quebrados — sugeriu Lucy.

— Ou talvez não quisesse que o víssemos — falou Vi.

— Isso é loucura — eu disse. — Quem faria isso?

— Eu não sei — respondeu Vi, estreitando os olhos. — Mas daria tudo para descobrir.

Talvez papai estivesse certo. Talvez coisas ruins sempre acontecessem depois das 22 horas.

número sete:
abrigamos uma fugitiva

MENTIROSA, MENTIROSA

IIIóóóóIIIóóóóIIIóóóó!

No domingo, Noah e eu estávamos no porão quando papai ligou. Vi estava no andar de cima com Joanna. Ficávamos muito lá embaixo, sempre que Vi estava em casa. Ultimamente, Vi e Noah pareciam dois cachorros marcando o território. Eu.

— Oi, pai — falei, gesticulando para que Noah ficasse calado.

— Como está hoje?

— Bem. — Suspirei.

— Sinto muito por Donut — disse ele.

— Eu também.

— Mas você fez a coisa certa. Ela teria sofrido muito.

Papai achava que Donut estava morta. Eu deveria contar a verdade. E contar também que Donut era fêmea.

Ou eu poderia fazê-lo se sentir mal.

— Sim, bem, o final foi difícil mesmo assim.

Eu estava fingindo que minha gata estava morta. Qual era o meu problema? Quando tinha me tornado uma pessoa que fingia ter um gato morto? Uma pessoa que mandava o namorado, que estava ao lado dela na cama, ficar quieto enquanto falava com o pai e mentia sobre ter um gato morto?

— Sinto muito, querida. Há algo que posso fazer para animar você?

— Não — falei. A não ser... Eu precisava de mais dinheiro. Como poderia dizer isso sem soar insensível? — Talvez eu só precise sair. Ir até o rio. Andar por aí.

— É uma ótima ideia. Faça isso. Leve Vi para almoçar com você. Compre um presente para si mesma. Por minha conta. Colocarei dinheiro extra na sua conta.

Ponto pra mim!

— Obrigada, pai. — Mantive o tom de voz triste. Quando me tornei uma pessoa que usava o falso gato morto para conseguir dinheiro?

— Você acaba de dar um golpe no seu pai por dinheiro? — perguntou Noah, depois que me despedi de papai.

— Talvez.

— Bom. Assim você pode pagar ao Hudson mais rápido.

Obviamente, Hudson ter me dado o dinheiro ainda era uma ferida aberta. Embora não aberta o suficiente para que Noah me emprestasse dinheiro. Em vez de dizer isso, apoiei a mão logo abaixo da camiseta dele, nas costas, e o puxei para cima de mim.

E-MAIL DE ACOMPANHAMENTO DE PAPAI PARA A SUZANNE FALSA

De: Jake Berman <Jake.Berman@kljco.com>
Data: Dom, 8 mar, 8:10 p.m.
Para: Suzanne Caldwell <Suzanne_Caldwell@pmail.com>
Assunto: O gato

Suzanne,
Espero que esteja tudo bem. Queria saber de você como April está lidando com a situação do gato. Nem sabia que ela estava com um gato. Imagino que não tenha sido problema para você. Isso parece tê-la afetado de verdade — parecia muito chateada quando nos falamos pela última vez. Você poderia ficar de olho nela e me avisar como está indo? Ela passou por uma leve depressão faz uns dois anos — depois do divórcio — e quero ter certeza de que se manterá alegre. Se surgir alguma preocupação, por favor, ligue-me o mais rápido possível. Obrigado.
Abs, Jake

Enviado do meu BlackBerry

DEPOIS DE LER O E-MAIL DE PAPAI PARA "SUZANNE"

Quem se sentiu desprezível? Eu! Eu!

PERDIDOS NO ESPAÇO

Papai me levou, e a Matthew, à Disney no verão após a separação, o verão logo antes de eu começar no ensino médio. Eu tinha 14 anos.

Tive um ataque de pânico no brinquedo Spaceship Earth.

O passeio, a viagem por 40 mil anos — os egípcios, os romanos, o futuro —, só me fizeram pensar que éramos todos pequenos e insignificantes e fingimos que nossas vidas têm importância, mas, na verdade, somos irrelevantes. Tudo acaba. Os anos. As gerações. As civilizações. Todo mundo morre. Olhei por sobre a borda do carrinho e tudo o que vi foi um buraco negro sem fundo. Se meus pais podiam se separar, então nada era para sempre. Nada era inquebrável. Tudo estava condenado. Quando respirava, era como se facas perfurassem minhas costelas.

De volta à luz do sol, só piorou. Havia pessoas por todo lado, estranhos, e eu era insignificante, sem sentido, nada tinha sentido. Eu estava perdida, um balão murcho afundando, em vez de subir para o céu. À noite, no hotel, eu não conseguia parar de chorar. Tentei abafar os soluços no travesseiro para que Matthew e papai não ouvissem.

BEM-VINDA À CASA DOS LOUCOS

Nunca descobriríamos quem tinha atropelado Donut. Como poderíamos? Não era como se houvesse câmeras na rua. Ninguém admitiria ou daria alguma informação. "Adivinhem?", diria o criminoso. "Eu estava dirigindo na rua de vocês e acidentalmente atropelei seu gato! Foi mal!"

Era a segunda semana de março, depois da escola, uma terça-feira, e Vi e eu estávamos jogadas no sofá. Donut estava no meu colo. Ela havia sobrevivido à cirurgia. Depois de três dias no veterinário, tinha voltado para casa havia uma semana e, além do gesso patético na pata traseira, a vida estava normal de novo. A veterinária tinha avisado que, provavelmente, Donut mancaria para sempre, mas ao menos estava viva.

Cocei atrás da cabeça dela e Donut miou baixinho.

— Quem tem sete vidas? — cantarolei para ela. — Quem? Quem?

Donut lambeu minha mão.

Jamais a perderia de vista de novo.

— Acha que foi Lucy? — perguntou Vi.

— Ah, por favor. Não. Claro que não. — Pensei no pai dela.

— Ela apareceu na frente da casa na mesma hora que nós aparecemos. O que estava fazendo na rua no meio da noite?

— Ela disse que nos ouviu — respondi. — Não é impossível. Estávamos falando bem alto.

— E aí teve a chance de ir conosco até o veterinário.

— O quê? Você acha que ela atropelou nosso gato para poder ter uma aventura? — perguntei. — Isso é loucura. Mesmo para ela.

A campainha tocou e pulei para atender.

— Deve ser Lucy. Colocou um microfone no cacto e nos ouviu falando dela.

Mas era Marissa. Com as bochechas úmidas de lágrimas. Tinha uma pequena mala de mão azul-marinho ao seu lado, a mala que levava para o acampamento. Tinha o nome dela escrito com tinta preta e letra cursiva.

— Eu... eu... — Ela começou a soluçar.

— Entre — falei, abraçando-a. — O que aconteceu?

— Posso me mudar para cá?

DEPOIS DO CASO DE MAMÃE

— April, vai ficar para o jantar? — perguntou Dana, mãe de Marissa.

Era quarta-feira à tarde, estávamos no sétimo ano, era o dia após o fiasco do sexo por telefone.

Fiz que sim. Eu estava sentada à mesa de madeira da cozinha, fingindo fazer o dever de casa. Marissa estava nos servindo suco. A mais nova dela estava no chão da cozinha fazendo um trabalho de arte. A irmã mais velha estava conversando ao telefone e os dois irmãos mais novos estavam lutando no tapete do corredor da entrada.

— Como estão seus pais? — perguntou Dana.

Abri a boca para falar, mas solucei em vez disso.

— Ah, querida — disse ela, sentando-se ao meu lado e me abraçando. — O que houve? Quer que eu ligue para sua mãe?

— Não — respondi. — Estou apenas... ela está só... — Comecei a chorar de novo.

Marissa correu para trás de mim e abraçou minhas costas.

— Sua mãe está doente? — perguntou Marissa.

Sim, pensei. Então fiz que não com a cabeça.

— Não. Não é isso... são meus pais... eles... as coisas não estão bem.

Dana pareceu surpresa, mas assentiu e me puxou para perto de si. Ela cheirava a lençóis recém-lavados.

— Mãe, April pode ficar aqui esta noite? — perguntou Marissa.

Dana se afastou e esfregou meu braço.

— Você quer? — perguntou ela.

Sim. Sim. Por favor, não me faça voltar para casa. Por favor, não me faça falar com ela. No carro, naquela manhã, eu não tinha conseguido encarar mamãe sem ter vontade de esticar o braço e dar um tapa nela.

— Ligarei para sua mãe — disse Dana.

Entrei em pânico.

— Mas você não pode falar...

— Não falarei — respondeu ela. — Não se preocupe. Tudo vai ficar bem. Vocês duas relaxem.

— Vamos assistir à tevê — falou Marissa, então me levantou, pegou minha mão e não a soltou.

MINHA VEZ DE ABRIGAR MARISSA

Depois de dois minutos de choro incompreensível, Marissa finalmente explicou o que tinha acontecido.

— Fui aprovada para a viagem a Israel neste verão!
— Não entendo — falei. — Isso é uma boa notícia.
— Não, meus pais não me deixaram ir!

Parte de mim — a parte boa — sentiu-se terrível por ela. Outra parte — a parte ruim — sentiu-se feliz por mim.

— Não entendo — eu disse. — A viagem é de graça.
— Eu sei! Mas então eles discutiram e decidiram que é perigoso demais! Estão convencidos de que vou ser explodida por um terrorista.
— Isso parece improvável — falou Vi. — As chances são as mesmas de ser explodida em Manhattan.
— Duvido que Vi esteja certa — eu disse, abraçando Marissa. — Mas seus pais estão sendo superprotetores.
— Eu sei! Estão estragando tudo! Aaron vai viajar! Todos os meus amigos vão viajar!
— Obrigada — falei.
— Meus amigos de verão. Você sabe o que quero dizer. — Ela se afastou e limpou as lágrimas na manga da roupa. — Mamãe está agindo como uma louca.
— Você acha que ela pode mudar de ideia? — perguntou Vi.
— Eu disse que a odiava e que ela estava destruindo minha vida e que eu nunca mais falaria com ela de novo *a não ser* que ela mudasse de ideia.
— E o que ela disse? — perguntei, um pouco chocada.
— Que não mudaria de ideia. Então liguei para papai no trabalho dele e ele falou que não mudaria de ideia também!
— Que droga, Marissa — falei. Olhei a mala dela. — E você fez as malas porque...

— Porque não posso ficar lá. Não estou falando com nenhum dos dois.

— Como você chegou aqui? — perguntei.

— Andando.

Ela era louca?

— É uma caminhada de meia hora. E você estava carregando a mala.

— Eu estava com raiva. Precisava de ar.

— Deveria ter me ligado! — falei. — Eu teria ido buscar você.

— Eu sei, mas... não estava pensando. Só fiz a mala e saí. — Ela levantou a mala. — Não está pesada. Era mais para fazer drama.

— Seus pais sabem que está aqui? — questionei.

— Não exatamente — respondeu Marissa.

— Mas viram você sair — disse Vi.

— Minhas irmãs viram. Mamãe vai descobrir quando voltar da Target.

Aquilo não estava indo bem.

— Então, basicamente, você fugiu? — falei.

— Não fugi — respondeu Marissa. — Vim para cá.

— Marissa — falei, balançando a cabeça —, seus pais vão enlouquecer.

— Bom — disse ela com um brilho nos olhos. — Que enlouqueçam! Pelo menos terão motivo para isso.

O celular de Marissa tocou e ela olhou para o identificador.

— São eles. Não vou atender.

— Você precisar dizer a eles onde está — eu disse. — Vão pensar que você foi sequestrada, ou algo assim.

— E daí?

— Eles vão ligar para a polícia! — falei. Justamente do que precisávamos. Uma caçada policial frenética, que terminaria ali. Com duas menores vivendo ilegalmente em uma casa.

Ela considerou.

— Eu tenho *pelo menos* algumas horas até que eles liguem para a polícia. Não é preciso esperar 24 horas? — Ela encarou Vi.

— Não tenho certeza — falou Vi. — Mas concordo. Duvido que seus pais liguem para a polícia *por enquanto*. Ainda são 17 horas. Eles esperarão pelo menos até 20 ou 21 horas.

Suspirei.

— Então você liga para eles depois do jantar?

— Talvez. Mas ainda não voltarei para casa até que mudem de ideia.

— Fique quanto tempo quiser — disse Vi. — Você pode se mudar para o quarto de mamãe.

— Ela não vai precisar dele?

— Acho que não terá um fim de semana de folga por um bom tempo. — Vi deu de ombros. Imaginei se seria verdade.

O celular de Marissa tocou de novo.

— Eles.

— Eles vão ligar a cada dois minutos até você responder — falei.

Ela desligou o celular.

BOAS MÃES PENSAM IGUAL

Dana me ligou às 19 horas. Eu estava no porão colocando calças de moletom antes do jantar. Vi estava preparando carne com legumes no wok. Marissa estava fazendo companhia a ela.

— April, ela está aí? Tem de estar aí. — Dana parecia em pânico.

Eu queria que Marissa ficasse, mas não queria que Dana se preocupasse sem motivos. Esqueça a dra. Rosini. Se eu pudesse adotar uma nova mãe, seria Dana.

— Ela está bem — respondi, com a voz suave. — Está aqui.

— Ah, bom — falou ela. O tom de voz lembrou o meu, quando a veterinária disse que Donut ficaria bem. — Pode passar o telefone para ela?

— Ela está muito chateada — eu disse. Sentei na ponta do futon.

— Eu sei. Mas preciso fazer o que é melhor para ela, mesmo que a deixe chateada. Sou a mãe dela. É meu trabalho.

Imaginei qual trabalho mamãe achava que seria o dela.

— Ela levou uma mala grande? — perguntou Dana.

— Sim.

Dana suspirou.

— Vou buscá-la.

— Espere. Talvez devesse deixá-la ficar uma noite ou duas. Para recobrar a razão e se acalmar. Ela vai sentir falta de casa.

— Não sei... Se não tiver problema para a mãe de Vi...

— Sem problemas — falei.

— Ela está em casa? Deixe-me falar com ela rapidinho.

— Oh... hum... Não tenho certeza... deixe-me encontrá-la e peço que ligue para você em seguida.

No andar de cima, entreguei o celular a Vi.

— Suzanne, você se importaria de retornar a ligação da mãe de Marissa para dizer que a filha dela pode ficar aqui por quanto tempo quiser?

— Boa ideia! — disse Marissa.

Vi pegou o celular e foi até o outro quarto.

— Olá — começou ela, em um tom de voz baixo, tipo de mãe. — Aqui é Suzanne, mãe de Vi... Não, não tem problema nenhum, o prazer é meu... Eu sei, eu sei... Melhor eles descarregarem a raiva em um ambiente seguro... Por que ela não fica esta noite e Vi a leva para a escola de manhã... perfeito. Não, não, temos bastante para jantar. Eu ia preparar um bolo de carne.

Levantei uma das sobrancelhas.

— Ótimo. Conversamos melhor amanhã — falou Vi, antes de desligar. — Feito e feito.

— Bolo de carne? — perguntei.

Vi deu de ombros.

— Parecia comida de mãe.

— U-huuu! — comemorei. Agora que não precisava me preocupar com um alerta de desaparecimento de menor, estava livre para aproveitar o momento. Marissa ficaria conosco! Comigo e com Vi! Nós três morando juntas. Marissa sempre me apoiara, agora era minha vez de servir de apoio para ela. — E agora?

Marissa apontou a Hula.

— Preciso pegar um biquíni emprestado.

MISS TEEN WESTPORT REIVINDICA O PRÊMIO

Quarta e quinta-feira com Marissa foram ótimas. Tomamos café da manhã juntas, fomos para a escola juntas, voltamos para casa juntas, entramos na Hula juntas. Ficamos acordadas até tarde assistindo a filmes e comendo biscoito Oreo direto da caixa. Era como uma festa do pijama eterna. Até mostrei a ela como usar a máquina de lavar, caso ficasse sem calcinhas limpas.

— Olha só você, Barbie Dona de Casa! — exclamou ela quando eu medi a quantidade de sabão.

— Estou aprendendo — respondi.

— Posso ir pra lá? — perguntou Noah na escola.

— É meio que a semana das garotas — eu disse. Não tinha certeza do porquê, mas seria estranho ter Noah por lá conosco. Não queria que Marissa sentisse que não era querida. — Faremos algo divertido no fim de semana.

Dana ligava para Vi, no papel de Suzanne, todas as noites. Dana também ligava para Marissa todas as noites.

— Não vou voltar para casa até que você e papai mudem de ideia! — dizia Marissa a ela.

Eles não mudaram de ideia. Ela não voltou para casa.

— Não acredito que mamãe ainda não tenha vindo bater à porta — disse Marissa, na quinta à noite, quando estávamos na Hula.

— Talvez esteja gostando de ter um filho a menos com quem se preocupar — falou Vi.

Marissa recostou a cabeça na banheira.

— Deve estar certa. Somos muitos para controlar. Na semana passada, meu irmão se trancou na garagem e ninguém percebeu durante três horas.

Eu não conseguia parar de rir. Claro, estava me sentindo mal por Marissa estar brigada com Dana, mas... adorava tê-la por perto.

Meu celular apitou. Mensagem de Hudson.

Hudson: E aí? Fazendo o quê?
Eu: Relaxando na banheira.
Hudson: Como está Donut?
Eu: Ótima.

— Para quem está mandando mensagem? — perguntou Marissa.

— Hudson — respondi, enquanto digitava.

— Sééérrio? — falou Vi, com um sorriso. — Flertando um pouco?

— Por que você é tão pró-Hudson e tão anti-Noah? — questionei em voz alta.

— Não sou anti-Noah. Só acho que Hudson é um cara muito legal. E quando ele está por perto você fica... diferente — continuou ela. — De um jeito bom. Mais corajosa. Você é...

— Mais como você? — perguntei, e joguei água nela.

— Eu ia dizer destemida, mas "mais como eu" serve. E Noah é um pouco sufocante, não acha? Imagino se você ainda está realmente apaixonada por ele ou se é uma coisa confortável.

Ai.

— Ainda estou apaixonada por ele — falei. — Estou.

Ela levantou uma sobrancelha.

— *Ele* acha que você é a garota mais linda de Westport?

Joguei água nela de novo.

— É melhor que ache.

— É isso aí — falou Marissa. — Se não, você devia dar um pé na bunda dele.

Olhei para ela, surpresa. Marissa costumava achar que Noah e eu éramos o melhor casal do mundo. O que tinha acontecido?

— Convide-o para se juntar a nós — disse Vi.

— Noah?

— Hudson — respondeu ela.

Eu balancei a cabeça.

— *Isso* sim seria flertar.

— Então eu convidarei — falou Vi com um suspiro exagerado. — É sério, sou sempre eu que preciso fazer tudo aqui. — Ela discou um número e então disse: — Oi, Hudson, e aí?

Joguei água nela com o pé.

— Pare de jogar água — disse ela. — Se molhar meu celular, vou bater em você. Hud? Por que você e seu irmão delinquente não vêm para cá ficar conosco?

Dean não aparecia desde a briga na veterinária. Havia com certeza uma estranheza entre Vi e ele. Estranheza que provavelmente não sumiria apenas com um convite por intermédio do irmão.

Vi pareceu desapontada durante um segundo, então ficou inexpressiva.

— Ah! Sim. Tanto faz. Não se preocupe. Depois. — Ela desligou.

— Não podem vir? — perguntou Marissa.

Senti-me vagamente desapontada, ainda que soubesse que era melhor assim. Hudson na minha banheira não faria Noah feliz. Além disso, se passasse muito tempo comigo, com certeza notaria que eu não era, de fato, a garota mais linda de Westport.

— Dean está na casa de Pinky — falou Vi com um olhar desapontado.

— Pinky, que escreve para o seu jornal? — perguntou Marissa.

— Sim, essa Pinky. Você conhece outra Pinky? — A voz de Vi saía com dificuldade. Ela enterrava as mãos na água como facas.

— Você disse a ela que fosse atrás dele — lembrei-a.

— Eu sei — disparou Vi.

— Não entendo — falou Marissa. — Por que você faria isso?

— Ela é muito determinada. — O tom de Vi era cínico. — Não achei que ele fosse em frente, no entanto.

Marissa balançou a cabeça.

— Você o estava testando?

— Não. Estava tentando fazer com que ele   — Vi suspirou. — Deixa pra lá.

— Está tudo bem? — perguntei, cautelosa.

Vi revirou os olhos.

— Sim. Por que não estaria? Eu não me importo com as pessoas com quem ele anda. Somos apenas amigos.

Marissa e eu nos olhamos.

— Estou com fome — falou Vi, levantando da banheira. — Vocês querem nachos?

Marissa balançou a cabeça.

— Não, obrigada.

Vi deixou a porta de correr bater com um estrondo.

— Ela gosta dele, né? — perguntou Marissa.

— Sim.

— Problemas com relacionamentos? — sugeriu Marissa.

— Ela tem essa questão com namorados a prenderem e depois a abandonarem. Problemas com os pais.

Marissa assentiu.

— Falando em problemas com os pais, como você está por aqui? Parece estar muito bem por conta própria.

— Estou — respondi sorrindo. — Estou pegando o jeito.

— E está feliz? — Ela olhou para mim do outro lado da banheira, os olhos esperançosos.

Considerei.

— Sim — respondi. Eu *estava* feliz.

— E Noah?

— Noah está ótimo — falei. — Nós estamos ótimos.

Ela correu os dedos pela água.

— Se você está feliz, eu estou feliz.

— Eu estou feliz — tranquilizei-a. — Mas Vi não está.

— Então vamos comer uns nachos e animá-la.

Dentro da casa, passei o braço em volta de Vi.

— Agora posso odiar Pinky? Ou é antifeminista?

— Os dois — ela disse, e jogou uma batata na boca. — Mas, por favor. Vá em frente.

E, ENTÃO, HAVIA QUATRO

— Então — Marissa falou na viagem para a escola, na sexta-feira de manhã. Ela estava sentada na frente com Vi enquanto eu me espreguiçava no banco de trás. — Falei com Aaron ontem à noite e estávamos pensando...

— Sim?

— Como vocês não têm pais e como eu estou muito triste por não poder passar o verão com meu namorado, ele pode vir me visitar?

— Aqui? — Eu estava feliz por não estar ao volante, pois teria subido na calçada.

— Sim — disse ela. — A não ser que não seja legal. O que entendo totalmente. Mas ele quer me ver, e poderia vir de carro depois da aula, se vocês não se importarem...

— Claro que não nos importamos! — gritou Vi.

Não? Estávamos aproveitando o tempo juntas como melhores amigas para sempre. Principalmente eu, pois estava com as minhas duas melhores amigas para sempre.

— Não, não tem problema. Legal! — menti.

— Sério? Vocês são as melhores! Vou ligar e dizer a ele agora mesmo. Oi! — gritou ela ao telefone. — Elas disseram que não tem problema! Iupi! Eu contei que elas têm uma banheira de hidromassagem, não?

Era errado eu não estar saltitante por dividir minha casa — ou minha Hula — com um garoto que só tinha visto algumas vezes?

— Ele tem amigos gatinhos? — perguntou Vi. — Diga para trazer um.

Dois garotos estranhos. Melhor ainda.

MAIS UM MACAQUINHO NA CAMA

Eles chegaram às 23 horas. Aaron. Mais Brett.
    Aaron correu para dentro, levantou Marissa e a girou.
    — Senti sua falta — disse ele.
    — Vão para um quarto — cantarolou Vi.
    Marissa corou e se afastou. Imaginei se estaria repensando o plano de transar. Ela *ia* esperar até aquele verão, mas agora...
    — Oi, April — disse Aaron, me abraçando. Aaron era alto e tinha cabelos castanho-escuros, quase pretos, e sobrancelhas grossas. Lembrava um pouco o Beto, de *Vila Sésamo*, mais bonitinho.
    — Isto é para vocês — disse Brett. Ele tinha cabelos loiros longos e lisos, parecia um surfista. Entregou a Vi um enorme buquê de flores. — Obrigado por nos receberem.
    — Que fofo — disse Vi, cheirando as flores e avaliando Brett. — Quanta consideração.
    — Então, onde colocamos nossas coisas? — perguntou ele.
    — Aaron deve colocar as dele no quarto de mamãe com as de Marissa. É lá que ele vai dormir. E você, deixe as coisas na sala, ao lado da tevê. E se jogar direitinho, talvez possa levá-las para meu quarto.
    Ai, meu Deus!
    Os olhos dele se arregalaram.
    — Sou ótimo no pôquer.
    E começou.

TODOS JUNTOS, AGORA

Lá em cima, todos estavam na Hula, inclusive Lucy.
    Aaron estava com o braço em volta de Marissa e os dois se olhavam e sussurravam e gargalhavam de um modo encantador.

— Você não acha que Lucy tem um olhar esquisito? — sussurrou Noah quando chegou.

— Você se acostuma — sussurrei de volta. — Trouxe a sunga?

— Não. Essa coisa é uma sopa de bactérias.

Não o forcei. Ele tinha entrado na Hula uma vez comigo, somente quando Vi não estava em casa. Achei que tivesse vergonha do próprio peso. Não que eu pensasse que Noah fosse magricela demais, mas eu sabia que ele pensava. Ou talvez não quisesse ter de falar com Vi.

— Oi, todo mundo!

— April! — gritou Vi. Ela estava com o braço em volta de Brett. — Estamos nos divertindo tanto!

— Ótimo — falei.

— Você precisa entrar na Hula. Está tão bom aqui. É a banheira mais linda de Westport! Noah, sabe quem é a garota mais linda de Westport? De acordo com...

— Parece cheia demais — interrompi.

— Ah, a Hula aguenta — respondeu Vi. — Não aguenta, Hula? Mas adivinha quem está vindo? Miss Teen Westport e o namorado.

— Não sei se é uma boa ideia.

— Por que não?

— Hum... — Porque você está secretamente apaixonada por Dean e o convidou para fazer ciúmes nele com o garoto surfista. — Você está bêbada?

— Não. Tomei uma cerveja. Vou pedir para Pinky fazer o aceno. — Ela balançou os dedos.

— Do que ela está falando? — perguntou Noah para mim.

— O aceno dos concursos de beleza! — gritou Lucy com a voz esganiçada. Os olhos dela estavam brilhando e acho que já tinha tomado mais de uma cerveja. Talvez devesse ligar para a mãe dela.

— Pode pegar mais cervejas? — pediu Vi para mim. — Como você está de pé. E seca.

Ouvi a campainha e odiei ter de atender. Dean com Pinky já era ruim o suficiente. Mas Hudson estaria com eles? Noah já estava todo esquisito com os caras estranhos ali. Não ajudaria se Hudson aparecesse também.

Eram apenas Dean e Pinky.

— Oi — falei, acenando com a mão. — Bem-vindos.

Noah e Dean acenaram um para o outro.

— Lá está ela — cantarolou Vi do outro lado do vidro.

— Vamos ver um aceno! — pediu Lucy.

Ai, meu Deus. Aquilo não era bom.

Lucy, Vi e Brett estavam todos acenando em estilo concurso de beleza.

Pinky acenou de volta, rindo. Dean parecia querer bater em retirada.

— Ela está bêbada? — perguntou ele.

— Não, só irritante.

— Quem é aquele cara? — perguntou ele.

— Amigo do namorado de Marissa. Vieram de Boston.

— E estão ficando...?

— Aqui.

A boca de Dean se escancarou.

— Os dois? — falou ele.

— Sim.

— Onde estão dormindo?

— Aaron, com Marissa, e Brett ficará no sofá — falei. — Com certeza, no sofá. — Assim eu esperava.

Assistimos pelo vidro enquanto Vi colocava o braço em volta de Brett e o beijava na boca.

Pobre Jane! Pobre Jane descartada!

JANE DESCARTADA

— Vi — falou Marissa uma hora antes, chamando a mim e a Vi para a cozinha. — Brett tem uma namorada chamada Jane.

Eu estava esvaziando um pacote de tortilhas na vasilha.

— A namorada dele não se importa de ele vir e passar o fim de semana com a gente? — perguntei.

— Não sei — respondeu Marissa, enrolando um cacho do cabelo no dedo. — Pedi a Aaron para trazer outra pessoa, mas Brett tem carro e... desculpa. Sério, eu queria avisá-las.

— Ele não age como se tivesse namorada — falou Vi, balançando a cabeça. — Está de olho em mim desde os comentários sobre o quarto. Qual o problema dos garotos? Ninguém o está obrigando a ter uma namorada. Ele poderia escolher ser solteiro. Mas, em vez disso, escolheu ter uma namorada e flertar comigo. Eu deveria ficar com ele, tirar uma foto e enviar para a namorada dele.

Fiz que não com a cabeça e me ajoelhei em frente à geladeira para encontrar o molho.

— Isso é terrível! — gritou Marissa. — Por que você faria isso? Jane ficaria arrasada!

— Antes tarde do que nunca, não acha? Ela não merece saber que ele é um babaca?

— Talvez ele não seja um babaca! Ele nem fez nada ainda! Apenas flertou com você! Não sabemos se ele fez alguma coisa. É só um boato! — falou Marissa.

— Que boato? — perguntei, enquanto revirava as prateleiras. Alguns daqueles iogurtes estavam fora da validade. Precisávamos fazer uma limpeza ali. Encontrei! — Do que você está falando? — Fechei a geladeira e coloquei o pote de molho no balcão.

Marissa estava vermelha.

— Nada. Só estou dizendo... seria uma cilada.

— Jane agradeceria no futuro — falou Vi.

Eu ri.

— Essa foto eu *nunca* quero ver. Noah com outra garota? Não, obrigada. Confie em mim, Jane não gostaria nada disso. Ela odiaria você. Você seria *aquela* garota. Não seja *aquela* garota.

Vi levou a mão ao quadril.

— Quem você preferiria ser: a garota que participa da traição ou a garota que é traída?

Marissa ergueu os braços no ar.

— A garota que é traída não está fazendo nada de errado! Não é culpa dela. A garota que participa da traição é uma droga!

— Eu sei qual delas preferiria ser — falei, levando a vasilha para a sala. — Nenhuma das duas.

CONTINUAÇÃO DA *SOIRÉE*

Vi ainda estava com a língua enfiada na garganta de Brett na banheira.

— Quer saber? — falou Dean. — Acho que vamos embora.

Não, não, não.

— Vocês acabaram de chegar! Não vão. Ela só está...

— Pinky, quer ir para a casa de Kernan?

Kernan era um veterano que, pelo visto, estava dando uma festa concorrente.

— Já? — perguntou Pinky. A voz dela era mais forte do que se esperaria. Parecia uma mulher de 40 anos.

— Não vão — falei. — Esperem aí. — Corri para fora, me ajoelhei e apertei o ombro de Vi. — Posso falar com você um segundo?

Ela se afastou de Brett.

— O quê?

— Está sendo uma babaca — falei. — Dean está aqui.

— Eu estou sendo babaca? Ele trouxe *Pinky*.

— Você o fez trazer Pinky!

— Oi — falou Pinky, surgindo de repente perto da banheira. — Obrigada por nos convidar.

— É, muito obrigado — falou Dean. — Só passamos para dizer "Oi". Vamos para a festa de Kernan.

— Ah, vão, é? — perguntou Vi.

— Vamos — Dean respondeu, encarando-a de olhos arregalados.

Vi sorriu.

— Pinky não pode ir embora sem nos mostrar o melhor aceno de concurso de beleza, não é?

Pinky riu e fez o aceno. Todos na banheira comemoraram. Quando tinha terminado, ela colocou o braço em volta de Dean.

— Está pronto?

Dean ainda encarava Vi.

— Sim — disse ele devagar. — Claro.

Ai meu Deus! Vi, escancaradamente, colocou a mão na perna de Brett. Talvez fosse melhor que Dean e Pinky fossem embora. Ter os quatro ali era como incentivar uma rinha de galos.

— O.k. — falei baixinho, para que Vi não ouvisse. — Tchau. Tenham uma ótima noite.

Depois de fechar a porta atrás de Dean e Pinky, levei Noah para trás da casa.

— Ele foi embora mesmo? — perguntou Vi, levantando-se. A água escorria das costas dela.

— Sim.

— Não acredito que foi embora.

— Acho que ele não queria ficar e assistir a você se pegar com um garoto qualquer — disparei.

— Eu não estava... — Ela saiu da banheira e se enrolou em uma toalha. — Eca. Ele é tão irritante!

— Aonde você vai? — perguntou Brett.

— Pegar algo para comer. Quero pizza.

— Sim! — vibrou Brett. — Pepperoni!

— Vou pedir — disse Noah, tirando o celular do bolso. — Conheço o pessoal do Bertucci's.

— Posso pedir minha própria pizza — disparou Vi.

— *Tudo beeeem* — falou Noah, passando o celular para ela. — Aqui está.

Vi praticamente berrou o pedido ao telefone.

— Estou congelando, vou voltar para a água. — Ela correu para fora e escorregou para dentro da banheira.

Brett tentou colocar o braço em volta dela, mas Vi o afastou. Acho que ele acabaria dormindo mesmo no sofá.

— Posso convidar RJ? — perguntou Noah.

— Não — respondi. — Ele sempre traz Corinne.

— Então podemos ir para seu quarto?

Suspirei.

— É justo.

ESCONDERIJO

Noah puxou minhas cobertas para cima da cabeça dele.

— Precisamos ir lá para cima? — perguntou ele. Estávamos nos escondendo durante a última hora.

— Espero que não — respondi. — Mas queremos comida? Tem pizza.

— Não exatamente. Ela pediu no Pete's Pie. Eca. Não vale a viagem até o andar de cima. — Ele balançou a cabeça. — Não sei como aguenta morar com ela.

— Noah!

— O quê? Ela é tão irritante.

— Não é. Apenas... tem opinião sobre as coisas.

— Ainda bem que não sou eu. Não aguentaria Vi 24 horas por dia a semana inteira.

— Não é tudo isso — falei. — Ela não está em nenhuma das minhas aulas. — Não que eu fosse admitir para Noah, mas eu estava contente por sermos de anos diferentes. Era bom dar um tempo afastadas. Em vez disso, mudei de assunto. — Estou com fome.

— Você deve ter alguma comida escondida por aqui.

— Não. Nada.

— Que pena que Donut não é um donut de verdade.

Donut miou. Alto. Bateu no gesso da perna.

— Não se preocupe Donut — falei. — Prometemos não comer você.

Noah balançou a cabeça.

— Não faça promessas que não pode cumprir, gatinha.

Eu o empurrei e olhei-o nos olhos.

— Donut é uma gatinha. Eu quero ser gostosa.

Ele deu tapinhas na minha cabeça.

— Não faça promessas que não pode cumprir, gostosa.

Não era exatamente o que eu estava esperando.

DIAS DEMAIS

— Já é domingo? — perguntou Vi, deitada no meu futon na manhã seguinte.

Sentei-me e ri.

— Ainda não.

— Uma noite só aqui seria bom.

— Duas noites... é um pouco demais?

— Quero minha sala de volta. E eles são tão relaxados. Deixam o assento da privada levantado! E louça na pia! Você e Donut têm sorte de terem o próprio andar.

— Verdade. Onde está todo mundo?

— Marissa e Aaron estão trancados no quarto de mamãe.

— Sério... e o que estão fazendo lá?

— Espero que não estejam revirando o armário dela. Você não quer saber o que ela tem ali.

— Ai meu Deus! O quê?

Ela riu.

— Nada que *você* possa querer, minha amiga. Fantasias. De todas as peças das quais já participou. Ela as rouba.

— Acho que não me interessa — falei, virando o travesseiro. — E Brett?

Ela subiu na cama comigo.

— Dormindo no sofá.

— Você decidiu não ser a outra mulher? — perguntei.

— Não vale a pena. Ele é bonitinho, mas... Talvez tivesse sido uma boa primeira vez. Melhor do que Dean. Pelo menos ele teria desaparecido em Boston depois.

— Falando em Dean... — levantei uma sobrancelha. — Ligou para ele?

Ela fez uma cara feia.

— Não. Por que ligaria?

— Por favor, Vi. — Dei um peteleco no ombro dela. — Primeiro, ele é seu amigo. Depois, ele gosta de você. E você gosta dele. Você deve saber disso.

— Se ele gostasse de mim, por que estaria com Pinky? — perguntou ela, irritada.

— Porque você, basicamente, a jogou para cima dele?

Vi deu de ombros.

— Tanto faz. Não me importo.

Sim. Tanto faz.

Ouvimos passadas lá em cima. Vi enterrou a cabeça no meu travesseiro.

— Faça-os irem para casa.

Senti-me mal. Aquela era a casa dela e Marissa era minha amiga.

— Pedirei a eles para irem embora se você quiser.

— Sim. Não. — Ela suspirou. Coçou atrás das orelhas de Donut. — Vou tentar ser legal. Mas, Donut, se morder os tornozelos deles, haverá uma lata de atum para você no futuro.

BON VOYAGE

O adeus foi cheio de lágrimas. Não para todos, claro, mas para Marissa e Aaron.

— Voltarei em breve — falou Aaron. — Prometo.

Demos tchau para os meninos enquanto o carro ia embora. Coloquei o braço sobre os ombros de Marissa.

— Você se divertiu?

— Muito. Obrigada às duas por deixarem eles ficarem.

— E então... você fez? — perguntou Vi, inclinando-se para a frente.

— Não sou de beijar e contar — disse Marissa, indiferente.

Vi bateu no braço dela.

— Ah, vai!

Marissa sorriu.

— O.k., o.k. Não. Não fiz.

— Sério? Por quê? — perguntou Vi.

— Por que você não ficou com Brett?

— Porque eu não sou tão vadia. — Ela riu. — Porque não pareceu certo.

— Exatamente. Não era a hora certa — respondeu Marissa. — Ainda não.

Apertei o ombro dela. Estava feliz por ter Marissa toda para mim de novo.

— Podemos entrar agora? — perguntou Vi. — Lanchinho?

— Claro — falei, prestes a segui-la.

Marissa me puxou para trás depois que Vi entrou.

— Espera, quero falar com você rapidinho. Fui ao banheiro no meio da noite e Vi estava fazendo exercícios de uma fita de vídeo.

Eu ri.

— Onde estava Brett?

— Desmaiado no sofá.

— É. Ela é obcecada com esses vídeos. Provavelmente, queria queimar a pizza.

— April, malhar às 3 horas da manhã é um comportamento esquisito. Principalmente se ela faz muito isso.

— Ela faz muito isso — admiti.

— Talvez precise falar com a mãe dela a respeito disso.

— Aimeudeus, Vi me mataria. E não é como se a mãe dela fosse fazer alguma coisa. — Vi e eu tínhamos um código. Éramos as garotas abandonadas. Ligar para a mãe dela seria como jogar o código do telhado e depois atropelá-lo.

— Talvez *você* devesse conversar com ela.

— E dizer o quê?

— Dizer que você acha que ela está exagerando. Que está preocupada. Que você a ama.

Suspirei.

— Acho que poderia. — Era tão sério assim? E daí que ela malhava demais. Às vezes, no meio da noite. Havia jeitos piores de lidar com o estresse, certo? Não é como se ela estivesse usando heroína.

— Bom. — assentiu Marissa. — E eu deveria mesmo ir para casa.

— O quê? — Dei um passo para trás. — Você vai embora? Por quê? Não precisa ir!

Ela balançou a cabeça.

— Acho que já abusei da hospitalidade.

— Não! Não mesmo! Este fim de semana foi caótico, sim, mas ficará mais calmo esta noite.

Marissa olhou para o chão.

— A verdade é que sinto falta da minha família.

As palavras dela foram como um chute no meu estômago.

— Achei que gostasse de ficar aqui.

— Gosto — respondeu ela. — Mas estou fora há cinco noites. É bastante tempo.

— Mas eu... — Não sabia o que dizer. Não queria que ela fosse embora. — Não vá.

— Não posso morar com vocês para sempre. Nós sabíamos que eu teria de voltar para casa alguma hora, certo?

Acho que eu sabia. Mas não sabia. Eu sabia que era uma coisa idiota pensar, ou esperar, que ela fosse morar conosco para sempre. Desde que Marissa tinha se mudado, eu estava tão feliz! Mal tinha pensado em meus pais. Finalmente sentia como se tivesse uma família de novo.

Mas todo mundo voltava para casa.

Todo mundo, menos eu.

número oito:
fizemos uma festa insana

De: Jake Berman <Jake.Berman@kljco.com>
Data: Seg, 16 mar, 6:10 a.m.
Para: April Berman <April.Berman@pmail.com>
Assunto: Visita a NY

Oi, princesa,
Vamos para Nova York para um casamento no fim de semana do seu aniversário — ficaremos no Plaza. Não dará tempo de ir até Westport — chegaremos ao aeroporto de LaGuardia no final da manhã de sábado e o casamento é às 17 horas no mesmo dia. Sinto muito por não podermos te ver no dia do seu aniversário (o presente está a caminho), mas podemos esperar que pegue o trem e se junte a nós para o *brunch* dos forasteiros no domingo?
Com amor, papai

Enviado do meu BlackBerry

PROBLEMAS FINANCEIROS

— Então — disse Vi, quando ela, Lucy e eu estávamos na Hula. — Noah ainda está sendo um bebezão por causa do dinheiro que você pegou com Hudson?

Encolhi-me ao ouvir Vi chamá-lo de bebezão. Eu podia pensar isso dele. Vi, não. Assim como eu podia achar que Vi era mandona, mas Noah, não. E ninguém, a não ser eu, poderia achar que meus pais eram uma droga.

— Noah quer que eu pague de volta o mais rápido possível — falei. — O que faz sentido. Ninguém quer ficar em dívida com outra pessoa.

— Quanto ainda deve? — perguntou Lucy.

— Mil e novecentos. No início do mês terei mais 800. E espero que o presente que papai mencionou no e-mail seja um cheque.

— Deveríamos fazer um evento para angariar fundos — disse Vi com os olhos brilhando.

Lucy se recostou.

— De que tipo? Lavar carros?

Vi fez que não com o dedo indicador.

— Não vou ficar lá fora de biquíni me inclinando sobre carros. Faremos uma festa — respondeu ela.

— Nós sempre fazemos festas — falei.

— Não, quero dizer uma *festa*.

— Como as que fazem nos filmes de adolescentes! — exclamou Lucy. — Aquelas em que as casas são detonadas no final!

— Exatamente! — disse Vi. — Mas sem detonar a casa.

— Vejo que isso vai nos *custar* dinheiro — falei. — Mas como vai *angariar* dinheiro?

Vi deu de ombros, como se fosse óbvio.

— Cobraremos 5 dólares para entrar e cobraremos também pela comida e pela bebida. E aí está.

— Claro — falei. — Por que não?

— Quando vai ser? — perguntou Lucy.

— Sábado que vem à noite — respondeu Vi. — Óbvio. No aniversário de April.

— Vamos fazer na sexta à noite — falei. — Tenho de pegar o trem para Nova York no domingo de manhã e não posso estar de ressaca.

Não conseguia acreditar que papai iria para Nova York e me faria pegar o trem para vê-lo em vez de ir me ver. Não que eu o quisesse perto da casa. Mas ainda assim. Era o fim de semana do meu aniversário e eu teria de fazer todo o esforço.

— Sexta à noite, então. Será seu aniversário à meia-noite mesmo.

— U-huu — comemorei, de modo falso.

— O que você tem contra aniversários? — perguntou Lucy.

Vi gargalhou.

— Lá vai ela...

DEPRESSÃO DE ANIVERSÁRIO

O problema com meu aniversário não era o aniversário em si. Não, meus aniversários costumavam ser divertidos.

O problema com meu aniversário era o dia seguinte, 29 de março.

Não era só porque meus pais tinham anunciado a separação no dia 29 de março.

Eu tive intoxicação alimentar com um camarão estragado no dia 29 de março.

O pai de mamãe teve um derrame e morreu no dia 29 de março.

Fiquei perdida no aeroporto de O'Hare em um dia 29 de março e mamãe, papai e Matthew perderam o voo de conexão.

Os três últimos foram sem querer. O anúncio da separação não foi. Meus pais queriam que eu tivesse um último aniversário feliz antes de me contarem as novidades. U-huu! Parabéns para mim.

MENSAGENS DE MATTHEW

Matthew: vc vem me visitar este verão?
Matthew: alllllô
Eu: oi. Foi mal. Não tenho certeza
Matthew: preciso saber as datas. Vou para Cleveland, mas não quero estar lá quando vc estiver aqui
Eu: vou resolver isso
Matthew: quando
Eu: logo. Bjo

QUEM CONVIDAMOS PARA A FESTA

Todo mundo.
   Sério.
   Todo mundo.

AI

Era quarta-feira de manhã, dois dias antes da megafesta. Eu estava no banheiro.

Queimava quando eu fazia xixi.

Ai. Ai, ai, ai.

Dei descarga e corri para o andar de cima. Vi estava no tapete fazendo movimentos de tesoura com as pernas.

— Vi, lembra quando me falou das infecções urinárias da sua mãe?

— Sério? É sobre isso que quer falar às — ela fez mais uma tesourada e fez uma pausa — 7 horas da manhã?

— Não quero falar sobre isso. Acho que estou com uma.

— Ah, que droga. Dói?

— Um pouco.

— Mamãe odiava isso. Fazia ela ir ao banheiro a cada cinco segundos. Mas você só precisa ir ao médico e eles te dão amoxicilina. Deve ser da Hula. Temos de cuidar melhor dos níveis de pH. Devíamos colocar cloro todo dia. Não a cada cinco semanas. Mas você ficará bem.

Indiquei a tevê com o queixo.

— Não acha que exagera nesses DVDs?

— Não — respondeu ela. Perna esquerda para cima. Perna direita para cima. As duas para baixo. — Preciso malhar ou vou ficar igual a mamãe. Estou lutando contra a natureza aqui.

Não sabia como responder àquilo. Quando ela explicava, não parecia tão errado. Falando em natureza...

— Preciso fazer xixi de novo — falei, correndo escada abaixo.

OI DE NOVO

Não queimou de novo até o final do dia, então empurrei o ocorrido para o fundo da mente, armazenando-o em Coisas Irritantes Que Acontecem e Depois Passam. Como quando você perde a chave, mas então a encontra no bolso do casaco junto com um Trident perdido.

Mas aconteceu de novo na tarde seguinte.

Decidi fazer uma visita rápida à dra. Rosini depois da escola. Não queria ter de lidar com uma infecção urinária no meu aniversário. Eu, provavelmente, iria querer transar na data, e não tinha certeza se sexo e infecções urinárias eram compatíveis.

— As pílulas estão funcionando bem? — perguntou a médica quando finalmente fui atendida.

— Muito bem, obrigada — respondi. — Mas não foi por isso que vim. Acho que estou com uma infecção urinária.

— Sente pressão quando faz xixi? Queimação?

— Sim. Não é uma dor muito forte, mas... um pouco. Queimou um pouco ontem e hoje. No sábado é meu aniversário, então pensei em cuidar disso primeiro...

— Podemos fazer um exame de urina agora — disse ela, e me entregou um potinho para fazer xixi.

Fazer xixi em um potinho é mais difícil do que parece. Bem, não que fazer no potinho seja difícil, o difícil é não fazer xixi nos dedos. O que eu fiz. Tanto faz. Não queimou quando fiz xixi. Talvez eu tivesse ido por nada. Voltei para o consultório.

A médica colocou uma espécie de tira de papel reagente no pote, saiu da sala e depois de alguns minutos voltou.

— Não, não parece ser uma infecção urinária — disse ela.

— Não é? Ah, que bom. — Alívio percorreu meu corpo. — Mas, então, o que é?

— Eu não me preocuparia. Deve ser uma irritação temporária. Teve relações sexuais ultimamente?

Fiquei corada.

— Faz duas noites. — E três noites antes também. Transávamos bastante.

— Deve ser por isso — falou ela. — Mas faremos alguns outros testes e avisaremos se algo aparecer.

— Obrigada — falei. — Na verdade, não doeu agora. Então talvez tenha passado.

— Pode ser. Então nos vemos no mês que vem para o acompanhamento do método anticoncepcional?
— Sim.
— Bom. E April?
— Sim?
Ela sorriu.
— Feliz aniversário.

MEU ANIVERSÁRIO DE 14 ANOS

Fizemos uma festa no porão na casa da Oakbrook Road. No próprio dia do meu aniversário. Chamamos 50 crianças. E um DJ. Usei um vestido verde de veludo e meu primeiro par de sapatos de salto. Quando o bolo chegou (com calda de chocolate, feito por mamãe), desejei ter um namorado.

Se soubesse que meus pais anunciariam a separação no dia seguinte, provavelmente teria pedido outra coisa.

ATROPELAMENTO E FUGA

Na quinta-feira de manhã eu estava no banco do carona do carro de Vi, a um quarteirão da escola, quando ela de repente acelerou.

Na direção de Pinky.

— Hum... Vi? Quer reduzir a velocidade? — Estava chovendo forte e acelerar não era um bom plano. Ainda mais na direção de uma pessoa.

— Hum? — respondeu ela, encarando a presa.

— Vi! Reduza! Você vai atropelá-la.

Ela pisou no freio no meio da rua.

— Do que está falando?

— O quê? Não viu Pinky ali?

Pinky estava de pé, claramente, a alguns metros, em sua glória esguia de gazela. Estava usando uma capa de chuva fúcsia justa na cintura.

— Acho que ela usa mesmo rosa — falei. Pinky nem tinha notado o que acabara de acontecer. Ela deveria olhar em volta de vez em quando. Uma garota poderia morrer se não prestasse atenção.

Vi fechou as mãos no volante.

— Ela acha que é tão fantástica, Miss Teen Westport, metida.

— Achei que não fosse culpa dela — falei, sarcástica. — Que os pais a tinham obrigado. Que ela só precisava de um bom modelo.

— Não podemos culpar os pais dela por tudo.

— Por que não? — perguntei. — Eu culpo meus pais por tudo.

— Bem, Pinky não foi obrigada a entrar no concurso. Desfilou na passarela. Se exibiu de biquíni e na roupa de gala. Disse a eles que queria a paz mundial. Participou do ritual misógino. É ridículo. Como os homens se sentiriam se fossem desumanizados em concursos de beleza?

— Eles, provavelmente, adorariam.

Ela suspirou.

— É, provavelmente sim.

— Eu não me importaria em assistir também — falei, rindo. — Dá para imaginar Noah e Dean...

— ... e Hudson.

— ... e Hudson se exibindo no palco?

— Roupa de banho? De gala? Respondendo à pergunta "Se você pudesse mudar uma coisa no mundo, o que seria"?

— Cerveja de graça — falei, fazendo uma voz grossa.

Nós duas gargalhamos.

Ela tamborilou os dedos no volante.

— Talvez o próximo *The Issue* deva ser sobre concursos de beleza — disse ela.

— Você vai ter de entrevistar Pinky — falei.

Ela torceu o nariz.

— Deixa pra lá. Será sobre racismo.

PREPARE-SE PARA A BRIGA, QUER DIZER, FESTA

— Você não precisa dar uma festa para me pagar — disse Hudson mais tarde, naquele mesmo dia. — Sinceramente, não tenho pressa de receber o dinheiro de volta.

Estávamos no refeitório, ao lado da porta. Eu estava esperando Noah.

— Acho que Vi só queria uma desculpa para uma megafesta — admiti.

— Sabe quantas pessoas vão?

— O mundo inteiro?

— Praticamente todo mundo que estuda aqui, ao menos — disse ele.

— Verdade. E algumas pessoas que não estudam aqui. — Aaron estava planejando uma visita de novo. Com Brett. E mais um amigo. Um solteiro. Concordamos sob a condição de que eles só ficariam uma noite e que os três ajudariam na limpeza no dia seguinte, ou seja, seriam nossos escravos.

Eu acreditaria nessa última parte quando visse.

— Tem certeza que quer fazer isso? Pode sair do controle — falou Hudson.

— Acho que damos conta. E você estará lá para o caso de precisarmos, certo?

Ele fez que não com a cabeça.

— Na verdade, eu já tenho planos para a sexta à noite.

— Ah! — falei, surpresa. Esperava que ele fosse. — Mas é meu aniversário.

— Achei que seu aniversário fosse no sábado.

Ele sabia o dia certo do meu aniversário? Ooh!

— Mesmo assim. Com quem tem planos? Quem não vai à nossa festa? Vou matar a pessoa.

Ele mexeu as sobrancelhas.

— Você bem que gostaria de saber.

— Gostaria, sim. O que poderia ser mais importante do que minha festa? É a srta. Franklin?

Ele apenas sorriu.

— Vamos combinar o seguinte: tentarei passar lá depois. Depois da meia-noite. Para seu aniversário de verdade. E para comer bolo.

— Ah, claro, divirta-se com a srta. Franklin e então passe lá para comer. Sinto-me usada.

Senti a mão de alguém no meu ombro e, ao me virar, vi Noah.

— Oi — falei, sentindo-me levemente culpada. — Hudson tem planos melhores do que ir à minha festa. É possível?

— Bem, seguiremos sem você — falou Noah com um sorriso forçado.

— Vejo vocês depois, gente — disse Hudson antes de sair.

— Por que você é sempre tão grosseiro com ele? — perguntei, empurrando a lateral do corpo de Noah.

— Por que não deveria ser? Ele não é exatamente legal comigo. De qualquer forma, ele é um cara desagradável.

— Não é não.

— Ouvi dizer que é traficante.

— Não é — respondi.

Ele me olhou.

— Como sabe?

— Eu... não sei. — Ainda não sabia qual era a história de Hudson, mas tinha certeza de que não era isso. — Está animado para a festa?

— Mal posso esperar — disse ele. — Vai ser muito divertida. Assisti a *Cocktail* para me preparar. — Noah seria o barman.

— Só serviremos ponche — lembrei-o. — Não podemos pagar por mais nada.

— Não trivialize o ponche. Principalmente ponche batizado. Meu ponche será gourmet.

— Como quiser, querido.

Ele passou o braço em volta de mim.

— Duvida das minhas habilidades?

— Nunca — falei para ele. Noah me beijou e, mesmo ali, no meio do corredor, fez com que eu me sentisse acolhida e segura.

O PRIMEIRO BEIJO

Era novembro. Meu ano de caloura. Sábado, após o almoço com Marissa no Burger Palace. Ele tinha me ligado naquela noite e me chamado para assistir a um filme no sábado, e eu concordei.

No sábado, estava revirando as gavetas de mamãe à procura de uma camiseta para usar com a calça jeans. Em vez disso, dei de cara com os papéis do divórcio.

Corri de volta para o quarto, me enterrei sob as cobertas e liguei para Marissa.

— Acho que devia cancelar.
— Você vai ficar em casa sentindo pena de si mesma?
— Sim.
— Não. Você vai. Para o banho.

— Não tenho o que vestir. Não vou voltar para o quarto de mamãe.

— Vou levar roupas. Vai tomar banho.

Obedeci, fiz o cabelo e peguei um dos vestidos que Marissa tinha levado. Noah e o pai me buscaram e nós dois ficamos no cinema.

Ele pôs o braço ao redor de mim no escuro. O peso era bom sobre os meus ombros — seguro.

No meio do filme, senti Noah se aproximar. Virei um pouco na direção dele e ele na minha direção. Nossos lábios estavam a poucos centímetros de distância. Ele me olhou, então se inclinou. Os lábios de Noah estavam doces e amanteigados da pipoca, e eu pensei "Isso é bom". Pensei "Eu escolhi isso". Pensei "Talvez tudo vá ficar bem, no fim das contas".

A ROUPA

— Você deveria ficar com ele — disse Vi quando estávamos nos arrumando. Eu usaria o vestido vermelho dela na festa. O vestido vermelho do Dia dos Namorados.

— O quê? Não.

— Sério. Considere como seu presente. Fica melhor em você do que em mim e já foi usado no seu momento tão especial, então... é seu. — Vi estava com jeans cinza apertados, uma blusa de seda verde bem decotada e argolas de ouro grandes nas orelhas. O cabelo dela estava preso para trás em um rabo de cavalo apertado. Ela parecia vagamente cigana.

Abracei-a.

— Aimeudeus, você é a melhor!

— Sim. Eu sei — disse Vi, e emitiu um estalo com a língua.

OUTROS PRESENTES

Ganhei uma lata de biscoitos assados com cobertura de chocolate da Mittleman Chocolate Company, embrulhada em um laço azul. Estava à porta de casa quando cheguei da escola. Presumi que fosse de Noah, mas o cartão dizia:

Amamos você. Sentimos saudade. Queríamos estar aí. Tenha um aniversário doce. Com amor, mamãe, Daniel e Matthew.

Meio que desejei que eles estivessem ali também. Mamãe sempre fazia o famoso bolo com cobertura de chocolate, meu favorito. Ainda assim, devido às circunstâncias, preferia que ela tivesse mandado dinheiro.

— Tem, tipo, uns 100 biscoitos aí — falou Vi, tirando um da lata e comendo. — Podemos vender a 2 dólares cada.

Papai tinha enviado um cheque de 300 dólares. Oficialmente, a maior quantia que ele já tinha me dado de aniversário. Obviamente, ainda estava se sentindo culpado por me fazer matar meu gato.

Quando Noah chegou, por volta das 17 horas, me deu um cartão fofo e um par de brincos de prata pendentes lindos. Coloquei-os na hora.

O PRIMEIRO PRESENTE DE NOAH

Noah me deu um porta-retratos digital de presente no meu aniversário de 15 anos.

De alguma forma, ele tinha conseguido passar para ele todas as fotos no meu laptop quando eu não estava prestando atenção. Imagens de amigos, meus pais, minhas, dele, todas surgiram diante de mim aleatoriamente. A feira do sexto ano! Dia das Mães do ano anterior! Dia dos Pais de dois anos antes! Marissa e eu em frente a nossos armários! Minha vida remixada. Minha foto favorita era uma de Noah e eu que Marissa tinha tirado na escola no dia anterior a ele me entregar o presente. Sentados juntos. Um casal. Eu amava que ele fosse meu. Eu tinha um namorado. Meu desejo de aniversário tinha se realizado, ainda que oito meses depois. Imaginei se tinha, inconscientemente, feito uma troca. Pais por namorado.

E se a desfaria caso pudesse.

SEM TEMPO PARA MAMÃE

De: Mamãe <Robin.Frank@pmail.com>
Data: Sex, 27 mar, 6:07 p.m.
Para: April Berman <April.Berman@pmail.com>
Assunto: Parabéns!

Parabéns pra você! Nesta data querida! Muitas felicidades... Parabéns! Queria ser a primeira a desejar feliz aniversário a você... Sei que não é seu aniversário aí, ainda, mas aqui é! Acabei de ligar, mas você deve estar comemorando! Deixei algumas mensagens esta semana, mas... Acho que andou ocupada. Recebeu meu presente? Comprei outras coisas também, mas quero dá-las pessoalmente. Já pensou em datas para este verão? Vou comprar a sua passagem assim que você organizar o calendário. Ligarei de novo amanhã! Amo muito você.
Mamãe

A FESTA

A campainha tocou.

— Todos prontos? — gritou Vi.

Concordamos. Estávamos todos em nossos postos. Donut estava bem-trancada no meu quarto. Lucy e eu estávamos à porta esperando para cobrar os 5 dólares da entrada. Eu estava com um Ziploc pronto para ser enchido de dinheiro. Noah estava à mesa/bar. Ele pegara a enorme vasilha que ficava na mesa de centro, tinha tirado as frutas falsas, enchido com gelo, água, mistura para ponche de frutas da Kool-Aid e qualquer bebida destilada que encontramos nos armários. (Vinho barato. Vodca velha. Uma coisa marrom com cheiro de álcool desinfetante.) O plano de Noah era fazer o álcool mencionado durar o máximo possível. Também tínhamos comprado copos de papel baratos na loja de tudo por 1 dólar. Estávamos cobrando 5 dólares por copo. Quatro se a pessoa reutilizasse o copo. Estávamos confiantes de que os convidados pagariam qualquer coisa por bebida, ainda que fosse nojenta, melada e aguada.

Coloquei Marissa ao lado de Noah, no comando da comida. Ela havia roubado sobras de sobremesa do jantar de sexta à noite na casa dela e tínhamos uma venda de bolos garantida nas mãos. (Também havia uma caixa branca no fundo da geladeira com um bolo que dizia "Parabéns, April!", a qual eu tinha acidentalmente visto.)

Agora, com o cheque de 300 dólares de papai, esperávamos conseguir 1.600 dólares com a bebida, a comida e a entrada.

Provavelmente impossível.

Vi era a coordenadora da festa. Também era responsável por garantir que nada quebrasse. Todos os vasos/televisões/ DVDs de exercícios tinham sido cuidadosamente escondidos.

Não poderíamos pagar para substituir nada.

COMEÇA

Marissa abriu a porta
 Era Aaron e Cia.
 — Iei! — comemorou Marissa, abraçando o namorado. Cia. era Brett e o amigo solteiro, Zachary. Zachary tinha cabelos curtos bagunçados e estava usando roupa de camuflagem. Sério. Calças e jaqueta militares.
 — Vai se alistar? — perguntou Vi, com a sobrancelha erguida.
 Ele balançou a cabeça.
 — Depois que me formar — murmurou Zachary.
 Ela inclinou a cabeça para o lado. Eu sabia que Vi estava debatendo se achava Zachary sexy ou não.
 Depois chegaram RJ, Corinne e Joana. Depois Pinky e Dean.
 Assisti todas as emoções passarem pelo rosto de Vi. Felicidade por ele estar ali, ciúme por ele estar com Pinky, luxúria, irritação. E tudo isso na fração de segundo em que ela se permitiu olhar para ele.
 Dean também trazia cerveja. Muita, muita cerveja.
 — De mim e de Hudson — disse ele enquanto descarregávamos o carro de Hudson. — Para vocês venderem.
 — Estamos dando a festa para pagar Hudson — falei. — Não para que ele possa gastar mais dinheiro!
 Por volta das 20h30 o resto da escola estava lá. Por volta das 21 horas, o resto de Westport. Às 22 horas, o resto de Connecticut. Todo mundo estava lá. Até mesmo Liam Packinson. Mais a namorada. Até Stan, o homem da Hula, estava lá.
 Todo mundo, menos Hudson. Até o carro dele estava lá. Onde estaria ele?

Por volta das 22h30 tínhamos recolhido muito dinheiro na porta e Noah estava esvaziando o bar. Metade dos convidados tinha os lábios manchados de vermelho do ponche, até eu. Embora eu tivesse bebido de graça.

Fui até o bar falar para Noah que ele estava fazendo um ótimo trabalho, mas ele não estava lá. As pessoas estavam se servindo de bebida. Fantástico. Olhei em volta da sala. Normalmente, eu podia encontrá-lo em qualquer lugar, a qualquer momento. A maneira como ficava de pé, o pescoço dele, o queixo. De qualquer ângulo, eu podia encontrá-lo. Talvez estivesse no banheiro? Lá estava ele. Do lado de fora, nos fundos.

Mais ou menos um quarto da festa tinha saído da casa para o deque. A porta estava aberta. Abri caminho pela multidão e o encontrei conversando com Corinne.

Sério? Ele tinha de falar com ela na minha festa? Era necessário? Eu já a tinha visto espreitando perto da vasilha de ponche na primeira metade da noite.

— Oi — falei, acrescentando frieza à voz. — Você deixou seu posto.

— Está quase 40°C lá dentro — disse ele. — Decidi tomar um pouco de ar.

Ar com Corinne. No meu aniversário.

— Festa sensacional — disse ela pra mim, depois acrescentou uma lambida de lábio como efeito.

— Eu sei — respondi.

— Precisa que eu volte? — perguntou Noah.

Eu estava prestes a dizer que sim quando as luzes da casa piscaram e depois se apagaram.

Hora do bolo de aniversário! Ooh! Esperei para ver o brilho das velas. Em vez disso, a luz se acendeu de novo.

Vi subiu na mesa de centro, como se fosse um palco. Ela estava balançando o Ziploc com dinheiro. O que estava fazendo?

— Gostaria de fazer um anúncio — gritou Vi. Ela cambaleou na mesa. Esperava que fosse por causa dos sapatos de salto, e não por estar *tão* bêbada assim. — Angariamos 1.670 dólares para ajudar Donut!

Noah colocou o braço em volta de mim e apertou meu ombro. Aquilo era loucura. Não precisaria usar nada do dinheiro da mesada do mês seguinte.

— Como a meta era 1.600, as bebidas são de graça até o fim da noite. E temos 70 dólares com que brincar! Quem quer ganhar 70 dólares? — gritou Vi.

Todos comemoraram e um monte de gente levantou o braço.

— Imaginei. Então, eis o que faremos. Vamos fazer uma pequena competição. Meninas, vocês são inelegíveis. Mas não se importarão. Porque vamos fazer um concurso de... Mr. Teen Westport! O vencedor leva 70 dólares!

Ah, não! Vi. Não.

A multidão ovacionou e comemorou.

— Espere um segundo — gritou Brett o amigo de Aaron. — Por que só Mr. Westport? Sou de Boston e você sabe que sou um candidato forte.

Vi considerou.

— Quando você está certo, você está certo. É isso aí! Mudei de ideia. Vamos fazer um concurso de Mr. Teen Universo! — Vi levantou os braços formando um V.

A multidão comemorou ainda mais alto.

número nove:
promovemos o concurso de mr. teen universo

O CONCURSO

Escolhemos quatro candidatos: Aaron. Brett. Zachary. Dean. Aaron, Brett e Zachary porque sentíamos que era o dever deles como nossos escravos. Dean porque, obviamente, a coisa toda era por causa dele, e ele sabia. E Dean não fugiria de um desafio. Vi queria que Noah fosse também, mas ele disse de jeito nenhum.

— Querida — murmurou Vi, os lábios de um vermelho vivo. — Ele é um estraga-prazeres. É para o seu aniversário! Ele não pode fazer isso por você?

Balancei a cabeça.

— Não finja que está fazendo isso por mim. Está fazendo para irritar Dean.

— Os dois — disse ela. — Dean, ao contrário de Noah, sabe brincar. — Ela se voltou para os candidatos. — Para o píer!

— O quê? — perguntei. — Por quê?

— É a passarela perfeita — explicou Vi. — Até temos luzes. Todos podem assistir da casa ou do deque. E os jurados podem se sentar nos degraus do deque.

— Quem são os jurados?

— Pinky, *é claro*. — Vi prolongou as palavras. — Ela é a que tem mais *experiência* em concursos de beleza.

Revirei os olhos.

— Sim. Pinky — concordei.

— E eu.

— Você não é a Mestre de Cerimônias?

— Posso fazer os dois. Sou ótima em multitarefas.

— O.k., então. E?

— E Lucy — continuou Vi. — Porque ela pode encarar os candidatos. E porque passei a gostar dela. E Marissa. Porque gosto dela. E Joanna, porque também gosto dela, embora ela tenha estado ridiculamente ausente nos últimos dias. E você. Porque é seu presente!

— Já ganhei meu presente — falei, apontando o vestido.

— Seu segundo presente — comemorou ela e tomou um gole de ponche. — Porque ser jurada no Mr. Teen Universo é o melhor presente do mundo e eu sou a melhor *housemate* do mundo!

— Além disso, você comprou bolo — falei.

Ela deu um tapa na testa.

— O bolo! Esqueci do seu bolo! Se ao menos tivéssemos um maior do qual o vencedor pudesse saltar!

— Da próxima vez — disse eu.

QUE COMECE O SHOW

Enquanto a multidão atrás de nós comemorava, Lucy, Pinky, Marissa, Joanna e eu nos sentamos nos degraus observando Vi orquestrar.

Tínhamos mergulhado no armário de fantasias de Suzanne e pegamos muitos, muitos looks para "Roupa de Festa". Vestidos lilases esvoaçantes, boás de plumas, colares de pérolas, saltos plataforma... e no momento, enquanto alguém diminuía as luzes, todos os candidatos estavam tirando as roupas e vestindo as fantasias.

E, agora, lá vinham eles. Um de cada vez. Travestidos.

A multidão foi à loucura.

Aaron riu durante todo o desfile. Brett manteve o rosto sério. Imaginei se Zachary preferiria pular no estreito e nadar até a praia em vez de fazer aquilo — mas, covarde, ele não era. Zachary deixou de lado os saltos, no entanto, e desfilou descalço. Dean estava surpreendentemente confortável de saltos. Além disso, ele mandou beijos para a multidão.

— Ele é muito bom — falei para Pinky.

Ela balançou a cabeça com os olhos arregalados.

— Eu sei, né? Melhor que eu, acho.

Vi também não conseguia tirar os olhos de Dean.

— Vamos pular a parte de perguntas e respostas — gritou ela. — Ninguém se importa de verdade com o que esses garotos têm a dizer, não é?

As garotas comemoraram.

— Vamos direto para a etapa final — falou Vi, esfregando as mãos. — A rodada da "Roupa de Banho"!

As garotas comemoraram de novo.

— Como ninguém tem roupas de banho, nossos garotos andarão na tábua, quero dizer, na passarela, de cueca!

Comemoração enlouquecida.

Ai, meu Deus! Eles iriam mesmo fazer aquilo? Estava quente para aquela época do ano, mas só fazia uns 16°C.

As luzes se apagaram de novo e os garotos começaram a tirar a roupa, lançando as fantasias de Suzanne em uma pilha. Acho que iriam mesmo fazer aquilo.

Marissa pegou minha mão e a apertou.

— Aimeudeus, aimeudeus! — Aaron foi o primeiro.

Ele estava de cuecas tipo boxer pretas da Calvin Klein e tinha muito pelo no peito. Muito.

— U-huuu! — gritou Marissa.

— U-huuu! — apoiei. Por que o meu namorado *não estava* lá em cima? Procurei-o ao redor e o vi na casa, com RJ. Ao menos não estava com Corinne.

Virei-me de volta para ver Brett. Ele parecia estar usando bermudas de neoprene que iam até os joelhos ossudos.

Depois vinha... Uau!

Alô, Zachary.

Um silêncio caiu sobre a multidão. Zachary era gostoso. Abdômen tanquinho. Músculos nos braços. Cuecas da Calvin Klein pretas e justas. Ele tinha *tudo* no lugar.

Marissa assobiou.

— Vi deveria ir atrás *disso*.

— Sem brincadeira — concordei. — Se ao menos ela parasse de encarar Dean.

— O quê? — disse Pinky, alongando o pescoço de gazela.

— Vi sente alguma coisa por Dean?

Ô-ou.

— Hum... não? — tentei.

— Então por que você disse isso?

— Eu...

— Falando no diabo — falou Marissa. Observamos Dean passar pelo píer. De... cuequinha branca.

— Aimeudeus! — sussurrei. Fechei os olhos na hora.

A multidão gritava. Abri um dos olhos. Dean estava plantando bananeira.

— Ele é muito... flexível — disse Marissa.

Dean tinha chegado ao começo do píer e se virado para voltar ao fim. Olhei Pinky para ver qual era a reação dela, então percebi que ela não estava olhando Dean. Ela estava olhando Vi. Que estava olhando Dean. Que estava olhando Vi.

Ô-ou.

PODE ME DAR O ENVELOPE, POR FAVOR?

Joanna e eu escolhemos Dean.

— Tenho de concordar — falou Vi, e suspirou. — O garoto tem atrativos. Viram a pirueta?

— Uuuuu! — vaiou Marissa. — Vocês estão todas erradas. Aaron foi o melhor.

— Viram o abdômen de Zachary? — perguntou Lucy. — Vencedor. Claramente.

Em vez de responder, Pinky ficou brincando com os dedos.

— Acho que vou embora — disse ela.

— Por quê? — Vi gritou. — Você não pode ir embora. Precisa parabenizar o vencedor. Não quer dar um beijão nele?

— Não — respondeu Pinky, dando a Vi um olhar severo. — Você quer?

Vi a encarou de volta, mas não respondeu.

— Preciso de quatro de nós para anunciar o vencedor. Quem topa? — perguntou ela.

E O VENCEDOR É...

Nós oito estávamos no píer. Marissa estava atrás de Aaron. Lucy, atrás de Zachary. E Vi estava atrás de Dean. Eu fiquei atrás de Brett. Queria estar atrás de Noah.

Aaron e Brett estavam agachados do lado oeste do píer, Zachary e Dean, do lado leste. Ambos os lados davam para a água. Cada uma de nós, garotas, estava atrás com a mão nos ombros de cada um deles. Todos os garotos estavam de cueca. Brett estava com arrepios nos braços.

E Pinky? Pinky estava assistindo do deque, de braços cruzados.

— No três — berrou Vi — o vencedor será empurrado na água. Estão prontos?

Gritos saíam do deque.

Uma brisa entrou no meu vestido. Aquele era um plano louco. Mas por algum motivo nenhum dos garotos tinha discutido. Talvez porque quem quer que se molhasse também levaria o dinheiro. Ou talvez porque fossem idiotas. Ou tinham bebido muito ponche de Kool-Aid.

— Repitam comigo! — gritou Vi. — Um!

— Um! — repetiram todos.

— Dois! — gritou Vi.

— Dois! — ecoaram todos.

— Três! — berrou Vi.

Quando todos repetiam "Três!", Vi empurrou Dean da beirada do píer. Infelizmente para Vi, Dean esticou o braço para trás e agarrou a cintura dela, então foram os dois aos tropeços para dentro d'água.

Vi apareceu na superfície.

— Esta blusa é de seda! Você vai pagar o serviço de lavanderia! — gritava ela com a voz esganiçada.

Dean apenas gargalhou.

— Sério? Você não percebeu que isso estava para acontecer?

Vi nadou até o píer.

— Alguém pode me ajudar a sair daqui? Está um frio da porra!

Dean deu uma cambalhota debaixo d'água.

— Divido meus ganhos com quem pular! Cinco dólares para cada um!

Brett mergulhou o dedão do pé.

— Não está tão ruim.

— Ah, está ruim — disse Vi. Ela se soltou do píer e boiou de costas. — Mas você se acostuma. Como Lucy! Entre, Lucy! Entre!

Lucy riu e então mergulhou.

— Merda! — gritou ela quando a cabeça surgiu na superfície.

— Faz bem para a alma — acrescentou Dean.

Brett deu um mergulho raso.

— Aaaarghh! — gritou ele ao voltar para a superfície. — Está gelada.

— Aimeudeus! — falou Marissa. — Vão ter hipotermia.

Zachary entrou como uma bomba na água, gritando "Jerônimo!".

Vi se acabava de tanto rir.

Aaron, segurando-se em Marissa, foi o próximo.

— Não, não, não! — gritou Marissa durante a queda.

Eu era a única de pé. O resto estava jogando água e brincando no mar congelante.

— Aniversariante! Pode entrar aqui! — ordenou Vi.

— Não com este vestido — falei.

Ela engoliu um punhado de água e então tossiu, rindo.

— Então tire-o.

Ai, meu Deus. Eu deveria? Não. Ou talvez devesse. Estava usando calcinha e sutiã pretos e decentes, combinando. Ah, e daí? Tirei o vestido e pulei na água, antes que mudasse de ideia.

Meus amigos comemoraram.

Enquanto a água congelante me envolvia, a primeira sensação que tive foi de choque e dormência. Mas, então, devagar, senti-me bem. Viva. Renovada. Feliz. Risonha. Nadei até Vi. O rímel dela estava escorrendo pelo rosto. Presumi que estava com a mesma cara.

— Isso é muito engraçado — falei. — Obrigada.

Ela balançou a cabeça.

— Meus dedos dos pés vão cair — disse Vi.

— Quanto tempo vamos ficar aqui?

— Até alguém nos trazer toalhas — respondeu ela.

— Podemos tentar correr até a Hula — sugeri.

— Ooo. Bom plano. Todo mundo pronto? — gritou ela. — Para a Hula, no três. Repitam comigo. Um!

— Um! — gritei. Fui a única. Nadei em direção à praia. Vi nadou até Dean e subiu nas costas dele.

— Eu disse para repetirem comigo! Um!

— Um! — gritou a maioria de nós.

— Dois!

— Dois!

— Três! — gritou ela com a voz fina, e todos nadaram até a praia, então subiram correndo as escadas.

Os braços de Dean estavam esticados à frente dele.

— Fora do caminho!

Em poucos segundos estávamos todos na banheira. Uns 20 segundos depois mais pessoas tinham se juntado a nós.

Ahhhhh! Apesar de a banheira estar ridiculamente lotada, a água nunca pareceu tão boa. Inclinei a cabeça para trás e deixei o calor passar por meu corpo, derretendo braços e pernas.

— Aquilo foi incrível — falou Vi. Ela tinha tirado as calças jeans e a blusa antes de entrar na banheira.

— Acho que estou no paraíso — falou Marissa.

— Eu também — eu disse, fechando os olhos.

Senti a mão de alguém no ombro.

— April?

Virei a cabeça para trás e vi Noah ajoelhado ao meu lado.

— Oi — falei. — Entre aqui.

— Hum... Esta noite não. Trouxe toalhas para vocês. Parecia com frio lá fora. De... calcinha e sutiã.

Minhas bochechas ficaram vermelhas. Noah parecia tão... reprovador.

— Noah, acho que nunca vi você na Hula — falou Vi. — Por que será?

— Não é a minha praia — disparou ele.

— Como uma banheira de hidromassagem pode não ser a sua praia? — perguntou ela. — Não agradam a todo mundo? Como presentes?

— Vou voltar para dentro — disse ele para mim.

— E bolo! Como presentes e bolo! Noah! Deveríamos cortar o bolo! — falou Vi.

— Eu comprei um bolo para você — disse ele. — Deveria ser uma surpresa.

Ooh!

— Obrigada — respondi.

— April, finja surpresa, o.k.? — Vi se levantou da banheira.

Peguei uma toalha e a enrolei no corpo.

— Acho que quero estar vestida para o bolo.
Ela piscou.
— Estraga-prazeres.
— Dois segundos. — Peguei o vestido no píer e corri para dentro. Não queria colocar o vestido de novo, então coloquei uns jeans e uma camisa de manga comprida. Tirei a maquiagem que tinha se acumulado abaixo dos olhos e penteei o cabelo. Era exatamente 00h01. Meu aniversário. Parabéns para mim! Quando voltei para o andar de cima, as luzes estavam apagadas e Noah estava segurando um bolo com 18 velas. Dezessete mais uma para dar sorte.
— Parabéns pra você. Nesta data querida...
Não conseguia parar de rir. Estava cercada por mais de 100 pessoas, todas cantando "Parabéns pra você" para mim. Talvez não tivesse uma família com quem comemorar. E daí? Eu tinha 100 amigos com quem comemorar. Era bom o suficiente.
Depois de cantar a música e cortar o bolo, ainda não conseguia tirar o sorriso do rosto. Apertei a mão de Noah. Ele não apertou de volta.
— O que houve?
— Nada.
Puxei-o para perto de mim.
— Obrigada pelo bolo. E pelos brincos. Amei. — Levantei as mãos para tocar os brincos e senti... um. Não dois. Droga.
Esperava que ele não tivesse notado.
Ele notou.
— Já perdeu um?
— Tenho certeza que está em algum lugar — falei rapidamente.
— É. Em algum lugar no estreito de Long Island.
Abri a boca, mas nada saiu.

— Eu o encontrarei. Deve estar no meu quarto.

Ele fitou o chão.

— Tanto faz.

— Está na hora dos shots de aniversário! — falou Vi, pegando uma garrafa de bebida destilada, um punhado de copos de shot e se espremendo entre nós dois.

— Eu passo — falou Noah, então se virou e saiu.

— Noah, espere... — falei, mas ele já tinha ido para o deque.

— Qual é o problema dele? — murmurou Vi. — Por que está sempre mal-humorado?

— Vi!

— Mas está.

— Onde está o papel-alumínio? — perguntou Lucy surgindo do nada. Então viu nossos copos. — Eu também!

— Na primeira gaveta, à esquerda do fogão — falou Vi.

— Por quê?

— Acho que Zachary merece uma tiara. Vocês viram aquele abdômen? Uau!

— Primeiro os shots. Marissa! Shots de aniversário!

Marissa se juntou a nós e Vi distribuiu os copos.

— À aniversariante! — brindaram elas.

— Obrigada, meninas — falei, sentindo-me chorosa. Amava minhas amigas. Amava, amava, amava.

Bebemos.

— De novo! — ordenou Vi.

TRÊS SHOTS DEPOIS

— Ouviram isso? — perguntou Marissa.

Todos em volta de nós estavam fazendo barulho, então escutar não era tão fácil. Além disso, meus ouvidos estavam apitando.

Mas então ouvi um *IIIóóóóIIIóóóóIIIóóóó* bem distinto.

— Meu telefone! — falei. Estava no bolso de trás da calça. Peguei e olhei para a tela, esperando ver PAPAI escrito, mas então percebi que não estava tocando.

IIIóóóóIIIóóóóIIIóóóó!

— Isso não é bom — Vi falou.

Nós quatro corremos para a janela e olhamos pelas persianas. De fato, havia um carro de polícia passando pelo quarteirão. Ele estacionou do outro lado da rua da nossa casa.

— Merda — xingou Vi. — Merda, merda, merda.

Meu coração batia furiosamente no peito.

— E agora? — Eles ligariam para nossos pais. Seríamos presas.

Vi colocou a garrafa da bebida destilada no balcão.

— Estamos ferradas.

— Todo mundo, cala a boca! — gritou Lucy. — A polícia está lá fora. Sigam-me pelos fundos da casa! Em silêncio! Enfileirados! Cortaremos pela minha casa e nos dispersaremos no fim do quarteirão! — Ela correu para os fundos e acenou para a multidão a seguir. Vi Noah atrás dela, ao lado de Corinne e Joanna. Muito obrigada, Noah. Agradeço toda a ajuda.

— Devemos jogar a bebida fora — disse Marissa. — Nos livrar das provas.

Do lado de fora, uma policial estava saindo do carro. Merda. Merda. Merda.

— E a megabagunça? — perguntou Marissa, olhando ao redor da festa. — Isso aqui parece uma zona de guerra.

— Vamos nos livrar da bebida primeiro — instruiu Vi. — Não podemos ser presas por bagunça.

Balancei a cabeça. Ao menos acho que assenti. Meu cérebro estava cheio de shots.

— Alguém me ajuda com o ponche — falei.

Juntas, nós três erguemos a vasilha, levamos até a pia e cuidadosamente jogamos a bebida pelo ralo.

— April? — Vi perguntou.

— Sim.

— Você sabe que só está usando um brinco?

— Sim. Estou ciente do fato. Obrigada.

— Próximo — falou Vi.

— Drink de pêssego.

Vi pegou um resto de shot do balcão e virou.

— Um a menos. Sua vez.

Eu ri e fiz o que foi pedido. Queimou. Mas, sinceramente, se eu estava prestes a ser presa, não queria lembrar no dia seguinte.

— Gente! — gritou Marissa. — Temos de nos livrar da garrafa!

— Bem lembrado — falei. — Mais shots!

Vi me serviu outro e eu virei.

— Mais um para dar sorte! — brindei.

— Não — falou Marissa, pegando a garrafa. — Devemos jogar o resto na pia.

— Não — reclamou Vi. — Não o drinque de pêssego! Não mate o drinque!

Enquanto as duas brincavam de cabo de guerra, olhei pela janela. A policial estava em frente à casa, do nosso lado da calçada! E estava... conversando com alguém. Hudson. Hudson estava lá? Quando ele havia chegado? A não ser que eu estivesse imaginando Hudson? O que significava eu estar imaginando Hudson?

A policial estava com a mão no ombro de Hudson.

Ai, não.

E se Hudson estivesse mesmo fazendo algo ilegal? E agora ele tivesse sido pego ali, bem em frente à casa de Vi? Ele iria preso?

A policial deu um passo para trás. E se virou. E voltou para o carro. Ela desligou a sirene e foi embora. O que...?

A campainha tocou.

— Temos de jogar pelo ralo! — gritou Marissa, finalmente tirando a garrafa das mãos de Vi. — E nos esquecemos das garrafas de cerveja! E dos copos! Tantos copos!

— Esperem! — falei. — Está tudo bem. — Corri até a porta e a abri. — Como fez aquilo?

Hudson sorriu.

— Fiz o quê?

— Se livrou da policial?

Ele inclinou a cabeça para o lado.

— Que policial?

— Não venha com essa — falei, puxando-o para dentro e fechando a porta — Eu vi você falando com ela.

— Ela estava no endereço errado — falou ele, e deu de ombros. — Estava procurando uma casa no fim do quarteirão.

— Mentira! — falei. — Ela estava vindo nos prender e então você falou com ela e ela... — Congelei. — Você não ofereceu favores sexuais à policial, ofereceu?

Ele riu.

Espere. Tinha entendido.

— Aimeudeus! Entendi. — Inclinei-me para perto dele e sussurrei: — Você é um policial infiltrado.

Ele riu.

— Eu sou?

— Sim. Com certeza. É isso. Você está investigando algum esquema ilícito doido de adolescentes na nossa escola! Por isso está sempre saindo de fininho. Para fazer emboscadas. E por isso tem tanto dinheiro. Você tem o emprego de uma pessoa adulta!

— Quanto bebeu?

— Muito. Mas isso não vem ao caso.

Vi e Marissa apareceram.

— A policial foi embora? — perguntou Vi.

— Foi — respondi.

— O que você fez? Subornou — perguntou de novo.

— É — respondeu Hudson. — Dei uma nota de 20 dólares a ela. Onde estão todos?

— Saíram pelos fundos — falou Marissa.

— Está tudo limpo — disse Hudson. — Mas você deveria tentar não fazer barulho durante o resto da noite.

— Ligarei para Aaron e Cia. e direi que é seguro voltar — falou Marissa, discando.

Cutuquei Hudson no peito.

— Você é infiltrado! Espere aí. — Circulei-o devagar. — Você é mesmo aluno do ensino médio? Talvez sua vida inteira seja um disfarce. Nunca achei que você era parecido com Dean. Talvez esteja na faculdade ou algo assim, fingindo estar no ensino médio. Quantos anos você tem?

— Dezoito.

— Hum. Claro que tem. E é mesmo irmão de Dean? Talvez seja só parte do disfarce.

— Tudo bem — disse ele. — Contarei o grande segredo, mas precisa ficar só entre nós dois.

— Sim! Posso fazer isso! — gritei. Abaixei a voz em seguida. — Posso fazer isso — repeti.

— Então aí vai. Quer saber o grande segredo? Por que a policial Stevenson acreditou em mim quando prometi a ela que você mandaria todo mundo para casa?

— Sim! Conte!

— O.k., mas você jura manter segredo?

— Eu juro.

— Você jura mesmo? Porque minha reputação está em jogo aqui, April.

— Eu juro mesmo.

— Posso confiar em você?

— Pode confiar em mim.

— Só vou contar porque é seu aniversário... Parabéns, aliás...

— Obrigada. E obrigada pela cerveja. Agora ande logo!

— Tudo bem. Sou babá dos filhos dela.

— Você... o quê?

— Sou babá. De Max e Julie. Max tem 6 anos e Julie, 3 anos e meio. Cuido deles para ela aos domingos à noite para que ela e o marido possam ir ao cinema.

— Você é babá — falei, incrédula.

— Sim. Mas é nosso segredo, certo?

— É assim que tem tanto dinheiro. Cuida de crianças.

— Ser babá é surpreendentemente lucrativo. Quinze dólares a hora, cinco noites por semana... Mais caro no verão e nos feriados. Ganho quase 20 mil dólares por ano.

Quase engasguei.

— Isso é loucura.

— Bem. E sem imposto.

— Por isso vi você na casa da srta. Franklin?

— Tommy e Kayla me adoram. Eu os deixo ficarem acordados até tarde assistindo *American Idol*.

E por falar em anticlímax.

— Então é isso? Esse é seu grande segredo? Você é um garoto babá? Por que manter em segredo? — Ergui os braços no ar. — Quem se importa?

— Não começou como um segredo. Eu simplesmente não mencionei. Porque, sei lá, eu estava tentando parecer legal ou alguma coisa idiota. Então as pessoas começaram a inventar essas merdas... e não sei. Dean achou que era engraçado.

Eu não sabia se estava acreditando.

— Mas... talvez ser babá seja mais uma mentira. Ainda acho que é um policial infiltrado. — Dean escolheu aquele momento para voltar pela porta dos fundos. Acenei para ele. — Dean! Seu irmão falso está aqui!

— Meu o quê? — perguntou Dean. Aaron e Brett o seguiram para dentro da casa.

— Seu irmão falso. Descobri por que não se parece nada com você.

Vi balançou a cabeça na minha direção.

— O quê? Acabei de descobrir! — gritei com a voz aguda. — Hudson nem é parente dele! Está apenas usando a família de Dean como fachada! Por isso que os dois não se parecem!

Esperava gargalhadas. Ou um "Com certeza!". Ou alguma coisa. Não os olhares envergonhados que recebi em troca.

— April, não sou um policial infiltrado — falou Hudson. Então ele riu. — Sou adotado.

Bem. Eu fiquei vermelha brilhante.

— Sério?

— É.

— Acho que isso explica, então — falou Marissa. Ela fez uma expressão que dizia "Que papelão" antes de me abandonar para ficar com Aaron.

— Não tem problema — falou Hudson.

Cobri o rosto com as mãos e ri.

— Ai, meu Deus. Sinto muito. Que idiota. Por que eu não sabia disso? Era segredo ou algo assim?

— Não — falou ele. — Mas não costuma surgir com frequência. Em uma festa. Gritado no meio da sala.

— *Ceeerto*. Sinto muito mesmo.

Ele se inclinou e sussurrou para mim:

— *Eu* sinto muito por não ter contado que era adotado. — O hálito dele tinha cheiro de chiclete de menta. — Acho que deveria ter pensado que as pessoas se perguntariam por que Dean e eu somos tão diferentes.

— É — falei. — Eu me perguntei. É... Você sabe quem são seus pais biológicos? Essa é uma pergunta ruim?

— Não, não tem problema. Eu não sei quem eles são.

— Quer saber?

— Sim. Não. Os dois. — Ele riu. — Talvez procure nos papéis da minha adoção no ano que vem, quando me mudar. — Os olhos dele pareciam em chamas na minha direção.

— Uau! — Era como se estivéssemos conectados de alguma forma. Ambos tínhamos pais sumidos, de um jeito ou de outro. Sumidos e não sumidos ao mesmo tempo.

— April. — Ouvi. Droga. Noah. De novo.

Dei um passo para trás e me virei para ele.

— Foi mal — falei. Então imaginei por que tinha falado isso. Foi mal? Por falar com Hudson? Por falar com Hudson sobre uma coisa real? Por que "Foi mal"? Eu deveria me sentir mal?

— Vou embora — Falou Noah. A expressão dele era séria.

Peguei a mão dele.

— O quê? Não.

Ele se afastou e seguiu para a porta.

— Noah, espere!

Eu o segui até o lado de fora.

— O que está fazendo?

— Indo embora.

— Por quê?

— Porque você está flertando com Hudson na minha frente!

Minhas bochechas coraram.

— Como é?

— Você ouviu.

— Eu só estava falando com ele. Por que está sendo tão babaca? — gritei.

— Por que está agindo como uma piranha? — gritou ele de volta.

— O quê? — Ele tinha mesmo falado aquilo?

— Correndo de calcinha e sutiã, tomando banho de banheira seminua com metade da escola, virando shots e depois sussurrando no cantinho com aquele imbecil.

Senti como se ele tivesse me dado um tapa na cara. Cambaleei para trás como se ele tivesse feito mesmo isso.

— Vai se foder — falei.

Tínhamos brigado antes, mas nunca gritamos um com o outro daquela forma. E ele nunca tinha dito nada tão horrível. Eu nunca tinha dito nada tão horrível.

Noah se virou e foi embora.

Eu fiquei na varanda chocada.

Então fui atrás de Hudson.

PREPARAR, APONTAR, VAI

Mamãe uma vez me disse que a primeira coisa que um homem divorciado quer fazer é se casar de novo. Imediatamente.

Ela também me disse que um homem nunca deixa a mulher a não ser que tenha outra mulher na jogada. Ela disse que as pessoas acham que correr *para* alguma coisa é mais fácil do que correr *de* alguma coisa.

Acho que foi por isso que ela teve o caso. Para ter alguém para quem correr. Ou para dar a papai algo de que fugir.

DEZ COISAS QUE SÃO ÓBVIAS ÀS 3 HORAS DA MANHÃ

1. Está caindo um temporal.
2. As chaves do carro de Hudson estão na bolsa de Pinky (culpa de Dean).
3. Pinky foi embora.
4. Dean e Vi estão apaixonados.
5. Brett está desmaiado no sofá, ainda com a bermuda de neoprene molhada.
6. Um dos meus brincos ainda está perdido.
7. Zachary e Lucy — também perdidos.
8. Estou muito bêbada.
9. Noah é um babaca.
10. Hudson é gostoso.

A PÓS-FESTA

— Hud, como você chegou aqui? — perguntou Vi. Nós quatro estávamos sentados no sofá.

— De carona.

— Com quem? — perguntei. Minhas pernas estavam no colo de Hudson. Minha cabeça, na almofada do sofá. O cacto estava se movendo. Com um sutiã branco em cima dele. Era meu? Levei a mão ao peito. Não. Eu estava usando o meu.

Ele sorriu.

— Sr. Luxe.

— Sr. Luxe, pai de... — comecei.

— Leo. De 6 anos.

Virei a cabeça de um lado para o outro.

— Adorável, adorável, adorável. O que você fez com Leo, de 6 anos?

— Ensinei-o a jogar Banco Imobiliário. Comi pizza. Li histórias para ele.

— Acho que vocês dois terão de dormir aqui também — Vi falou para os irmãos.

— Eu fico no seu quarto — falou Dean. — A não ser que você fique enchendo o saco por isso.

Vi riu e o chutou.

— Ei, onde está Donut? — perguntou Hudson.

Donut! Minha doce Donut. Eu amava Donut. E o gesso pequenininho dela. Queria me enroscar em Donut imediatamente.

— Lá embaixo. Quer ver como ela está?
— Claro.

Quando descemos as escadas, segurei no corrimão para me equilibrar. Eu tinha mesmo acabado de convidar um garoto para o meu quarto? Sim. Um garoto que não era meu namorado? Sim. Enquanto eu estava brigada com meu namorado? Sim. Provavelmente, não deveria ter feito isso. Mesmo querendo. Quando abrimos a porta, Donut estava enroscada na cama. Ela ronronou ao nos ver.

— Ooh, quando vão tirar o gesso? — perguntou Hudson, olhando para a pata engessada dela.

— Em duas semanas. — Deveríamos subir. Mas meus olhos estavam pesados. Minha cabeça, também. Tipo uns 50 quilos. Por que minha cabeça estava tão pesada? Donut estava na minha cabeça? Onde estava Donut? Onde estava Noah? Noah Noah Noah. Babaca. Imbecil. Eu odiava a palavra *imbecil*. Odiava Noah por usar a palavra *imbecil*. E *piranha*. Ele tinha me chamado de piranha! Não conseguia acreditar que ele tinha me chamado de piranha!

— Pobre Donut — disse um garoto que não era Noah. Ele subiu na coberta e coçou debaixo do queixo de Donut. — Você é uma gracinha, não é?

Hudson! Era Hudson. Hudson era uma gracinha. Não, Hudson era um gato.

— Oi, Hudson — falei, deitando-me atravessada na cama. Agora o quarto estava girando. Talvez parasse se eu pusesse a cabeça no travesseiro. Não. Ainda girando. Mas girando de um modo mais confortável. Donut esfregou a orelha contra a minha mão. Meus jeans estavam apertados demais. Eu deveria tirá-los. Mas aquilo seria, com certeza, um convite. Eu estava pronta para fazer tal convite para o garoto na minha cama que não era Noah? Talvez pudesse tirá-las sem que ele visse. Entrei debaixo das cobertas, desabotoei as calças e as chutei para algum lugar sob os lençóis. — Não é um convite — falei.

Hudson tinha encostado a cabeça no colchão.

— Eu deveria ir — disse ele.

Hudson estava deitado na cama ao meu lado. Em minha cama. Aquilo era errado. Eu sabia que era errado. Eu estava sem calças. Talvez Noah estivesse certo a meu respeito.

— Ir aonde? — perguntei.

— Não sei — ele disse. Hudson se levantou.

Não. Não vá embora. Ele não podia ir embora.

— Fique — ordenei. — Você precisa me obedecer. É meu aniversário. — Talvez eu devesse mostrar que Noah estava certo a meu respeito.

Hudson parou sobre mim.

— Bem... deixe-me apagar as luzes.

O CASO DE MAMÃE

Jamais contei a papai o que ouvi. A conversa obscena ao telefone.

Um ano depois, meus pais disseram na David's Deli que se separariam.

Pouco depois do anúncio mamãe e eu estávamos sozinhas no carro a caminho de casa. Perguntei a ela se começaria a namorar o Outro Cara.

Ela quase ultrapassou um sinal vermelho.

— Por que você... como você... seu pai falou com você a respeito dele?

Senti-me horrorizada.

— Papai sabe?

Ela encostou o carro no acostamento.

— Ele sabe.

Afundei no assento.

— É por isso que vão se divorciar? Por causa do caso?

Ela balançou a cabeça.

— Não. Não é por causa disso. O caso acabou. Seu pai e eu... nós só... temos tido problemas há um bom tempo. Estou infeliz faz bastante tempo. E ele não... ele não ouvia.

— Como papai descobriu? — perguntei. Esperava que ele não tivesse acidentalmente tirado o telefone do gancho. Ou pegado os dois em flagrante. Ai, meu Deus, rezei para que ele não tivesse pegado os dois em flagrante.

Mamãe olhou para mim.

— Eu contei a ele.

Mais tarde imaginei se teria sido por isso que mamãe teve um caso: para que tivesse de contar a papai.

AGORA OU NUNCA

O quarto ficou escuro, então Hudson se deitou de barriga para cima ao meu lado.

Nossos rostos estavam a alguns centímetros de distância. Eu poderia beijá-lo se quisesse. Seria tão fácil!

Claro, havia Noah.

Mas ele tinha sido um babaca. Eu poderia esquecer Noah, se quisesse. Hudson poderia me ajudar. Eu correria de Noah direto para Hudson.

Então, jamais teria de ver o enorme buraco negro.

Mas será que eu queria?

Sim. Não.

Noah.

Eu ainda amava Noah. Amava. Eu sabia que sim.

Então, por que me sentia atraída por Hudson? Porque ele era maravilhoso. E sexy. E gentil. E porque eu gostava de ser a Garota Mais Linda de Westport.

Mas aquilo não tornava certo o que eu estava pensando em fazer.

Eu não poderia ficar com Hudson porque era louca por Noah. Sempre amaria Noah. Tínhamos passado por tanta coisa juntos! Eu não poderia, não iria, jogar fora dois anos incríveis só para me sentir sexy. Estar com Noah tinha me salvado do enorme buraco negro. Eu não podia esquecer disso. Não esqueceria.

Afastei-me e pus a cabeça no travesseiro.

— Boa noite, April — sussurrou ele.

— Boa noite, Hudson — sussurrei de volta e fechei os olhos.

MOTIVOS PARA SEMPRE CHECAR A CONTA DE E-MAIL FALSA

De: Jake Berman <Jake.Berman@kljco.com>
Data: Sex, 27 mar, 8:10 p.m.
Para: Suzanne Caldwell <Suzanne_Caldwell@pmail.com>
Assunto: Amanhã

Suzanne,
Queria dizer a você que passaremos em sua casa pela manhã. Desculpe-me pelo aviso de última hora — ando atolado. April sabe que estarei em Nova York, mas a visita a Westport é surpresa (para o aniversário dela), então, por favor, mantenha só entre nós. Espero vê-la novamente.

Abs, Jake
Enviado do meu BlackBerry

A MANHÃ SEGUINTE

IIIóóóóIIIóóóóIIIóóóó!
Acordei sobressaltada quando ouvi a sirene de polícia, sem saber se era uma sirene de verdade ou o toque de papai. Tateei a cama atrás do celular. Nada de telefone. E o futon... Bem, o futon estava ligeiramente lotado. Havia uma perna, perna de um garoto, perna de um garoto que não é meu namorado, jogada sobre minha canela. Por que Hudson estava na minha cama?

Ai, meu Deus! Ai, meu Deus! O que eu tinha feito?
IIIóóóóIIIóóóóIIIóóóó! O andar de cima. O toque de sirene estava vindo do andar de cima.

Olhei em volta à procura de calças. A única peça de roupa ao alcance era o vestido vermelho de Vi que eu tinha usado na noite anterior, o qual eu vagamente me lembrava de ter tirado em algum momento e deixado no píer.

Aquele vestido era encrenca.

Corri escada acima com as pernas à mostra.

Zona de guerra. Copos de plástico! Garrafas de cerveja! Tortilhas! Manchas nas cortinas!

Havia um sutiã no cacto.

Brett estava vestindo a bermuda de neoprene e com o rosto enterrado no sofá. Estava usando a toalha de mesa de linho roxa como cobertor. Zachary estava dormindo em uma das cadeiras da sala de jantar, com uma tiara de papel-alumínio na cabeça, a qual estava jogada para trás. A porta dos fundos estava aberta e uma poça de chuva ensopava o tapete desbotado.

IIIóóóóIIIóóóóIIIóóóó! Mais alto. Mais perto. Mas onde? O balcão da cozinha! Aninhado entre uma molheira cheia de guimbas de cigarro e uma garrafa de bebida destilada vazia estava meu celular. Mergulhei até ele. Havia uma mensagem de texto de Noah, mas a ignorei.

— Alô?

— Parabéns, princesa — disse papai. — Acordei você?

— Me acordou? — perguntei, o coração acelerado. — Claro que não. Já são... — Olhei para o relógio do micro-ondas. — 9h32.

— Que bom, porque Penny e eu estamos indo ver você!

O terror tomou conta de mim.

— O que isso quer dizer?

Papai riu.

— Decidimos fazer uma surpresa no seu aniversário. Foi ideia de Penny, na verdade.

— Espera aí. Sério?

— Claro que é sério! Surpresa!

Aquilo não estava acontecendo. Não poderia acontecer. Eu perderia tudo. Se, depois da noite anterior, ainda me restasse alguma coisa para perder. Dei um passo à frente e um pedaço de tortilha grudou em meu pé descalço. *Eeeca*.

Puta m...

— Isso é ótimo, pai — disse, me obrigando a responder. — Então... onde estão, exatamente? O avião acaba de pousar?

— Não, acabamos de passar por Greenwich. Devemos chegar em Westport em 20 minutos.

Vinte minutos?!

Um gemido veio do sofá. Brett virou de barriga para cima.

— Está frio pra cacete aqui — disse ele.

— April, não tem um garoto aí, tem? — papai perguntou.

Gesticulei uma guilhotina com a mão no ar para mandar Brett calar a droga da boca.

— O quê? Não! Claro que não! A mãe de Vi está ouvindo a rádio NPR.

— Acabamos de passar pelo Country Club Rock Ridge. Parece que estamos adiantados. Chegaremos aí em 15 minutos. Mal posso esperar para ver você, princesa.

— Você também — respondi, engasgando, e desliguei. Fechei os olhos. Depois os abri.

Dois garotos seminus na sala de estar. Um usando uma tiara.

Mais garotos seminus nos quartos.

Garrafas vazias de bebida alcoólica e copos jogados.

E a mãe de Vi em lugar nenhum.

Eu era uma princesa morta.

RÁPIDO

— Acordem! — gritei com toda a força. — Vi! — Papai estava a caminho. Papai estava a caminho! A casa estava um desastre e papai estava a caminho! Eu tinha 15 minutos para colocar o lugar em ordem. — Código vermelho! Código vermelho!

Um Brett ainda sem camisa pulou do sofá.

— O quê? O que está acontecendo?

— Você precisa se esconder — eu disse a ele. — E precisa colocar uma camiseta.

Ele puxou a toalha de mesa de volta por sobre a cabeça.

— Esse não é um lugar muito bom para se esconder — falei. — Mas, primeiro, ajude, depois se esconda. Escravos, ativar! Preciso de vocês!

Zachary se levantou e a cadeira onde ele estava sentado caiu para trás.

Vi saiu correndo de dentro do quarto.

— O que está acontecendo? — Ela estava com o cabelo todo bagunçado. Totalmente. Dean saiu correndo atrás dela.

Acho que sabia o que tinha acontecido com eles.

A seguir, Marissa e Aaron saíram correndo aos tropeços do quarto da mãe de Vi.

Esfreguei as têmporas.

— Galera. Pai. A caminho. Agora. Precisamos fazer parecer que não demos uma megafesta neste lugar. Do contrário...

— Tecnicamente, nada de festas não é uma das regras — falou Dean. — Pelo menos não está na geladeira.

— Verdade — falei. — Mas acho que está implícito.

Todos olhamos em volta, observando os copos derramados, as migalhas de batata frita, os muitos garotos seminus.

— Isso não parece bom — ressaltou Vi.

— Não — concordei. Olhei o relógio. Eram 9h34. Ahhh! Comecei a recolher copos, amassando-os contra o corpo. Precisava de sacos de lixo.

— Pode segurá-lo lá fora? — perguntou Vi.

Brett espreguiçou os braços, bocejando.

— Quem vamos manter lá fora? — perguntou ele.

— O pai de April — explicou Vi.

— Ele também mora aqui?

— Não — respondi, ao amassar um pacote vazio de Cheetos. — E eu não morarei mais se vocês não começarem a me ajudar. — Bati palmas. — Dean, você limpa a inundação. Vi, pegue os sacos de lixo. Livre-se das guimbas de cigarro. E encontre Lysol. Quem fumou aqui? O resto das pessoas, comece a limpar. Vou pegar o Miele.

— O que é um Miele, cara? — perguntou Brett.

— Um aspirador de pó — gritei. — Agora vai, vai, vai!

FALTANDO DEZ MINUTOS

Eu arrumei. Vi aspirou. O resto do pessoal catou o lixo do chão.

— Acho que o pai de April não vai ficar tranquilo em relação à festa de ontem à noite? — perguntou Brett.

— Não muito — falei. — Continue catando.

FALTANDO SEIS MINUTOS

— Meus dedos vão cair — reclamou Dean. — Vi, pode beijá-los para sarar?

— Claro que não — respondeu ela.

Eu pediria a ela para não ser idiota, mas não havia tempo.

FALTANDO DOIS MINUTOS

Quase terminando. A chuva tinha parado, a toalha estava de volta na mesa, as batatas e tortilhas na barriga do Miele.

— Vou levar o lixo para fora — disse Vi. — Agora. Garotos. Vocês precisam ir embora ou se esconder.

— Não temos para onde ir — disse Aaron. — Onde deveríamos nos esconder?

— Na Hula? — perguntou Brett, esperançoso.

— Está maluco? — exclamou Marissa. — Talvez devêssemos nos esconder no seu quarto? — perguntou ela para mim.

— Não, muito arriscado — falei. — E se ele quiser vê-lo?

— Vão para o quarto de mamãe — falou Vi. — Vão, vão, vão! — Ela os enxotou para o fim do corredor.

— Certifiquem-se de que as persianas estão fechadas. E mantenham as luzes apagadas para fingirmos que ela está dormindo. Qualquer um que falar está morto! Entendido? — ordenei.

Fechei as cortinas para esconder a Hula. Tirei a lista de regras de papai da geladeira. O que mais? Era tudo?

FALTANDO UM MINUTO

Um copo de shot! Na mesa de centro! Eu pego... eu pego... eu...

Crás! Droga. Droga, droga, droga. Não havia tempo para aquilo. Respirei fundo e limpei os cacos. A sala parecia bem. Estávamos bem. Eu conseguiria lidar com aquilo. E, então, lembrei. Hudson. No porão. Dormindo. Na minha cama. Merda. E, também, eu ainda precisava de calças. Escancarei a porta do porão e desci as escadas de dois em dois degraus. Donut, com gesso e tudo, tentou disparar escada acima.

— Não, Donut, fique!

— *Miau!*

— Você precisa ficar muito quieta — falei para ela, levando-a de volta para baixo. — Você deveria estar morta.

— Oi! — disse Hudson. — Bom dia.

Eu queria subir na cama ao lado dele.

— Uma loucura acontecendo — falei. — Papai está a caminho. Todos estão se escondendo no quarto da mãe de Vi. — Levei Donut até ele. — Pode ficar responsável por Donut?

— Claro — disse ele. — Olha, quanto a ontem à noite...

— Nada aconteceu — respondi, rápido. — Mas podemos falar sobre isso depois? Papai está chegando, e se ele vir alguém aqui, não será nada bom. — Ainda não conseguia deixar de me sentir culpada. Mesmo que nada tivesse acontecido, eu não deveria ter deixado outro garoto dormir na minha cama. Mesmo que estivesse com raiva de Noah. Eu não gostaria que outra garota dormisse na cama dele, gostaria?

— Eu sei — disse ele, rapidamente. — Mas preciso contar algo. Eu...

O telefone tocou.

Rezei para que fosse papai dizendo que um pneu tinha furado. Mas não era o toque dele. Talvez fosse Penny?

NÚMERO PRIVADO.

Ah! Não havia tempo para número privado. Mas, e se fosse Penny? Sentei-me ao lado de Hudson e gesticulei para que ele ficasse quieto.

— Alô? — falei. Donut se enroscou em meu braço.

— April? — falou a voz de uma mulher, alto.

— É ela — respondi. Realmente não tinha tempo para aquilo. Papai estaria ali a qualquer minuto.

— Aqui é a dra. Rosini. Tenho novidades. Tem alguns minutos para conversar?

— Novidades? — O que aquilo queria dizer?

— Seu teste para clamídia voltou positivo — disse ela. Em voz alta.

Donut mordeu meu punho.

— O quê? — perguntei. Ela havia acabado de dizer o que eu tinha ouvido?

— Testamos sua urina e deu positivo para clamídia. É uma doença sexualmente transmissível. Precisamos que pegue alguns antibióticos.

Minha cabeça estava apitando. Donut ainda estava mordendo meu punho. Tentei soltar o braço, sacudindo-o, mas ela não o deixava. Lágrimas se acumulavam nos meus olhos, mas eu não sabia se era a notícia ou os dentinhos mordendo minha pele.

— Donut! — falei, finalmente. — Saia!

— Deixe-me pegá-la — disse Hudson, calmo, afastando a gata de minhas mãos.

Donut emitiu um gritinho.

— Você está bem? — perguntou a dra. Rosini.

— Eu... eu... — Fitei Hudson. Ele tinha ouvido? — Não — respondi. Levantei-me, deixei Hudson e Donut, entrei no banheiro, fechei a porta e sentei na tampa fechada da privada. Então levantei, abri a torneira bem forte e sentei-me de novo. — Pode recomeçar? — eu disse, finalmente.

— Você tem clamídia — repetiu ela.

— Clamídia — ecoei.

— Sim.

— Isso é... — Minha voz sumiu. — uma DST?

— Sim.

— Eu tenho uma DST.

— Infelizmente, sim.

— Mas isso é impossível.

— Você não é sexualmente ativa? — perguntou ela.
— Eu... sim.
— Então *é* possível.

Eu tinha uma DST. Uma DST? Como poderia? Sentia-me exposta, suja, crua e precisando imediatamente de um banho. Um banho quente. Um banho quente e longo. Cruzei os braços em frente ao peito, então os descruzei, sem querer me aproximar tanto de mim mesma.

— Não, você não entende. Meu namorado e eu estamos juntos há mais de dois anos.

— É possível se você pegou em uma relação anterior.

Balancei a cabeça esperando que ela visse.

— Mas não houve relação anterior. Éramos os dois virgens!

— Humm. É possível transmitir clamídia por meio de sexo oral. Mas é raro. — Ela fez uma pausa. — Tem certeza sobre seu namorado?

— Não, mas... — Eu não sabia o que dizer. Continuei balançando a cabeça. Noah... tinha transado com outra pessoa?

— Gostaríamos que seu namorado viesse para também ser tratado.

— Noah também precisa ser tratado? — perguntei. — Ele tem?

— É provável — disse ela.
— Clamídia — repeti.
— Sim.
— Mas eu... eu nem sei como soletrar clamídia.
— Difícil de soletrar, fácil de pegar — disse ela, direta. — É parte da nossa campanha de utilidade pública.

Eu teria rido se não quisesse chorar.

— Tem certeza?

— Podemos fazer outro teste, se você quiser, mas eles costumam ser bem conclusivos e mesmo assim gostaria que você já começasse a tomar os antibióticos. Para evitar complicações.

Complicações?

— Que tipo de complicações?

— Se não for tratada, a clamídia pode causar DIP, doença inflamatória pélvica, que pode levar à infertilidade.

Todas as palavras rodopiavam em meu cérebro, como a água suja de louça lavada na pia.

— Infertilidade? — Meu coração parou. — Quer dizer que talvez eu não possa ter filhos? — Pensei em Penny.

— Seus sintomas não foram indicativos de DIP, então não me preocuparia muito com danos permanentes. Mas foi bom você ter sido testada.

— Ardia quando eu fazia xixi — falei.

— A maioria das pessoas não tem sintomas — disse ela.

Eu deveria me sentir sortuda? Sentia como se tivessem me dado um chute no estômago.

A campainha tocou. Papai. Papai estava ali e eu tinha clamídia. Oi, papai! Como vai? Bem? Que ótimo! Também estou bem. Exceto pela clamídia.

Clamídia, clamídia, clamídia. Difícil soletrar, sim, também difícil de falar. Três pratos de trigo para três tigres com clamídia.

— April? — perguntou a médica. — Pode me passar o nome da sua farmácia para eu deixar a receita lá? É uma dose de um dia de antibióticos.

— Sim. Hum... Pode enviar para a Walgreens, em Saugatuck?

Ouvi passos acima de mim. Os passos de papai. Precisava subir. Também precisava de calças. Fechei a torneira e corri para o quarto.

— April? — gritou Vi. — Seu pai e Penny estão aqui!

— Oi! Estou indo! Em dois segundos!

— Então, vejo você em duas semanas? — dizia a médica. — E queríamos ver seu namorado o quanto antes.

— Sim. Ótimo. Posso ligar de volta para marcar? — Vi as calças jeans, enroladas nas cobertas, e as vesti.

Que tipo de garota tira as calças quando está dormindo ao lado de um garoto que não é o namorado dela? Ah! Uma garota que pega clamídia!

— Ei — disse Hudson. Ele estava tentando conseguir contato visual, mas eu não deixaria que isso acontecesse. Não, senhor. — Você está bem?

— April — continuou a médica. — Sinto muito por você ter de lidar com isso, mas estou feliz que tenhamos detectado a tempo.

Detectado. Como um rato. Imaginei um rato correndo pelo meu corpo, mastigando meus ovários. Queria aqueles antibióticos. Agora. Ei, pai, antes do café podemos dar uma paradinha para comprar veneno de rato?

Depois que terminei com a médica Hudson pegou meu braço.

— April?

— Não, não estou bem — falei, agora evitando o toque dele, assim como os olhos. Abotoei a calça. — Ouviu a conversa toda?

Ele não respondeu.

Sensacional. Minhas bochechas queimavam. Urina e bochechas. Ainda mais sensacional.

— Aposto que se sente sortudo por não termos transado ontem à noite, né?

— Não é tão sério assim — disse ele.

Olhei no espelho de corpo inteiro. Lá estava eu. Parecia a mesma. Não era muito diferente de como eu parecia pré-clamídia. Ou ao menos pré-sabendo que eu a tinha.

Precisava prender o cabelo. Estava uma bagunça.

— É sério — falei. Peguei um elástico e prendi o cabelo em um rabo de cavalo. Virei-me para Hudson: — Pareço contaminada?

Nossos olhares se encontraram.

— Não — respondeu ele.

— Mantenha Donut quieta, o.k.?

Ele balançou a cabeça.

Corri escada acima e fechei a porta, rezando para que papai não pedisse para ver meu quarto.

Rosto impassível. Eu, definitivamente, precisava de um rosto impassível. Ainda que só conseguisse pensar em clamídia, clamídia, clamídia. Tinha de impedir que a palavra surgisse na mente. Precisava. Tinha de impedir. Tinha de impedir e ir cumprimentar papai e esperar que a casa estivesse limpa e que papai não visse as evidências da festa da noite anterior e que ele não percebesse que a mãe de Vi não morava ali ou que tínhamos mentido para ele ou que eu tinha clamídia.

Porque, se ele percebesse que eu tinha clamídia, eu teria de voltar para Ohio.

Sim, disso eu tinha certeza. Ele não me deixaria ficar ali se soubesse. Ele não iria querer que eu vivesse em uma piscina de doença e nojeira. Ele iria querer me proteger e me amar e manter segura e limpa.

Pisquei para afastar as lágrimas. Não podia chorar agora. Não podia pensar naquilo agora. Não podia, não podia. Virei a maçaneta e irrompi na sala de estar.

— Oi, pai — falei.

número dez:
fomos pegas invadindo

A VISITA

Papai e Penny tinham se acomodado no sofá que 20 minutos antes fora a cama de Brett, mas todos tinham sumido enquanto eu seguia para a porta do porão.

— Parabéns — disse papai, me abraçando. — Senti saudades. — Ele cheirava como papai. Aconchegante e cheiroso.

— Eu também — murmurei, e encostei a cabeça no ombro dele. Então pensei: "Não chegue muito perto. Posso ser contagiosa." Afastei-me. — Vamos?

— Na verdade, pensamos em esperar Suzanne sair do banho. Dizer "Oi".

— Eu nunca a conheci! — exclamou Penny, olhando em volta. — Dá para acreditar?

O banho. Eles achavam que a mãe de Vi estava no banho. Por que achavam aquilo? Ouvi com atenção e, realmente, o chuveiro estava ligado. Que diabo era isso? Encarei Vi. Quem quer que tivesse ligado o chuveiro era um homem morto. Ou mulher.

— Ela está louca para conhecer você — falou Vi com delicadeza. — Espero que saia logo. Mamãe toma banhos ridiculamente longos. Deixe-me ir contar a ela que vocês estão aqui. — Vi desapareceu no final do corredor, fechando a porta.

Sentei em frente a papai e Penny e sorri.

— Então — falei. — Vocês vão a um casamento esta noite.

— Sim — falou Penny. — O casamento de Tricia. Chegou a conhecê-la? É uma velha amiga do trabalho.

— Eu ia pegar o trem amanhã para ver vocês — falei.

— Eu sei, mas queríamos surpreendê-la hoje — falou papai.

— Certo — forcei um sorriso. — Quem não gosta de uma boa surpresa?

Vi reapareceu.

— Mamãe trancou a porta. Sinto muito. Espero que ela saia logo. — Então falou para mim, movendo os lábios, mas sem emitir som: — Dean. No chuveiro. — Vi gesticulou uma decapitação com a mão.

Quinze minutos depois a água ainda caía.

— Quer saber, pai? Por que não fala com Suzanne quando me deixar aqui? Tenho certeza de que até lá terá acabado.

— Sim — falou Vi, levantando-se. — É uma ideia melhor. Ela usa o banheiro como sauna e pode levar horas. Acha que a faz perder peso. Ha, ha, ha.

Obsessões com perda de peso. Devia ser de família. Fechei os olhos bem apertados. Não poderia me preocupar com Vi agora. Muitas outras coisas com que me preocupar.

MESA PARA QUATRO (PAPAI, PENNY, EU...
E MINHA DST)

As bocas de papai e de Penny se moviam, mas eu estava tendo dificuldades para processar as palavras.

Oi. Oi. Clamídia. Clamídia. Pergunta número um: como peguei você, clamídia? De Noah. Óbvio. Pois ele era a única pessoa com quem eu tinha dormido. Errado! A única pessoa com quem eu *tinha transado*. Ultimamente, eu dormia com garotos o tempo todo. Ha, ha. Mas só tinha transado com um. Ele era a única pessoa com quem eu tinha feito *qualquer coisa*.

A resposta: Noah me passou clami. Sim, eu a estava chamando de clami para abreviar. Eu podia dar um apelido à minha DST, pois nos conhecíamos muito intimamente.

Pergunta número dois: como Noah pegou?

A pergunta mais complicada, óbvio. Ele não poderia ter pegado de mim, pois eu tinha pegado dele. O que significava que ele tinha de ter pegado de outra pessoa. Até onde eu sabia, eu era a primeira dele. E ele nunca tinha ido *tão longe* com outra pessoa para também pegar clami. Então. Era isso. Noah tinha me traído. Não. Tomei um gole de café. Sim. Tinha de ser isso. Assim que começamos a namorar, ele me disse que nunca tinha transado. A não ser que tivesse mentido. Ou ele tinha me traído ou tinha mentido. Enquanto debatia as opções, derrubei café na blusa.

Penny entrou em ação e puxou um lencinho da bolsa. Imaginei se poderia usar um para limpar o corpo.

— Então, como está minha aniversariante? — papai estava dizendo, com um enorme sorriso.

— Você parece ótima — falou Penny. — Sua pele está brilhando. Está usando um sabonete diferente?

Não, é a clami! Faz maravilhas para os ovários *e* para a pele.

— Obrigada — respondi. — Talvez seja a água na casa de Vi? — Deveria ser o anticoncepcional, na verdade.

— Como vai a escola? — perguntou papai.

— Bem. — Fingi que meu rosto era de massinha e o estiquei até formar um sorriso. — Tudo está bem. — Absolutamente, puta bem.

— Queríamos conversar com você sobre o ano que vem — falou papai.

— O.k. — Ano que vem? Primeiro eu teria de sobreviver àquele ano.

— Estamos muito orgulhosos de você — falou papai, sorrindo.

— Manteve as notas altas — disse Penny.

— E tem sido muito responsável — acrescentou papai.

Em que mundo eu era responsável? Do que ele estava falando? De eu não ter batido com o carro? Ou de não ter colocado fogo na casa de Vi?

— Obrigada — respondi.

— Sabemos que Vi vai embora para a faculdade...

Eles se olharam, então papai se voltou para mim e disse:

— Acho que você está pronta para o próprio apartamento no ano que vem.

— Meu próprio apartamento? — repeti, chocada.

— Sim — disse Penny. — Eu estava pensando em um quarto e sala na cidade. Que tenha porteiro. Assim saberemos que estará segura. Preferíamos que fosse para Cleveland, mas como é isso o que você quer... O que acha?

— Uau! — foi tudo o que consegui dizer. Meu próprio apartamento.

Só eu.

Era o que eu queria.

Meu apartamento. Aos 17 anos. Era o que eu tinha desejado. Minhas próprias louças e roupas sujas e contas e tevê e fogão. E eu daria conta também. Não teria conseguido em janeiro, mas agora poderia. Mas era aquilo o que eu queria? Morar sozinha? Meu apartamento para que Noah pudesse me visitar a qualquer hora? Noah, o desgraçado mentiroso? O que eu queria era enfiar a cabeça de Noah no forno à la Zelda.

— Parece ótimo — falei, forçando um sorriso.

VIAGEM DE CARRO

Liguei para Vi do banco de trás do carro de papai.

— Oi! — disse alegre ao telefone. — Como está tudo?

— Todos foram embora. Ainda bem. Somos só eu e Donut. É seguro trazer o Papai Urso de volta.

— O quê? — falei bastante alto. — Sua mãe marcou hora?

Penny se virou para me olhar e franziu a testa.

— Ah, marcou — falou Vi. — Marcou hora com o travesseiro, mais provavelmente. Ou uma garrafa de *merlot*. Ela ama esses compromissos.

Encolhi os ombros de maneira exagerada.

— Que droga! Meus pais estão doidos para dizer "Oi"! — Olhei para Penny. — Sinto muito. Ela está... no salão de beleza.

— Ah, é? Em qual? Eu também marquei hora!

Humm.

— Vi — falei —, em que salão está sua mãe?

— Hum... salão *Mary Poppins*?

— Ela não tem certeza — eu disse a Penny.

— Não seria engraçado se você topasse com ela? — perguntou papai.

— Se acontecer — falei —, diga que eu mandei um "Oi".

PRECISAMOS CONVERSAR

Quando papai foi embora, acenei da porta entreaberta. Quando ele foi embora, fechei a porta e entrei no meu carro.

Então era isso. A visita de papai tinha acabado. Crise paterna controlada. Deveria, então, focar na crise em minhas calças.

Vi abriu a porta e colocou a cabeça para fora.

— Aonde você vai?

— Resolver algumas coisas — falei. Eu contaria tudo a ela. Depois. Primeiro, precisava ir à farmácia. E tinha de falar com Noah.

Engraçado como a vida brinca com a gente. Naquela manhã, quando papai ligou, achei que um desastre estava prestes a me atropelar. E eu estava certa, mas não tinha sido o desastre que eu previra. Aquele desastre tinha se dissolvido. Este desastre tinha me cegado.

— Volto logo — falei. Fechei a porta do carro e dei ré na garagem. Vi ficou à porta fazendo gestos de "O que está acontecendo?" com os braços.

Minha receita estava esperando na farmácia Walgreens. Zitromax. Uma dose. Imaginei se a farmacêutica saberia para o que era. Não a encarei. Também comprei água. Sentei no carro no estacionamento da Walgreens e tomei o remédio imediatamente. Pronto. Faça sua mágica, Zitromax! E agora?

Noah: Está acordada? Não consigo dormir. Mas não quero ligar, caso ainda esteja dormindo... Foi mal por ontem à noite. Amo você. Parabéns.

Eu deveria ligar para ele.

Não. Eu não queria ligar para ele. Não queria falar com ele.

Porque, quando falasse com ele, ele teria de responder.

Eu não queria ouvir a resposta.

Merda. Eu tinha de ir à casa dele e conversar pessoalmente.

Dei ré com o carro e meu celular tocou.

— Oi — disse Noah.

— Oi. — Coloquei o carro em ponto morto. Não sabia como começar.

— Recebeu minha mensagem? — perguntou ele.

— Sim.

— Quanto a ontem à noite... Sinto muito por ter sido um babaca. Acho que apenas não gosto de ver você com aquele imbecil. E quanto ao brinco. Você o achou?

— Hã?

— O brinco?

O brinco. Ele estava falando do brinco. Parecia que aquilo tinha acontecido dez anos atrás.

— Noah.

— Sim.

Por onde começar? Uma piada, talvez? O que você forma ao juntar as letras Í C A L I M...

— Você me traiu?

— O quê? Do que você está falando?

— Você dormiu com outra pessoa? — As palavras saíam da minha boca, mas parecia que outra pessoa as estava dizendo.

— Por que você pensaria isso?

Porque eu tinha prova. Uma prova infeliz. Mas...

— Traiu? — perguntei.

— Não — gritou Noah, praticamente um guincho. Ele estava mentindo. Tinha de estar. — Eu juro — ele disse. — April, não.

Minha cabeça doía.

— Eu estou com clamídia.

— O quê?

— Uma doença. Eu tenho uma doença. Uma doença sexual. Que eu só posso ter pegado de você.

Nenhum comentário.

— Alô? Pode explicar?

Ainda nada.

Fechei os olhos. Estava fazendo sol. Sol demais.

— Noah? Ainda está aí?

— Sim.

— Bem, ouviu o que eu disse? Eu tenho. O que significa que peguei de você.

— Como você sabe?

Bati com o punho no volante do carro.

— Você foi ao médico? — perguntou ele.

— Claro que fui! Não é um teste caseiro!

— Quando? Nunca me contou que ia ao médico.

— Eu não queria... — Espera. — Quem se importa se eu contei a você? Eu fui.

— É possível que seja um erro? — perguntou ele. — Ou talvez você tenha pegado em outro lugar.

Meu peito parecia apertado.

— Tipo onde? Está me perguntando se *eu* traí? — Aquela não era a hora de mencionar o incidente Hudson, embora eu tivesse certeza de que ele estava pensando em Hudson.

— Não sei — falou ele. — Tipo um vaso sanitário ou algo assim?

Agora bati a cabeça contra o volante do carro.

— Não peguei em um vaso sanitário.

— E a banheira de hidromassagem? Eu sabia que aquilo era uma má ideia. É nojenta.

— Não foi na banheira. Você precisa ir até a clínica. E fazer o teste.

— Mas não há nada de errado comigo. Eu me sinto bem.

— A maioria das pessoas não tem sintomas.

— Eu não tenho uma DST — disse ele, com a voz incrédula.

— Sim, você tem! — gritei, e antes que conseguisse segurar, lágrimas desciam pelas minhas bochechas. — Se eu tenho, você tem. Mesmo que você não tenha passado para mim, eu passei para você, então, agora você tem. Nós dois temos. — Ele estava me irritando de verdade. Por que tinha de fazer com que eu me sentisse como se estivesse sozinha naquela situação? Eu não peguei a doença por mágica. Não importava o motivo, estávamos juntos naquilo. Eu não estava sozinha. Era fisicamente impossível.

— Você está certa — disse ele. — Sinto muito. Porra. Essa coisa toda veio do nada.

— Sério? — falei, limpando os olhos.

— Vou ligar para o meu médico, o.k.? E vou fazer o teste. Mas aposto que é tudo um erro. Tem de ser.

— Então você não me traiu? — perguntei, a voz se enchendo de esperança.

— Eu amo você. Não faria isso. Eu nunca faria isso.

— Mas, e quanto a Corinne? Você dormiu com ela? Talvez ela tivesse a doença.

— Eu nunca dormi com Corinne.

— E antes de Corinne? Antes de mim?

— Não! Ninguém. E nunca traí você com Corinne. Você sabe disso. Não pode ficar jogando isso na minha cara.

— Eu sei, é que... — Minha cabeça estava girando. — Estou confusa, o.k.? E chateada.

— Não fique. Tudo ficará bem. Prometo.

Seria possível? Se não fosse mesmo dele e eu o estava culpando... Eu queria acreditar em Noah. Talvez fosse da Hula. Ou de uma privada. Talvez o resultado do teste estivesse errado.

— O.k. — falei.

Tudo *era* possível.

DE VOLTA PARA CASA

— Então — falei, jogando a bolsa no chão. — Estamos sozinhas?

Vi estava sentada no sofá segurando um vidro de manteiga de amendoim e uma colher.

— Sim. Para onde você desapareceu antes?

Eu estava de pé no meio do quarto e levei as mãos aos quadris.

— Para a Walgreens. Precisava de antibióticos. Para minha clamídia.

A boca de Vi se escancarou.

— Puta merda!

— Sem brincadeira. E PSC, xixi queimando? Nem sempre infecção urinária. — Mesmo sendo tão horrível, sentia-me bem falando da situação.

— Ai. Meu. Deus. April. Sinto muito.

— Eu também. Antibióticos tomados, no entanto. Então, espero, ela foi embora. Ou quase foi.

— Cruzes. Não consigo acreditar. Mas como você pegou? Não estavam usando camisinhas?

— Eu... — As palavras não saíram.

A DÉCIMA PRIMEIRA VEZ QUE NOAH E EU TRANSAMOS

— Ô-ou — disse ele. — Acho que acabamos com as camisinhas.

— Acabamos? Com todas elas?

Ele riu.

— É. Esqueci de comprar mais. — Ele estava deitado sobre mim.

— Ah!

— É. Ops.

— Bem... Estou tomando pílula.

— É. Tem certeza?

— Tenho.

— Tudo bem.

— Tudo bem.

— Amo você — disse ele.

— Eu também.

VI GRITOU COMIGO

— April! — Vi gritou com a voz aguda. — Vocês não estavam usando camisinhas?

Não respondi.

— Ai, meu Deus, por favor! Você dormiu com ele sem camisinha? É uma idiota.

Minha cabeça doía.

— Eu não sei.

— O que estava pensando?

— Que ele é meu namorado.

— É por isso que não quero um namorado — disse ela com raiva. — Não dá para confiar neles. Não dá para confiar em ninguém. Você precisa cuidar de si mesma. Precisa respeitar a si mesma.

— Eu realmente não estou a fim de um sermão agora — falei. — Usamos camisinhas, mas elas acabaram e nos sentíamos tão mais próximos. Estou tomando pílula.

— A pílula não protege contra DSTs! Ou HIV!

— Pare de falar como uma propaganda de utilidade pública!

— Você, obviamente, precisa ouvir! Você pegou clamídia do seu namorado!

— Provavelmente...

— Espere. O quê? Você dormiu com outra pessoa? Hudson? Por favor, diga-me que Hudson não fez isso.

Balancei a cabeça.

— Não foi Hudson. *Nada* aconteceu com Hudson. E não estive com mais ninguém.

— Então o quê? — perguntou ela. — Não dá para pegar em um vaso sanitário.

Dei de ombros.

— Você não sabe disso.

Ela riu com desdém.

— Sim, April, eu sei. Quem você acha que escreveu o artigo sobre DST para o *Issue*?

— Bem, talvez tenha sido na Hula.

Ela fechou os olhos e esfregou a testa.

— Você não acabou de dizer isso.

— É possível — falei com a voz aguda.

— Não, April, não é. Foi isso o que Noah disse? Que você tinha pegado na banheira de hidromassagem?

Não respondi.

— Ele está falando merda.

— Não está — respondi. — É um festival de germes ali. Nunca lembramos de checar o pH e... — Que diabos eu estava falando? Eu estava realmente repetindo o que Noah tinha acabado de dizer?

Vi continuava balançando a cabeça.

— Primeiro de tudo, mesmo que fosse um festival de germes, mesmo que você tivesse pegado na banheira de hidromassagem, o que, vamos deixar claro, é totalmente impossível, a Hula não teria produzido clamídia espontaneamente. Você teria pegado de alguém na banheira. Está dizendo que pegou de mim? Agora eu também tenho?

— Era uma banheira *usada*. Talvez não tenha sido limpa adequadamente. — Eu sabia que parecia retardada, mas não conseguia me impedir de dizer aquilo.

— Você está sendo estúpida.

— Não me diga que estou sendo estúpida!

— Mas você está sendo estúpida. Seu namorado está mentindo para você. Ele dormiu com outra pessoa, pegou uma coisa e passou para você.

— Não. Tem de haver outra explicação.

— Eu sei que é difícil para você se desapegar dele. Ele estava lá depois que seus pais se divorciaram. E quando sua mãe foi embora. Mas não pode ficar com ele por causa disso. Não pode ter medo de seguir em frente. Ele é um babaca puxando você para baixo. Você claramente se sente atraída por Hudson...

— Hudson não é a questão aqui! — falei. Sim, eu me sentia atraída por Hudson. Mas eu amava Noah. Não amava?

— Pare. Está mentindo para si mesma. Precisa abrir os olhos.

Cruzei os braços com força. Ela não tinha direito.

— Ah, e você é muito perfeita?

— Eu nunca disse que era perfeita.

— Você é uma controladora maluca! Armou para o garoto de quem gosta ficar com outra pessoa para que você não precisasse namorá-lo! Você malha no meio da noite! Não me deixa dirigir! Me segue pela casa apagando luzes! É pior do que viver com Penny. E deixe-me dizer uma coisa: ser uma controladora maluca não vai mudar o fato de que sua mãe é doida. E sabe o que mais? Eu poderia ter ficado no quarto dela, porque ela não vai voltar.

Vi se encolheu visivelmente. Depois se virou e foi para o quarto pisando com força. Então bateu a porta e me deixou sozinha.

Meu peito estava apertado. Eu tinha mesmo acabado de dizer tudo aquilo?

Não importava. Ela estava agindo como uma megera. Justamente quando precisava que ela me acalmasse, tinha me atacado. Dizendo que eu era burra. Acusando Noah.

Por outro lado, o que eu tinha dito foi bem horrível.

E agora? Eu precisava sair dali. Precisava estar com alguém que simpatizasse comigo, não me desse bronca. Precisava desabafar e ouvir um "Tudo vai ficar bem" de alguém que não fosse Noah. Precisava de mamãe. Queria colocar a cabeça no colo dela e deixá-la brincar com meu cabelo, como costumava fazer. Eu queria que ela me dissesse que tudo ficaria bem. Mas ela não estava ali. Como sempre.

Peguei a bolsa do chão, andei até a porta de entrada e voltei para o carro. Iria para a casa de Marissa.

Liguei para ela quando parei em um sinal vermelho. Não atendeu.

— Oi — falei. — Sou eu. Preciso falar com você. Ligue quando pegar o recado?

Continuei dirigindo. Para lugar nenhum. Precisava descobrir. Ele tinha me traído? Poderia trair? Sim. Ele deveria ter traído. Deveria ter dormido com Corinne. Eu precisava de provas. Quem poderia saber? Corinne. Corinne saberia. Sim. Eu iria até a casa dela. Fiz um retorno em "u", então virei à esquerda e à direita e, então, estacionei em frente à casa dela.

Quando saí do carro, senti-me enjoada. E animada. Não animada do tipo feliz, mas incrivelmente agitada. As cores estavam mais fortes. Os sons, mais altos. Eu sempre soube sobre Corinne e Noah, não soube? Sim, eu sabia. É claro que Corinne e Noah estavam dormindo juntos. Ela o queria. Ela sempre o quis. E alguém tinha passado a doença horrível para ela e ela tinha passado para Noah e agora eu tinha. Era tudo culpa dela.

Com o coração acelerado, tropecei escada acima e toquei a campainha dela. Talvez Noah estivesse ali naquele momento. Talvez estivessem transando e rindo naquele momento.

Houve um movimento atrás da porta. Sentia alguém olhando para mim. E então...

— April? E aí? — Corinne, de jeans e camiseta branca, os cabelos ruivos presos em coque. Então ela mordeu o lábio. Não pareceu surpresa ao me ver.

— Precisamos conversar — falei, severa.

Ela concordou. Balançou a cabeça! Era óbvio que era culpada! Ela saiu e fechou a porta, mesmo descalça. Ela se sentou em um dos degraus, abraçando as pernas.

Andei até a base da escada. De jeito nenhum eu sentaria para aquilo. Coloquei as mãos nos quadris e a encarei.

— Eu sei — falei.

Os ombros dela afundaram. A cabeça abaixou. Ela parecia uma tartaruga assustada.

— Desculpe-me, mesmo.

Ai, meu Deus. Ela admitiu! Ela realmente admitiu!

— Desculpas não são o suficiente — disparei. — O que você fez foi muito errado.

Ela começou a chorar.

— Eu sei — soluçava Corinne.

Ela sabia que ficar com *meu namorado* era errado. Mas será que ela sabia sobre a clamídia? Ela tinha feito aquilo de propósito? Tentou me deixar doente?

Parecia um chute alto demais, percebi. Então, talvez ela não soubesse. Talvez não fizesse ideia. Talvez eu não devesse contar a ela. Deveria deixá-la descobrir por conta própria. Um dia. Dali a dez anos.

Ai, meu Deus! Não. Eu não era *aquela* garota também.

— Você deveria saber que deu algo a ele — disse a ela. — Talvez queira ir ao médico.

Ela me olhou por entre as lágrimas.

— Dei o quê? Respiração boca a boca? Não poderia. Eu nem saí do carro.

Hã?

— O que isso quer dizer? Vocês só fizeram no carro? O quê? Dirigiu pela cidade em busca de estacionamentos abandonados?

As sobrancelhas dela estavam franzidas em confusão.

— Não foi um estacionamento. Aconteceu bem em frente à sua casa.

Como ela era horrível!

— Você ficou com Noah em frente à minha casa? Estavam tentando me humilhar?

Ela piscou. E piscou de novo.

— Do que você está falando? Eu não fiquei com Noah. Quer dizer, eu o beijei há, tipo, um milhão de anos, mas você sabia disso.

Se ela não tinha ficado com Noah...

— Então, por que está pedindo desculpas?

Ela caiu em lágrimas de novo.

— Por ter atropelado sua gata!

Dei um passo para trás.

— Você atropelou Donut?

Ela balançou a cabeça.

— Por que atropelou Donut?

— Foi sem querer! Sério! Eu estava dirigindo na sua rua e não a vi na minha frente.

Aquilo não fazia sentido. Pensei na noite do acidente. Vi e eu estávamos na banheira. Eu tinha deixado a porta aberta. Corinne não tinha passado lá.

— Mas por que estava em frente à minha casa?

— Eu estava passando por ela de carro — disse Corinne, brincando com os dedos.

— Corinne, moro em uma rua sem saída. Não há motivo para passar de carro. E seus faróis estavam apagados.

Ela fechou os olhos e vi lágrimas descerem dos cantos.

— Eu estava na casa de Joanna.

— Você estava na casa de Joanna? Nem sabia que você e Joanna eram amigas assim.

— Não somos — disse ela, rapidamente. — Quero dizer... Somos. — Ela ficou vermelha.

Percebi o que estava acontecendo.

— Quer dizer que você está *saindo* com Joanna.

— Ai, meu Deus, por favor, não conte a ninguém.

— Espere, espere aí. Eu não vou contar a ninguém. — Sentei-me ao lado dela. — Mas eu não fazia ideia. Quando começaram a sair?

— Não estamos *saindo*. Estou apenas entendendo algumas coisas. Não sei. Depois da coisa com Noah, percebi que talvez garotos não fossem para mim. Ai, meu Deus! Não acredito que acabei de dizer isso.

— Mas você está sempre flertando com Noah.

— Na verdade, não. Bem, talvez um pouco. Mas só para me mostrar. Porque não estou pronta para que ninguém saiba sobre mim e Joanna. E garotas. Sei lá.

— Achei que você estivesse tentando...

— O quê? Roubá-lo?

Quando ela colocava daquela forma, parecia idiota.

Sentamos em silêncio por um momento.

— Podemos voltar à parte em que você atropelou minha gata? — perguntei finalmente.

Ela concordou.

— Desliguei os faróis quando passei pela casa de vocês porque não queria que me vissem. E depois que ouvi o estalo... — Nós duas nos encolhemos. — Eu deveria ter saído do carro. Eu queria. Mas não podia. Então teria de contar a você por que estava passando por sua casa e...

— Por que não ligou para alguém? O hospital veterinário? — Se eu não tivesse notado que Donut estava sumida, ela teria ficado do lado de fora a noite toda.

— Eu não sabia que era seu gato. Não sabia que você tinha um gato. Meio que esperava que fosse um galho.

— Certo.

— Sinto muito. Eu só soube mais tarde naquela semana, quando ouvi Noah contando na sala de aula. E me senti enjoada. Muito enjoada. Vou pagar de volta. Não acredito que foi tão caro. Comprei metade do ponche na festa para tentar pagar de volta!

— Obrigada — falei. E percebi que fui sincera.

E eu tinha achado que ela tivesse ido para dar em cima de Noah.

Noah.

O que tudo aquilo queria dizer a respeito de Noah? Significava que... Talvez ele pudesse estar dizendo a verdade?

Que nunca me traiu? Mas, então, como peguei clami? Meu celular tocou e a tela dizia MARISSA.

— Corinne, preciso ir. Mas prometo não falar nada do que você me contou — eu disse, com gentileza. — Até a parte sobre a gata. Fica só entre nós.

— Você é a melhor. Obrigada. Muito obrigada. E vou pagar de volta. Prometo.

— Donut está bem agora. Não se preocupe com isso. A festa angariou dinheiro suficiente. — Dei tchau e atendi ao telefone. — Oi — falei.

— Oi! Feliz aniversário! Ai, meu Deus, esta manhã foi uma loucura. Mas foi bom ver Aaron! Estou tão chateada por não podermos passar o verão juntos. Mas tive uma ótima ideia. Estava pensando que talvez nós duas pudéssemos passar o verão em...

— Preciso falar com você — interrompi. — Estarei do lado de fora da sua casa em dois minutos.

— Ei! O que aconteceu? Seu pai descobriu? O que está acontecendo entre você e Hudson?

— Nada — falei. — Apenas saia.

— Você está bem? Parece estranha.

— É, bem, sinto-me estranha. Preciso conversar. Preciso de conselhos.

— Estarei do lado de fora.

Ela estava de pé em frente à garagem quando cheguei.

— O que houve? — perguntou Marissa, entrando no banco do carona. Ela olhou para meu rosto. — O que houve?

Coloquei o carro em ponto morto e desliguei.

— Tenho clamídia.

A boca de Marissa se escancarou.

— Men-ti-ra.

— Eu sei, né?

— Como soube?

— Fui ao médico fazer um exame para infecção urinária. E eles detectaram.

— Falou com Noah?

Virei-me para ela.

— Ele disse... Disse que nunca me traiu. Eu não sei. Vi disse que ele está mentindo. Eu tenho de ter pegado dele, certo? É o único garoto com quem já fiz qualquer coisa!

— Sim — disse ela devagar. — Tem de ser ele.

— Vi disse que ele me traiu. Mas... Não sei. Não consigo acreditar que ele faria isso. Não consigo. Temos estado tão bem. Como um casal de verdade. Nos falamos toda noite. Passamos o dia todo juntos. Ele não poderia ter feito isso. Onde teria encontrado tempo? Se passou para mim... Estou pensando que tem de ter sido antes. Quando não estávamos juntos. Talvez quando éramos calouros? Sei que ele disse que nunca tinha feito, mas... se ele tivesse transado quando era calouro, teria contado a alguém. A todos. Quer dizer, que garoto não contaria? — Eu sabia que estava tagarelando, mas não conseguia parar. Não queria parar. Se continuasse falando, então não teria de pensar. — Talvez ele tenha pegado então — continuei. — Achei que ele poderia ter dormido com Corinne, mas realmente não acho mais que foi o que aconteceu, então não sei...

— April — Marissa falou. Ela olhou para o colo.

— Estou tagarelando, né?

— Ouvi um boato.

— Hã?

— Ouvi um boato sobre Noah.

Meu coração parou.

— O quê?

— Que ele ficou com alguém. Que ele traiu você.

Fechei os olhos.
— Sério?
— Não acreditei — disse ela, as palavras saíram em cascata. — Vocês eram o casal perfeito. Mas, agora... Eu não sei.
Tudo parou.
— Com quem?
— Não foi Corinne. Alguma garota que ele conheceu nas férias. Achei que fosse um boato idiota.
— Quando isso aconteceu?
— No recesso de Natal. Em Palm Beach. No ano-novo.
— Nesse Natal?
— É.
Lembrei do Natal. Eu tinha dito a ele sobre a mudança. E então ele me traiu. Acho que não estava torcendo para que eu ficasse, no fim das contas. Ou talvez estivesse puto porque eu tinha adiado nossa grande noite de sexo porque estava estressada com a mudança de papai.
— Ele me traiu antes de dormirmos juntos.
— É.
— Então ele dormiu com outra pessoa e depois dormiu comigo.
— Acho que sim. Mas é só um boato. Talvez nem seja verdade. Por isso não contei a você. Não acreditei. Vocês eram o casal perfeito e ele fazia você tão feliz!
— Onde ouviu esse boato?
— Ela é amiga de acampamento da namorada de Brett e Jane perguntou a Aaron se eu a conhecia e...
Todos sabiam. A turma toda de Aaron. Jane descartada. De quem eu sentira pena. Eu descartada.
— Qual o nome dela? Da garota.
— Lily — ela disse. — Lily Weinberg.
Lily. Lily idiota. Lily portadora de doença. Lily vagabunda.

— Não posso... espere, quando descobriu tudo isso?

Ela deu de ombros, sem me encarar.

— Faz um tempinho.

— Quanto tempo? — Minha voz ficou mais tensa.

— Uns dois meses. Não lembro.

— Está brincando? Você soube que ele tinha me traído há alguns meses? E não disse nada? Como pôde não dizer nada?

— Eu não queria chatear você. E era um boato.

— Não ligo que fosse um boato! Deveria ter me contado!

Ela caiu em lágrimas.

— Desculpe-me! Pensei em contar, mas...

— Você soube antes de eu dormir com ele?

Ela não respondeu.

— Você soube! Como pôde não me contar? Por que não me impediu?

— Tentei impedir você! No cinema! Mas você queria fazer. Estava obcecada com isso.

— Eu não estava obcecada. Queria transar com meu namorado, por quem estava apaixonada. E achava que ele também estivesse apaixonado por mim. Achei que você só estava sendo puritana. Achei que não queria que eu fizesse se você também não fosse fazer.

— April, por favor.

— Eu sou capaz de matar você — disparei.

— Você não está realmente puta comigo — disse ela. — Está com raiva de Noah e está descontando em mim porque estou sentada aqui.

— Não, estou com raiva de você porque é uma má amiga.

Ela se encolheu.

— Sinto muito. Eu devia ter contado. É que eu...

— É uma má amiga?

— Não. Sim. — Ela limpou os olhos com o dorso da mão.
— E estava com medo. Estava com medo de, se contasse, você terminar com ele...

— Sim.

— E então se mudaria para Ohio.

Ótimo. Sensacional. Todo mundo achava que eu tinha ficado por causa dele?

— Então me enganou para que eu ficasse.

— Sinto muito — disse ela de novo. Seus ombros tremiam.

— Eu também — falei. — Pode sair agora?

— April...

— Estou falando sério. Saia. Preciso ligar para Noah.

— Estou aqui se quiser conversar. E sinto muito. Amo você, você sabe disso. E juro, não achei que fosse verdade. Não achei que fosse possível. Noah é um babaca.

Ela saiu do carro e fechou a porta com delicadeza.

Em vez de esperar ela entrar em casa, como eu sempre fazia, saí correndo.

A VERDADE

Cinco minutos depois eu estava em frente à casa de Noah. Estacionei o carro e andei até o parque do outro lado da rua.

Liguei para ele e pedi que me encontrasse. Desliguei. Não podia acreditar que ele havia mentido para mim mais cedo. Como podia mentir para mim daquele jeito? Tinha mentido durante o Eu Nunca também. Nunca transei? Por favor.

Fui a única que contou a verdade durante o Eu Nunca?

Noah poderia ter me contado. Não naquela hora, na frente de todo mundo. Mas depois.

Ou antes de transarmos.

Sabia que estava agindo estranho. Eu não tinha perguntado qual era o problema? Ele poderia ter contado então. Eu tinha dado uma brecha. Uma enorme, gigantesca, ainda não transamos, de uma brecha. Canalha. Mentiroso.

Eu não estava olhando para ele, mas ouvi seus sapatos nas pedrinhas atrás de mim.

— Oi — disse ele.

Eu estava sentada no banco verde. Não me virei. Ele andou até a minha frente.

— Preciso contar uma coisa — disse Noah.

— Você acha? — Cruzei os braços e imaginei se em vez disso não deveria dar um soco nele.

— Dormi com outra pessoa.

Tudo doía. Balancei a cabeça.

— Continue.

— No Natal.

Eu queria me enterrar na grama, mas tentei ficar ereta.

— E algumas horas atrás você mentiu porque...

— Porque estava assustado. Não sei. Não deveria ter mentido. Apenas menti.

— E você dormiu com outra pessoa porque...

Ele não disse nada.

Chutei o chão.

— Diga alguma coisa! Não entendo! Explique!

— Apenas aconteceu — disse ele, baixinho.

— Isso é um monte de merda! — gritei. Minha voz ecoou no parque. — Sexo não acontece. Você faz acontecer. — Pensei na noite anterior com Hudson. Poderia ter acontecido. Facilmente. Mas não deixamos.

Ele ficou quieto por um instante, então disse:

— Sou um idiota. Foi só uma vez. Eu estava bêbado.

— Isso não é desculpa.

— Não estou dizendo que é! — disse ele, rápido. — Estou apenas contando a verdade.

— Um pouco tarde.

As bochechas dele ficaram vermelhas.

— Eu sei. Deveria ter contado a você.

— Deveria ter contado. Deveria ter usado camisinha. Com ela. Comigo.

— Eu sei! Mas não tinha planejado... nada. — Ele bateu com o punho na palma da mão.

— Então você conhecia bem essa garota?

— Sim, o avô dela é vizinho do meu na Flórida.

— Então, onde vocês estavam? Na praia?

Ele fitou o chão.

— Você não quer saber de verdade.

Agora eu queria socá-lo de verdade.

— Agora você vai me dizer o que quero ou não saber? Você não tem o direito de fazer isso. Não tem mais direitos. Quero saber os detalhes. Cada detalhe. Diga.

Ele tomou fôlego.

— Estávamos na praia. E apenas... — A voz dele sumiu.

— Ficaram — cuspi a palavra.

— É.

A cena toda passou na minha mente e não conseguia fazê-la parar. Podia ver os olhos dele, o modo como me olhava logo antes de me beijar. O modo como me tocava, ele a tinha tocado. Aquela garota qualquer. Por que eu tinha pedido para saber dos detalhes? Não os queria. Não tinha aprendido a lição da última vez?

Senti-me enjoada. Tonta. Vazia. Fora dos eixos. Bêbada. Socada. Crua.

— Se não queria ser pego, deveria ter usado camisinha. E ao menos pedido a sua amiga piranha para não tagarelar com os amigos. É. O mundo é pequeno. E sei tudo sobre Lily.

Ele se encolheu quando falei o nome dela.

— Sinto muito, April. Sério. Eu amo você mesmo.

— Nem tente. Não entendo — falei de novo. — Não podia esperar? Só precisava esperar um pouco mais.

— A questão não era esperar — falou ele.

— Achei que as coisas estavam bem entre nós — falei baixinho. — Não estavam? Por que você dormiria com outra pessoa?

— Elas estavam bem. *Estão* bem.

Minha cabeça doía.

— Você não teria dormido com ela se estivessem. Não é assim que funciona.

— Acho que... eu estava assustado. Seus pais estavam se mudando. E você decidiu ficar. De novo.

— E daí?

— Era grande demais. E apenas... não sei. Sua mãe foi para a França. Você ficou. Seu pai se mudou. Você ficou. Era muita pressão. Sobre mim.

— Espere, espere, espere. Não fiz tudo isso por você! — Minha cabeça estava girando.

— Ah, por favor! Por que mais você teria ficado? Quando perguntei por que não iria para Ohio, você disse que era por minha causa!

Lembrei de nossa conversa naquela noite no carro. Fiquei repetindo o quanto o amava porque achei que ele tinha ficado chateado por não podermos transar. Mas o tempo todo ele estava assustado por quanto eu, supostamente, o amava.

Sou toda sua, eu tinha dito.

Ai, meu Deus!

— Estava tentando fazer você se sentir bem. — Eu tinha dito aquilo porque estava tentando fazê-lo se sentir necessário, amado. — Não foi por sua causa.

Foi por causa de tudo. Escola. Ele. Marissa. Vi. Minha vida. Ir para Ohio significava dizer adeus a tudo e eu não tinha conseguido fazer isso.

Deixar Westport era assustador. Todo mundo tinha se mudado e seguido em frente. Mas eu não podia.

— Não foi *só* por sua causa — falei. — Acho que estava com medo de seguir em frente.

Quando falei, percebi que era verdade. Talvez sentisse medo de me mudar não por causa de Noah, Marissa, Vi ou a escola. Talvez fosse por causa de tudo o que tinha acontecido nos últimos anos. Talvez fosse por eu não querer que nada mudasse.

— Achei que tivesse sido por nossa causa — disse ele. — E eu queria que você ficasse. Eu queria ficar com você. Mas parecia... grande. Pesado. Senti-me preso. Você estava me escolhendo à família... eu tinha de valer a pena.

Olhei para ele.

— E você escolheu provar que valia a pena ao dormir com outra pessoa?

— Apenas me assustei. Com Lily não tinha significado. Eu deveria ter contado a você antes de dormirmos juntos. Eu ficava querendo contar. Mas, então, as coisas estavam tão bem entre nós que achei que poderia esquecer que tinha acontecido.

— Se ao menos você não tivesse me passado uma doença.

— Foi idiota. Não sei por que fiz isso. As coisas entre nós pareciam complicadas e aquilo foi apenas fácil.

— Ela foi fácil — falei, então desejei poder retirar. Não era culpa dela. Era, claro, mas não era ela que me devia alguma coisa. Ela não me devia nada. Ele me devia mais. — Não, retiro o que disse. Não foi culpa dela. Foi sua.

— Eu sei que foi minha culpa. Pode me perdoar?

Olhei para ele. O garoto que eu tinha amado. Amado mais do que qualquer coisa. Ele tinha se assustado. Se sentira encurralado. E reagira. Eu poderia perdoá-lo? Então, nada precisaria mudar.

As bochechas dele estavam muito vermelhas. Os olhos, cheios d'água.

Talvez, se tivesse me contado assim que aconteceu. Antes de transarmos. Mas era tarde demais.

— Não — falei. — Não posso.

Saí do banco e fui embora.

NA ESTRADA

Coloquei a chave na ignição e dirigi. E virei. E virei de novo. Parei o carro no meio da rua. Para onde eu deveria ir? Meu namorado era um canalha traidor. Minha colega de quarto achava que eu era idiota e uma megera. Minha melhor amiga tinha mentido para mim.

Eu não tinha nada ali. Nada mais.

Como voltaria para a escola? Como poderia encarar qualquer um deles? Hudson sabia sobre a clamídia. Corinne, provavelmente, já sabia também, depois de montar o quebra-cabeça do que eu falei. Desejei ter mudado para Ohio.

Talvez eu estivesse errada o tempo todo.

Talvez devesse ter mudado.

Talvez estivesse melhor em Cleveland.

Encarei o sinal vermelho em frente ao carro. Sim. Cleveland. Era o que eu tinha de fazer. Mudar. Mudar imediatamente. Nem precisava me despedir de ninguém. Simplesmente iria. Pegaria o avião de volta com papai no dia seguinte. E poderia começar o colégio lá na segunda-feira. Quem precisava de Westport? Eu, não.

Meu coração começou a flutuar. Nem era *tão* louco. A maioria das minhas aulas era nas turmas avançadas. Seria fácil conseguir transferência.

Peguei o celular.

— Pai — falei. — Papai, preciso falar com você. É importante. Onde está? — Pelo menos alguém ficaria feliz com o que eu tinha a dizer. Ele iria me querer. Eu era querida em Cleveland.

— Oi, princesa! Acabei de deixar Penny no salão. Vou resolver algumas coisas em Westport antes de ir buscá-la e voltar para a cidade.

— Pai. Ouça. Mudei de ideia. Quero me mudar para Cleveland.

Ele riu.

— O quê?

— Quero ir. Agora. Amanhã. Não quero mais ficar em Westport.

Esperei pela alegria.

— April. O ano escolar está quase acabando.

O quê? Aquilo não era alegria.

— Eu sei. E quero terminá-lo em Cleveland. — Minha voz estava estranha.

— Mas você está tão feliz na casa de Suzanne! Não entendo.

— Não estou feliz na casa de Suzanne — respondi. — Não estou. Quero me mudar. Preciso ir embora.

— Ah, por favor! Você não pode se mudar *agora*.

— Por que não?

— Estamos no meio do semestre!

— Mas você queria que eu me mudasse no meio do ano há alguns meses!

— Janeiro não é o mesmo que abril. Você só tem mais dois meses e meio até acabarem as aulas.

Qual era o problema dele?

— Olhe, princesa, essa é uma decisão importante. Por que não pensa de hoje para amanhã? Aposto que amanhã se sentirá melhor.

Minha cabeça começou a girar. Por que parecia que papai não me queria? Segurei o telefone mais forte.

Porque ele não me queria.

Ele estava feliz com a nova vida. Somente ele e Penny. Nenhuma adolescente deprimida para estragar o clima, ou com quem dividir uma parede. Ele finalmente podia recomeçar do zero.

E eu passara os três últimos meses tentando impedir que ele me arrastasse para Cleveland... quando ele na verdade nunca teria feito isso.

Bem, parabéns para mim.

— Não entendo — falei, com a voz falhando. — Achei que quisesse que eu fosse.

— Eu quero que você vá. Claro que quero. Mas Penny acabou de transformar o segundo quarto em um estúdio. Ela está pintando de novo, sabe?

Não podia morar com eles porque minha madrasta precisava do estúdio.

— Vocês não têm três quartos?

— Sim, mas o quarto de hóspedes só tem um sofá-cama e nossos aparelhos de ginástica...

— Onde está a cama com dossel? — perguntei.

— Não tínhamos lugar para ela. Então demos para a sobrinha de Penny. — Papai tossiu. — April, vamos comprar um apartamento para você. Era o que você queria.

— Eu queria — falei. Eu queria. Não? Não sabia o que queria. Eu sabia que não queria me sentir daquele jeito.

Abandonada.

Suja.

Indesejada.

Esquecida.

Como se todos tivessem as próprias vidas — vidas que não me incluíam.

— Então, não quer que eu me mude para Cleveland — falei.

— Claro que queremos — disse ele. — Mas agora... não é prático.

Minhas bochechas estavam molhadas. Não queria que ele fosse prático. Queria que dissesse que me queria com ele. Queria que ele dissesse que não podia viver sem mim. Mas eu sabia que ele não diria. Ele podia viver sem mim. Ele podia viver sem mamãe. Sem meu irmão. Sem mim. Todo mundo podia viver sem mim.

— Se ainda quiser morar conosco quando acabar o ano escolar, daremos um jeito.

Fom!

— A-hã — falei, engasgando em lágrimas.

— Talvez possamos conseguir um estúdio separado para Penny. Ou, temos pensado em renovar o porão.

Fom, fom, fom!

— Preciso ir. — Desliguei e pisei no acelerador. Não sabia para onde, mas tinha de ir embora dali.

LAR, DE NOVO

A chave ainda estava sob o tapete. Seria considerado invasão se eu usasse uma chave? E se ninguém estivesse morando ali? Eu tinha dirigido até quase 19 horas e então, de alguma forma, terminei ali. A placa de "À Venda" ainda estava no jardim da frente.

E daí se eu não tinha para onde ir? Eu iria morar bem ali. O único lugar em que parecia certo. No número 32 da Oakbrook Road. Virei a chave na porta e a abri.

— Alô? — falei, só por precaução. Minha voz ecoou pela casa. Ninguém respondeu.

A sala de estar parecia menor do que eu me lembrava. Havia muito tempo, nós quatro nos sentávamos ali em um sofá verde coberto de círculos brancos bordados para assistir à tevê. Agora a sala estava vazia.

As paredes eram de um amarelo pálido. Tinham sido sempre amarelas? Acho que não. Não conseguia me lembrar. Subi para meu quarto. Meu quarto vazio. O papel de parede cereja não estava mais lá. Minha cama não estava mais lá. O carpete tinha sido trocado. Mas ainda era meu quarto, droga!

Sentei no chão, encostei a cabeça na parede e olhei pela janela.

Meu celular tocou. Olhei para o identificador de chamadas.

Mamãe. Fantástico.

— Parabéns pra você! Nesta data querida! Muitas felicidades...

— Mãe, pare.

— Por quê? O que houve? É seu aniversário!

— Tive um dia ruim.

— Por quê? O que aconteceu?

— Não quero falar sobre isso.

— Tudo *beeem*. April, já viu as datas para o verão? Precisamos comprar a passagem antes que...

— Não vou para a França! — gritei. Minha voz ecoou pelo quarto vazio. Ainda que não tivesse para onde ir, não iria para a França.

Silêncio.

— Quer dizer neste verão?
— Quero dizer nunca.
— Está exagerando.
Talvez. Mas ainda estava com raiva dela.
— Até parece que você quer mesmo que eu vá.
— Claro que quero!
— Se quisesse que eu fosse teria me obrigado a mudar, para início de conversa.
Ela tomou fôlego.
— Você não quis vir. Quis ficar com seus amigos. Com Noah. Eu queria que você fosse feliz.
— Ah, tá.
— Você já estava com tanta raiva de mim... o que eu deveria fazer? Obrigar você a vir?
Sim. Não. Eu não sabia o que queria. Queria que ela dissesse que eu tinha de ir com ela de qualquer jeito. Que ela não podia viver sem mim. Eu queria ficar com papai. Queria ficar com meus amigos. Com Noah. Com Hudson. Eu queria ficar com Matthew. Eu queria minha mãe comigo. Naquela casa. Eu queria estar com eles na França. Eu queria um milhão de coisas que estavam todas embaralhadas juntas.
— Talvez eu devesse ter feito isso — continuou ela. — Forçado você a vir.
— Melhor do que me deixar aqui sozinha — disparei.
— Eu deixei você com seu pai. Você deveria estar com seu pai. — Ela parecia estar chorando. — Eu só queria que você fosse feliz — repetiu ela.
— Não sou feliz.
— Então venha. Por favor. Eu amo você. Sinto muito.
— É tarde demais — falei. — Preciso ir. — Desliguei. Desliguei o celular e o joguei do outro lado do quarto vazio.

OUTRA INVASÃO

Eram 2 horas da manhã. Eu estava em uma casa estranha, deitada no meu antigo chão, olhando o teto. Depois de ter explorado a casa, voltei para o quarto e fiquei olhando o teto e chorei. Então peguei no sono.

Não tinha comido desde o almoço, mas não estava com fome. Eu estava cansada. Até os ossos. E triste. E deprimida. O buraco negro sem fundo estava à espreita. E eu precisava muito, muito usar o banheiro.

Mas e se queimasse quando eu fizesse xixi?

Eu sabia que estava sendo idiota ao ficar sentada — deitada — ali, mas queria ver por quanto tempo podia ficar. Se eu conseguiria. Se eu podia simplesmente desaparecer. Afundar no buraco negro. Algum corretor de imóveis me encontraria no mês seguinte, mordiscada por ratos.

Toc. Toc, toc, toc.

Tinha alguém na porta de entrada? Era óbvio que eu não podia atender. Mas por que alguém bateria à porta de uma casa vazia no meio da noite? Devia ser um galho. Ou um gato. Talvez fosse minha imaginação. Pare, *toc, toc* imaginário, pare!

Parou.

Agora éramos apenas eu e minha casa. Sozinha. Do jeito que eu gostava. Tentei fechar os olhos de novo. Mas precisava muito fazer xixi. A luz da lua iluminava o quarto, mas o resto da casa estaria escuro. Será que eu ainda me lembraria do caminho? E será que tinha lencinhos na minha bolsa? Levantei-me, espreguiçando os braços acima da cabeça. Quando cheguei à entrada, senti as paredes na escuridão total e fui em direção ao corredor. Enquanto me movia mais para dentro, a escuridão me envolvia. Segurei a bolsa perto do corpo para me equilibrar. Acho que o banheiro ficava alguns passos à frente... Havia uma janela no banheiro, não havia? Haveria luz da lua?

Outro estalar no andar de baixo. E o que pareceu uma porta abrindo. Havia mais alguém na casa? Como era possível? Alguém mais sabia da chave? Não. A chave estava no meu bolso. Mas será que eu tinha trancado a porta? Não conseguia me lembrar. Definitivamente, não me lembrava de tê-la trancado. Ai, meu Deus! Meu coração começou a bater forte. Será que outras pessoas usavam aquela casa como um lugar para dormir de graça? Será que um maluco tinha me visto entrar e agora iria me matar? Ouvi sussurros. Sussurros por toda parte. Tinha de ser minha imaginação. Casas faziam barulho. Principalmente casas vazias. Desejava que não estivesse tão escuro ali.

Crec. Mais sussurros. Se ao menos eu não tivesse assistido a tantos episódios de *Vampire Nights*. Talvez fosse Zelda. Ela havia me seguido até ali. Oi, Zelda.

Claramente, eu estava ficando louca. Clamídia não fazia as pessoas ficarem loucas? Lembrava de algo assim da aula de ciências de saúde. Não. Acho que era sífilis.

Talvez eu também tivesse isso.

Agora as escadas estavam estalando. O que eu estava fazendo em uma casa abandonada no meio da noite? Pedindo para ser assassinada? Se ao menos tivesse uma lanterna. Mas quem carregava uma lanterna consigo? Havia uma no carro. Mas para que serviria? Muito obrigada, papai. Você quase me salvou. O celular. O celular! Ligaria o celular e haveria luz e os barulhos parariam. Peguei-o na bolsa e apertei o botão de ligar. Ta-rá!

Um rosto se acendeu na minha frente.

Gritei.

Ela gritou.

— Ei — disse a voz. — Sou só eu.

Vi.

As luzes do primeiro andar se acenderam.

— Ei — falou Marissa. — Assim está melhor.

Pisquei.

— O que vocês estão fazendo aqui?

— Encontrando você — falou Lucy ao sair da cozinha.

— Mas... mas... como sabiam onde eu estava? — gaguejei.

— Você não é tão complicada assim — respondeu Vi, e evirou os olhos.

ABRAÇO EM GRUPO, LUCY TAMBÉM

Sentamos no meu antigo quarto e comemos donuts. O meu tinha granulado. Não tinha percebido o quanto estava com fome até morder a delícia recheada.

— Terminei com ele — contei a elas. — Ele admitiu. Dormiu com outra pessoa. E mentiu a respeito. Meu aniversário foi oficialmente o pior aniversário do mundo. Que tal? Descobri a única coisa pior do que coisas ruins acontecerem no dia após o seu aniversário: coisas ruins acontecerem no dia do seu aniversário.

— Verdade — falou Marissa. — Mas sabe o que isso significa?

— O quê?

— Que a maldição do dia após o aniversário foi quebrada — falou Lucy.

Dei de ombros.

— Mas hoje ainda não acabou. Apenas começou.

— Não — declarou Vi. — A maldição acabou.

— Concordo — disse Lucy. — Você está livre.

Mordi mais um pedaço. Talvez estivessem certas.

— Não acredito que vocês me acharam.

— Vi e eu pensamos na mesma coisa ao mesmo tempo — contou Marissa.

— Mas por que vocês estavam acordadas?

Vi riu com desdém.

— Não iríamos dormir com você desaparecida. Quase emitimos um alerta de menor desaparecido.

— Fui até lá quando você saiu da minha casa, mas Vi disse que você não estava — disse Marissa. — Então decidi esperar por você.

— Ligamos um milhão de vezes — Lucy entrou na conversa. — Hudson e Dean também apareceram. Eles acham que Noah é um idiota completo.

— Creio que sempre acharam — falou Vi.

Marissa assentiu.

— Bem, Hudson pareceu pronto a ir até a casa de Noah e o atropelar.

— Dean ouviu o boato na festa — falou Vi. — Acho que Brett contou a alguém que contou a alguém que... e por aí vai. Dean ficava murmurando que Noah não merecia você, mas achei que fosse porque o irmão dele gosta de você. Dei uma nova bronca nele por não me informar imediatamente, mas ele não quis estragar seu aniversário.

Lembrei de como Hudson tinha sido interrompido de manhã.

— Acho que Hudson estava tentando me contar.

— Hudson estava *muito* preocupado com você — acrescentou Vi. — Ele gosta mesmo de você.

— Todos gostamos — falou Marissa. — Sua mãe ligou. Estava muito preocupada também. Ela ligou para o número de casa cinco vezes.

Ligou?

Liguei o celular. Tinha muitas mensagens. Inclusive mensagens de texto de Marissa, Hudson e Vi.

Olhei para Vi.

— Você estava certa hoje de manhã. Eu *estava* mentindo para mim mesma. E sinto muito pelo que disse.

Ela deu de ombros.

— É, bem, você estava certa sobre mim também. Mamãe é uma doida. — Ela olhou para Lucy e depois para Marissa. — E preciso parar de jogar com Dean. Antes que o perca de vez. E eu *sou* uma controladora maluca.

— Podemos falar sobre os DVDs de ginástica no meio da noite? — perguntou Marissa. — Porque acho que precisa ser mencionado.

Vi bateu com a cabeça na parede.

— Sou cheia de doideiras, hein?

— Todas somos — falei. — Eu invadi minha antiga casa e quase fiz xixi no chão. Mas realmente fico imaginando por que você precisa fazer os exercícios do HardCore3000 às 3 horas da manhã.

— Não sei — respondeu Vi, e encolheu os ombros. — Fazem com que me sinta menos ansiosa.

— O sono faria o mesmo — disse Lucy.

— Acho que você deveria falar com a mãe de Lucy — disse Marissa para mim e Vi. — As duas.

Lucy resmungou.

— Sério? Minha mãe?

— Ela *é* assistente social — falou Marissa. — Acho que sabe como lidar com essa coisa toda.

— Ela sabe — respondeu Lucy. — Mas é tão... honesta. E irritante.

— Com certeza — falei. — Ela me conseguiu um horário de voltar para casa às 22 horas.

Lucy escondeu o rosto nas mãos.

— Eu sei, eu sei, desculpem-me por aquilo. Fui uma babaca total, mas não estava tentando dedurar vocês. Estava tentando me mudar de volta para Nova York. Ela estava tão convencida de que os jovens daqui eram arrumadinhos e perfeitinhos, então fiz o vídeo para assustá-la a ponto de voltar para a cidade. O que não funcionou. Óbvio.

Pensei em como a mãe de Lucy tinha feito exatamente o que meus pais não tinham feito. Arrastara ela junto. Sinto muito por você não estar contente com a decisão, mas é assim, vou me mudar para Westport e isso significa que você também vai, garota.

Pensei em minha conversa com mamãe. Acho que desejava que meus pais tivessem dito aquilo para mim.

Olhei para Lucy e engoli em seco, sentindo-me envergonhada. Talvez tivesse sido abandonada, mas ela havia perdido o pai. Aquela perda eu nem podia imaginar. Deixei a cabeça encostar na parede.

— Desculpe-me por ter achado que você era psicopata.

— Eu não sou psicopata — disse ela. — Só queria voltar para casa.

— E a chantagem? — perguntou Vi. — Deixem-me entrar na Hula com vocês ou as denunciarei para mamãe. Aquilo foi pura psicopatia.

Lucy gesticulou com as mãos no ar.

— Vocês tinham uma banheira! Eu tinha de arrumar um jeito de entrar! E vocês pareciam legais.

— Nós somos legais — respondeu Vi.

— Me desculpa — falou Lucy, mordendo o lábio.

— E me desculpe por não ter contado sobre Noah — falou Marissa para mim. As bochechas dela estavam vermelhas. — Eu deveria ter contado.

— Me desculpa por ter descontado em você — admiti.

— Tem muita desculpa rolando por aqui — falou Vi. — Vamos jogar Eu Nunca com "Sinto muito". Se sente muito por alguma coisa, precisa dar uma mordida no donut.

Todas rimos.

Peguei um donut.

— Sinto muito que Noah tenha me traído. Depois que eu... depois que eu decidi ficar em Westport.

— Duas vezes — falou Vi.

— Então são duas mordidas — disse Marissa. — E grandes. Você realmente ficou por ele? — perguntou ela.

— Um pouco por ele. E por vocês. E eu estava com medo de experimentar uma coisa nova.

— Mas por que não foi com sua mãe? — perguntou Lucy.

— Talvez eu não tivesse vindo se tivesse escolha, mas... ela é minha *mãe*.

— Eu não queria deixar minha vida para trás. Ou papai. E estava com muita raiva dela. Acho que ainda estou com muita raiva dela.

— Ela estava bastante chateada quando ligou — falou Vi. — Sente sua falta.

— Eu sei — falei. Pensei em Vi e em mim e mamãe e Marissa e Noah e papai. Ninguém era perfeito. Mas todos fazíamos o melhor que podíamos. Imaginei que era necessário perdoar quando se podia, seguir em frente quando não era possível e amar a família e os amigos por quem eles são, em vez de puni-los por quem não são. — Sinto falta dela também.

— Sabem o que seria incrível? — disse Lucy pegando outro donut.

— O quê? — perguntei, ainda pensando em mamãe.

Ela deu uma mordida grande, então mastigou e engoliu.

— Terminar esta conversa... na Hula.

ELE RETORNA

Ficamos de molho até o sol nascer. O estreito de Long Island ficou branco, depois amarelo, então cor-de-rosa e, por fim, azul. Quando nossos estômagos começaram a roncar, fizemos omeletes. Por volta de 8 horas, encerramos a manhã. Eu estava prestes a mergulhar debaixo das cobertas quando...

IIIóóóóIIIóóóóIIIóóóó!

Pensei em deixar tocar. Qual era a diferença? O que aconteceria se eu não atendesse? Obviamente, ele não me faria ir para a casa dele.

IIIóóóóIIIóóóóIIIóóóó!

Ah, e daí?

— Pai.

— Oi, querida. Acordei você?

— Não. — Pelo menos daquela vez eu não estava mentindo.

— Que bom. Estou do lado de fora da casa de Vi. Podemos conversar?

Sentei-me.

— E quanto ao *brunch* dos forasteiros?

— Não vou. Queria ver você.

— Ah! Claro. Só um segundo.

Alguns minutos depois eu abria a porta do carona do carro alugado.

Um buquê de tulipas estava no banco do carona.

— São para Penny?

— Para você — disse ele.

— Ah! — Peguei as flores e coloquei no colo. — Para quê?

— São um pedido de desculpas. Pelo que eu disse ontem. Sempre terei um quarto para você. Se quiser se mudar no meio do semestre, então pode se mudar no meio do semestre.

Meus olhos se encheram de lágrimas.

— Não era assim que você se sentia ontem. Fez parecer que não me queria nem um pouco.

— Eu... você me pegou de surpresa. E eu estava tão orgulhoso de você. De como você organizou a vida aqui. Eu estava pensando em logística. O que foi estúpido. Se não está feliz aqui, então venha morar comigo. Pensaremos em um modo. E se não houver espaço na casa, então nos mudaremos para outro lugar. Sempre há espaço para você e Matthew.

Balancei a cabeça.

— Obrigada, pai.

No dia anterior, eu queria fugir. Mas agora... bem, minhas amigas tinham me encontrado. E, de qualquer forma, eu não sabia exatamente o que eu queria, mas sabia que, se deixasse Westport, não estaria fugindo *para* Ohio, estaria fugindo *de* Westport. E para mim aquele não era o motivo certo para fugir.

— Pai? Você é feliz?

Ele piscou.

— O que quer dizer?

— Depois de tudo o que aconteceu com mamãe. Você superou, certo? Você é feliz?

Ele balançou a cabeça.

— Sou feliz. Muito feliz.

Eu estava pensando no raio, mas não queria mencionar. Mas mesmo assim ele respondeu, como se pudesse ler minha mente.

— Sabe, April — disse ele —, às vezes você não precisa do raio para começar uma fogueira. Às vezes ela começa sozinha.

Concordei. Minha garganta doía.

— Eu adoraria que você viesse para Cleveland — falou papai. — Mas não ficarei magoado se você quiser ficar.

Concordei de novo.

— Por enquanto... Acho que vou ficar aqui.

Ele beijou minha testa.

— Fique por enquanto, pense nas coisas, e me diga o que quer fazer no ano que vem. Se quer um apartamento. Ou se quer morar conosco. Ou se quer ficar na casa de Vi. Sem pressa.

— Vi termina o colégio este ano — admiti.

— Eu sei. Mas Suzanne não se importaria se você ficasse. Ela me escreveu esta manhã dizendo isso, na verdade.

Ha! Escreveu? Considerei a possibilidade de contar a verdade. Dizer que os e-mails de Suzanne eram mesmo de Vi.

Mas...

Sem pressa.

UM MÊS DEPOIS

Bati à porta. Duas vezes. Meu coração flutuava com o barulho.

— Quem é? — disse a voz.

— Soube que você está dando uma festa — falei. Meu coração flutuou de novo. Eu iria realmente fazer aquilo? Eu iria mesmo tentar algo diferente? Confiar em alguém diferente? Endireitei os ombros e tentei canalizar Vi. Se ela podia confiar em alguém novo, eu também podia.

Hudson abriu a porta e sorriu.

— Como sabia onde eu estava?

— Dean está lá em casa. Eu o torturei pela informação.

— Dean está sempre na sua casa — disse ele, passando pela porta.

Aquilo era verdade. Dean e Vi tinham passado o último mês trancados no quarto dela, desde meu aniversário. E não parecia que eles iriam se separar tão cedo. Vi tinha conseguido bolsa integral em Colúmbia e Dean tinha decidido estudar na NYU.

— As garotas de Nova York são as mais gostosas — proclamara ele. — Alguém deveria escrever uma música sobre *elas*.

— Bem-vinda à casa da srta. Franklin — falou Hudson. — Estou feliz que tenha finalmente conseguido vir.

— Eu também.

— Espero que saiba que o motivo pelo qual eu não passei por lá no último mês é que eu queria dar espaço a você.

— Eu sei — respondi. — Obrigada. Tudo está resolvido. — Noah era passado. Houve muito choro, muitos banhos na Hula e uma consulta de acompanhamento à dra. Rosini. Mas tudo tinha acabado. Ele tinha acabado. — E sei que temos muito sobre o que conversar.

— Como as crianças estão na sala, posso fazer só uma coisa antes de entrarmos?

Balancei a cabeça.

As mãos dele tocaram minhas bochechas e Hudson se inclinou em minha direção. Quando nossos lábios se tocaram, meu corpo inteiro se arrepiou.

Era o raio.

o que eu fiz
(e, provavelmente, deveria ter feito antes)

PEGUEI UM AVIÃO

As três crianças na fileira 15 se moviam como geleiras. Eu estaria com 100 anos quando terminassem. E nós estávamos na fileira 24.

Que horas eram mesmo? Pobre Donut. Presa com as malas. A papelada necessária para levá-la tinha sido uma loucura, mas valia a pena.

Liguei o telefone. Eram 7 horas, horário local. Uma mensagem de texto surgiu:

Como está a garota mais linda de Paris?

Hudson. Sorri. Digitei em resposta:

Ela ainda está no avião!

Marissa segurou minha mão.
— Movimento! Está pronta?
Balancei a cabeça. Sim. Sentia-me pronta. Para explorar Paris. Para ver Matthew. Para trabalhar o relacionamento

com mamãe. Enfiei o telefone na bolsa e senti o coração pular. Lancei um enorme sorriso para Marissa. Teria ela comigo pelo verão inteiro. E, então... eu ficaria para o último ano do colégio.

Estava um pouco nervosa. Estava um pouco assustada. Mas estava na hora de ser um pouco corajosa.

— Isso vai ser incrível! — guinchou Marissa. — Podemos ir à Torre Eiffel hoje? E ao Sena amanhã? Definitivamente, quero uma baguete. E um *espresso*. — Ela apertou meu braço. — Você *vai* voltar para fazer faculdade, certo?

Concordei. Provavelmente. Dei um pulinho onde estava. A fileira 23 estava a caminho. Peguei a bolsa. Joguei-a por cima do ombro. Estava pronta para explorar.

— Vamos — falei. E fui.

CONTEI A VERDADE A PAPAI

— Então, vai fazer alguma coisa divertida hoje? — perguntei a papai uma noite em novembro. Estava sentada no meu lugar favorito no sofá, conversando com ele ao telefone, enquanto Matthew fazia o dever de casa no chão da sala e mamãe e Daniel faziam o jantar na cozinha. Já era início da noite em Paris, mas apenas meio-dia em Ohio. Eu tinha acabado de desligar com Hudson, que estava em Brown. Estávamos planejando uma viagem, ele passaria o ano-novo comigo na França.

— Penny comprou ingressos para assistirmos *Mary Poppins*! É uma produção nacional e estará em Cleveland por duas semanas. Era o filme preferido dela quando criança e a peça recebeu ótimas críticas.

Quase deixei o telefone cair. Engoli uma gargalhada de nervoso. O que ele faria? Estabeleceria 21 horas como o horário de voltar para casa?

— Pai? Hum, olha. Eu tenho uma história maluca para contar...

58 pessoas a quem eu gostaria de agradecer
(e, provavelmente, algumas que estou esquecendo)

Laura Dail, minha agente incrível.

Tamar Rydzinski, a rainha dos direitos autorais internacionais.

O mais excelente grupo na HarperTeen: Farrin Jacobs (ainda brilhante), Kari Sutherland (obrigada, obrigada, obrigada, Kari), Elise Howard, Catherine Wallace, Allison Verost, Christina Colangelo, Kristina Radke, Sasha Illingworth, Melinda Weigel, Amy Vinchesi e Rosanne Lauer.

Joel Gotler e Brian Lipson, por todo o trabalho árduo em Hollywood.

Elissa Ambrose, minha mãe, pelo amor e pela disposição para ler e discutir a toda hora.

Lauren Myracle e E. Lockhart: não sei como fiz isso sem vocês dois. Vocês são meus líderes de torcida, meus editores e meus coconspiradores. Obrigada por tudo.

Emily Bender, pelas sugestões sensacionais.

Tricia Ready, pela ajuda fantástica.

Jessica Braun, como sempre.

Bennett Madison, por me ajudar a moldar e dar título a este livro.

Alison Pace, pelas anotações e pela amizade.

Little Willow, conhecida como Allie Costa, pelos ótimos *insights*.

A veterinária Lindsay Norman, por todas as sugestões sobre Donut. (Claro, qualquer erro é por minha conta.)

Pierrette C. Silverman, do Programa Paternidade Planejada da Nova Inglaterra do Sul, pelo tempo para conversar e explicar. (Todos os erros, também meus.)

Susan Finkelberg-Sohmer, pelo conhecimento médico (Erros... meus.)

Targia Clarke, por cuidar tão bem do meu pequenino.

Ronit Avni, que me acolheu e me abrigou em seu porão quando eu tinha 17 anos.

Shobie Riff e Judy Batalion, por terem sido minhas amigas e salvadoras durante o ano do futon. (Todd também, mas mais sobre ele depois.)

Aviva Mlynowski, minha irmãzinha, por me apresentar a todas as pessoas de cinema (e porque eu a amo e tenho muito orgulho dela).

Larry Mlynowski, meu pai, pelo apoio constante e por sempre confiar em mim (mesmo quando provavelmente não deveria).

Amor e agradecimentos à família e aos amigos: John & Vickie Swidler, Louisa Weiss, Robert Ambrose, Jen Dalven, Gary Swidler, Darren Swidler, Ryan e Jack Swidler, Shari e Heather Endleman, Leslie Margolis, Bonnie Altro, David Levithan, Avery Carmichael, Tara Altebrando, Ally Carter, Maryrose Wood, Jennifer Barnes, Alan Gratz, Sara Zarr, Maggie Marr e Jen Calonita.

E, é claro, um milhão de obrigados aos amores da minha vida: meu marido, Todd, e nossa filha, Chloe.

Este livro foi composto na tipologia Sabon LT
STD, em corpo 11/15, e impresso em papel off-
white no Sistema Cameron da Divisão Gráfica
da Distribuidora Record.